マリエル・クララックの結婚

桃 春花

illustration まろ

マリエル・クララックの結婚
Marielle Clarac IV
marriage

ICHIJINSHA IRIS NEO

CONTENTS

シメオン・フロベール

27歳。マリエルの婚約者。
名門フロベール伯爵家の嫡男で、
近衛騎士団副団長。
実直で有能な若手出世株の筆頭。
部下からは尊敬されつつも恐れられているが、
マリエルには振り回され気味。
淡い金髪に水色の瞳の、
貴公子然とした美貌の青年。

セヴラン・ユーグ・ド・ラグランジュ

27歳。ラグランジュ王国の王太子。
黒髪に黒い瞳の精悍な美青年。
王子らしい威厳の持ち主だが、マリエルを前にすると
ツッコミ役になってしまう。シメオンとは幼馴染にして親友。

Marriel Clarac IV *marriage*

character

マリエル・クララック

19歳。クララック子爵家令嬢。
茶色い髪と瞳の、これといった特徴のない
地味な眼鏡少女。存在感を限りなく薄め
周囲に埋没するという特技を活かし、
人間観察や情報収集をしている。
流行小説家アニエス・ヴィヴィエという
裏の顔を持つ。

ジュリエンヌ・ソレル

マリエルの友人で本好き。少々特殊な傾向を嗜む。

オレリア・カヴェニャック

カヴェニャック侯爵家令嬢。金髪と緑の瞳の華やかな容貌の持ち主。

エミール・クララック

クララック子爵。マリエルの父親。
人の良さそうな顔をしているが、したたかな一面もある人物。

リュタン

諸国に名を知られた怪盗。貴族や富豪ばかりを狙うので
庶民からは英雄的にもてはやされている。
マリエルのことを気に入っている。

ナイジェル・シャノン

隣国イーズデイルの大使で、大公爵の甥。蜂蜜色の髪と瞳、
金褐色の肌の持ち主。南国シュルクの血を引いている。

アドリアン・フロベール

24歳。フロベール家次男。
海軍所属でガンディア王国に赴任していた。兄の結婚のため帰国。

ノエル・フロベール

15歳。フロベール家の三男。一見すると、天使のような愛らしい美少年。

オルガ

トゥラントゥールの妓女。最高位の花のひとり。栗毛の知的美女。

イザベル

トゥラントゥールの妓女。最高位の花のひとり。赤毛の華やかな美女。

クロエ

トゥラントゥールの妓女。最高位の花のひとり。
金髪の可愛いらしい印象の美女。

用語

トゥラントゥール

サン＝テール市最大の歓楽街プティボンでいちばんと言われている娼館。
王族すら通うと噂されている。

この作品はフィクションです。
実際の人物・団体・事件などには関係ありません。

マリエル・クララックの結婚

1

女の子なら誰もが一度は花嫁さんに憧れるだろう。

真白の衣装を身にまとい、花束を持って祝福の道を歩く。オルガンの音楽に合わせ、長い裾とヴェールを引く。美しく厳粛な光景に幼い頃から憧れ、いつかは自分もと考える。たいていの女の子はそういうもの。わたしだって、妄想だけでなく少しは期待も持っていた。

地味で目立たない自分だから物語のような恋愛は望めないだろうけれど、いつかは誰かに嫁ぐはず。義務と打算の結婚だったとしても、憧れの花嫁衣装は着られる。それだけは楽しみだと思っていた。

――なのに。

祝福の鐘が鳴り響く。雨のように花びらが降りしきる。神の御前《みまえ》で待つのはいとしい人。姿勢のよい長身に、涼やかな美貌と知的なまなざし。白百合《しらゆり》のように凛《りん》と立つ姿は若い魅力にあふれている。視線がからめば喜びがこみ上げ、彼のもとへ駆け出したくなる。なんという驚き、なんという幸せだろうか。わたしは愛する人と結ばれる。物語のような恋愛が、この身に訪れたのだ。

今日は待ちわびた誓いの日。ついに彼と結ばれる。赤い絨毯《じゅうたん》をしとやかに進みながらも、心は踊り出しそうにときめき浮き立っていた。わたしにこんな喜びが訪れるなんて、今でもちょっと信じられない気分よ。恋にときめくのは物語の中だけだと思っていたのに。

あと少しで彼のもとへたどり着く。微笑《ほほえ》みはまっすぐわたしへ向けられている。こんな時でも曲《くせ》者《もの》っぽい人ねと思ってしまった。女心をとろかす甘い笑みなのに、どこか腹黒そうな雰囲気が漂っている。冷たくも見える眼鏡《めがね》のせいかしら、ただの美青年ではないと思わせる。その笑顔の下でなにを考えているの？　どんなことを企《たくら》んでいるの？　冷徹な心は微笑みに、鍛えられた身体《からだ》は服の下に隠している。誰もがおそれる近衛騎士団副団長。ああ、神様の前なのに、花嫁は清らかでなければいけないのに、どうしても妄想が止まらない。鬼畜腹黒参謀の表面だけ清廉な花婿姿とかたまらないでしょう！　こんな美しい姿をしながら中身は鬼なのよ！　これがわたしの結婚相手、夫となる人。もう萌《も》え死ぬしかないってば！

内心で悶《もだ》え転がりながらも、わたしは貞淑な花嫁の顔を懸命に保った。せっかく憧れの花嫁さんになれたのだから、ここは踏ん張らねば。見た目だけでも清らかに。内なる萌えは見逃してください神様。

最後までしとやかに歩ききったわたしに、大きな手がさし伸べられた。わたしも手を上げて、そっと重ねる――その、間際。

「その式待ったぁ――――!!」

絶叫とともに、一度は閉じられた扉が勢いよく開かれた。

「ヴィヴィエ先生！　結婚する前に入稿済ませてください！」

驚いて振り向けば、血相を変えて一人の男性が転がり込んできた。お世話になっている出版社の担当編集者だった。徹夜明けなのか服も髪もくたびれて、目が血走っていた。

「締切ぶっちぎりですぎてますよ！　このまま新婚旅行とか行かせませんからね！」

「えっ、嘘《うそ》っ、締切!?　いつ!?」

一瞬頭が白くなる。入稿ってもう済ませてなかった？　次の締切？　全然思い出せない。きれいさっぱり忘れている。つまり一行たりとも書いていない！

「ごめんなさい無理です！　帰ってからにしてください！」

「こっちが無理っすよ！　もう印刷の準備して待ってるんですから！　今すぐ入稿、原稿出して！」

「だから無理ですってば！」

迫りくる担当さんから逃げて、わたしはあとずさる。花婿の背中に隠れようとしたのに、伸ばした手が空振りした。振り返れば彼の姿がどこにもなかった。

「シメオン様!?」

あわてて周囲を見回せば、いつの間にかずいぶん遠くに離れていた。わたしに向かってなにか言っていらっしゃるけれど聞こえない。

「シメオン様！」

わたしは彼を追いかけて走り出した。ドレスのスカートをひっつかみ、なりふりかまわず走る。それを阻止しようと周囲からいくつもの手が伸び、「原稿」「締切」と一斉に叫んできた。なにこれ怖い！　締切オバケが襲ってくるぅ――!!

「いやあああぁシメオン様ーっ」

必死に逃げて逃げてなんとかふたたび彼のもとへたどり着く。飛びついたわたしを、いつもなら頼もしく抱きとめてくれるのに、なぜか彼の腕は少しも動かされなかった。

「シメオン様……？」

不安にかられて見上げれば、ひややかに見下ろしてくる水色の瞳とぶつかる。美しい顔に酷薄な笑みを浮かべて彼は言った。

「するべきことを先に済ませなさい。締切も守れないような女性とは結婚できませんよ」

「…………」

「ご褒美がほしければ、その分働いてみせなさい。芸も見せずに餌だけねだるとは悪い子ですね？」

ああ――

わたしはその場に崩れ落ちた。なんて冷たい微笑み、容赦のない言葉……これぞ鬼畜腹黒参謀、わたしの大好物！　ごちそうさまですありがとう！

「もはや尊死……わが人生に悔いなし……」


「……な、わけないし」

目覚めた瞬間、思わず自分につっこみを入れてしまった。悔いがないわけないじゃない。悔いまくりよ。結婚目前で死んじゃってどうするのよ。

「お嬢様ー？　なんかすごい音しましたけど大丈夫ですかー？」

窓の外から間延びした声が聞こえてくる。馬車の床に転がったまま、わたしは疲れた声で答えた。

「なんでもないわ、ちょっと寝ぼけただけ」

「派手に寝ぼけましたねえ」

駅者《ぎょしゃ》の笑い声が聞こえてくる。わたしはため息をついて身を起こした。うう、あちこちが痛い。座席から転がり落ちた時にぶつけたらしい。特に脚をひどくぶつけたようだけれど、それよりなにより大事なことがある。わたしは周囲を見回し、やはり床に落ちていた手鞄《てかばん》を拾い上げた。急ぎ中から手帳とペンを取り出す。そうして座席に這《は》い上がるや否や、猛然とペンを走らせた。

さっきのシメオン様の台詞《せりふ》を書きとめるのよ！　あの萌え、ただの夢で終わらせたのではもったいない。まだ記憶が残っているうちに口調や表情も記録しておかなければ！

「『悪い子ですね』とかたまらない……！　あざとい、あざといったらないわ！　現実のシメオン様にも言っていただきたい！」

昨日まで締切に追われていて、ギリギリで入稿したせいであんな夢を見てしまったのはわかっている。せっかくの結婚式がだいなしになるあたりは悪夢だけれど、最後の台詞は美味《おい》しすぎた。夢見がよかったのか悪かったのか、判断が難しいところだ。

揺れに苦戦しながらも夢中で書き続けるわたしを乗せて、馬車は朝の光の中を進む。めざすは王宮、近衛騎士団。本物のシメオン様が待っている。

仕事も用事も全部済ませて、今日はお待ちかねの楽しいおでかけだ。しっかりと目が覚めていくほどに夢の記憶は遠ざかり、かわりに浮き立つ気持ちがこみ上げる。手を止めて顔を上げれば、窓の外を晩春の景色が流れていた。今日はいいお天気だから、午後には少し暑くなるだろう。次の季節を思わせる強い日差しに、明るく世界が照らされていた。

若い緑はみずみずしく、花という花が妍《けん》を競って蝶《ちょう》やミツバチを惹《ひ》き寄せている。ツバメの巣には雛《ひな》が生まれ、水辺ではカエルが元気に声を張り上げている。開け放った窓から入る風は爽やかで、甘い香りを運んでいた。

生き物たちの息吹に満ちたこの輝かしい季節に、わたしは至福の瞬間《とき》を迎える。あと二日、明後日になれば本当に結婚式だ。

婚約して以来いろいろあったけれど、ここまでくればあとはもう突き進むのみ。目の前にはただ喜びが待っている。

世界でいちばん幸せなわたしを乗せて、馬車は軽快に進む。まっすぐ伸びた道の向こうに、大きな門が見えていた。

十五で社交界に出てから三年目、ようやくわたしにも縁談がやってきた。

たいした歴史も財産もなく、特筆すべきことのない中流子爵家の、これまたぱっとしない娘。髪も瞳もありふれた茶色で、しかも眼鏡が手放せない。美しい令嬢たちが集う社交界において、壁の花と呼ぶにも地味すぎる。デビュー直後からわたしは誰にも見向きされない存在だった。

それを嘆くこともなく、逆にわたしは楽しんでいた。よりよい結婚相手をさがすため日夜努力する令嬢たちをよそに、社交界の片隅でひっそりこっそり風景に同化して、周りの人々を観察していた。恋愛小説家という裏の顔を持つわたしは、自身のロマンスよりも物語のロマンスを追い求めて、その参考になるネタを集める毎日だった。

そんなわたしの将来を危惧したお父様が見つけてきた相手は、なんと名門フロベール伯爵家の嫡男たるシメオン様だった。

建国来続く由緒ある家を知らない人はいない。代々宰相や大臣を輩出してきて、先代伯爵は将軍から軍務大臣にまでなられたお方だ。当代の伯爵は学者肌でいらっしゃるけれど、次代を担うシメオン様は近衛騎士団で副団長という職に就いている。王太子殿下からのご信頼も厚く、いずれは彼も軍務大臣になるだろうともっぱらの噂《うわさ》だった。

家格や実績をくらべても、とうていわたしの結婚相手になるような人ではない。おまけにシメオン様ときたら、おとぎ話の王子様みたいな美青年なのだから。

淡い金髪に水色の瞳、色白な肌にすらりと長身で。端整で上品な、貴公子然とした人物である。若い女性はみんな彼に胸をときめかせていた。ラグランジュ宮廷において王太子殿下と並び、結婚したい男性の筆頭だった。

そんな憧れの的とわたしでは釣り合わないにもほどがある。誰もが首をひねったし、わたし自身なにか裏があるのではとあやしんだものだ。何年も前から見初められていたなんて物語みたいな真実があるとは、まったく夢にも思わなかった。

人生は驚きに満ちている。なにげない日常にもきらきらした欠片《かけら》がちりばめられている。一つ一つ見つけて拾い集め、彼との幸せを築いていくの。これからずっと、ともに歩いていくのよ。

落ち葉や雪を二人で眺め、ふたたび輝く季節を待った。わたしは十九歳となり、花盛りの庭にいよいよ薔薇《ばら》も咲きはじめた。少女時代に別れを告げて、あの人の妻になる。その時が、もう目の前に迫っている。

巣立ちのさみしさよりも新しい生活への期待の方が何倍も大きくて、たったの一日が待ちきれない。結婚を前に不安や憂鬱《ゆううつ》を抱えるという話は、およそわたしには縁がなかった。

毎日幸せ。今日も幸せ。そしてこれからも、きっとずっと幸せよ。

ほら、門が開かれる。あの向こうに最愛の笑顔が待っている。

2

結婚式本番をいよいよ二日後に控えた身で、今さら出かけてきたのにはわけがある。

聞けば誰もが呆《あき》れるだろうし、うちの家族にもさんざん叱られたのだけれど、実は結婚指輪がまだ手元にないのだった。明後日の結婚式に絶対必要な、結婚指輪がまだ！　これを放置して当日を迎えるわけにはいかない。

注文はもっと早くにしていたから、とうの昔にできあがったと連絡はもらっていた。ところがわたしは書き貯めに必死だったし、シメオン様も長期休暇を取るためお仕事三昧《ざんまい》の日々で、ここ半月ほどは会う時間すらなかった。お互い忙殺されていたため、受け取りに行く時間がなかったのだ。さらにその前もいろいろ……ええ、いろいろありまして。なんだかんだであと回しになっていたのよね。

なにも直接行かなくても、届けてもらえばいい話ではある。いよいよ間に合わなければそうしようと思っていた。でもできることなら自分で行きたい。シメオン様と一緒に。ここ重要。大事な記念の指輪は、彼と一緒に受け取りたかった。

完全にわたしのわがままなのだけれど、幸いにして原稿は昨日無事担当さんに渡せたし、シメオン様も今日最後の確認と引き継ぎを済ませれば休暇に入られる。朝だけ出仕している彼を迎えに行って、そのまま宝飾店へ向かう約束だ。ついでに独身時代最後のおでかけも楽しんじゃう。これから先ずっと一緒に暮らすのにとお兄様には呆れられたけれど、それはそれ、これはこれ。待ち合わせして遊びに行く楽しみというものですよ。

彼と会うのはちょっぴりおひさしぶりなので、心はいつも以上に浮き立っていた。今日これからの予定も楽しみだし、明後日の結婚式を思うともうそわそわ待ちきれない。浮かれすぎて失敗しないよう気をつけないとね。

わたしを乗せた馬車が向かったのは、王宮西側にあるボヌール門だった。今日は騎士団官舎へ直行するので、いちばん近い通用門を通ることになっていた。

事前にシメオン様が通達してくださっていたので、ほとんど待つことなく通される。そのまま中へ進み、官舎手前の駐車場へ着くと、フロベール家の紋章がついた馬車がすでに待機していた。

「おはようございます、マリエルお嬢様」

わたしが馬車から降りると、すっかり顔見知りになったフロベール家の馭者《ぎょしゃ》が、帽子を脱いで挨拶してくれた。ここから先は彼に交代だ。うちの馭者はすぐ帰ることになっている。なにせわが家には馬車が一台しかないので、わたしが一日中占領していると家族が困るのだ。

「おはよう、ジョゼフ。もう待機しているのね」

「せっかくのご予定が遅れちゃいけませんからね。若様はなんでも手際よく早め早めに行動なさるお方ですし。ああ、でも今日はまだ出てきてらっしゃいませんが」

ジョゼフが取り出した懐中時計を見せてもらう。そろそろ約束の時間だ。いつも早めに出てこられるシメオン様なのに、やはりお仕事となるとつい長引いてしまうのだろうか。

「ちょっとようすを見てこようかしら。マルクはもう戻っていいわ、ここまでありがとう」

「シメオン様と合流なさるまでお供しなくて大丈夫ですか？」

小間使いも連れていないので、うちの馭者が気にしてくれる。本当は良家の娘として一人歩きはよろしくない。王宮なんて、いちばん周りの目を気にしなければいけない場所だ。でも大丈夫。ここは貴族たちが出入りする社交場ではないし、わたしが一人で歩いていたら誰も注目しないもの。みんな風景の一つと意識もせずに流してくれるでしょう。それに今日はシメオン様との楽しいおでかけよ、二人っきりの時間を楽しみたいじゃない。お供にとってもそばで当てられるのはうんざりだろうから、一人で家を出てきたのだった。

「いいの、ここまで来たら平気よ。すぐそこだから」

近衛騎士団の官舎は目の前に見えている。わたしは気にせず戻るよう言って、官舎へ向かった。

王宮の建物は全部青い屋根を持っている。騎士団官舎も例に漏れず、三階建てに青い屋根だ。本宮にくらべれば装飾は少ないけれど、それなりに華やかで威厳あるたたずまいだ。玄関付近には花壇もあって、王宮の雰囲気を壊さない華やかさを演出している。でも裏手に回れば馬場や広い鍛練場があり、ちょっとものものしい。そちらは植栽で目隠しして、不粋な景色が外から見えないようになっていた。

何度も来た場所なので、わたしは足どり軽く正面入り口をめざす。視界に白い制服が行き来していた。やはり一般の職員とは雰囲気が違う。騎士たちは厳しい顔をしてきびきび歩いている。わたしは邪魔にならないようしばらく外で待って、人通りが絶えた頃合いを見計らって入り口へ向かった。

大理石の床を持つ玄関ホールの脇には事務室がある。当番の騎士が控える受付窓口があるのだが、たまたま離席しているのか窓口に人の姿がない。話し声は聞こえているので、わたしは窓口の前まで行って中を覗《のぞ》き込んだ。

……どうやら、お取り込み中のようだ。

位の高そうな王宮職員が来ている。騎士たちを集めて文句なのかお説教なのか、苛々《いらいら》と叱りつけていた。ちょっと声をかけづらい雰囲気だ。向こうから気付いてくれないかしらとしばらく待ってみても、誰もわたしに注目してこない。こちらを向いて立っている人も知らん顔だ。それどころではないということですか。わたしは少し考え、黙ってその場を離れた。

今取り次ぎをお願いしたら迷惑になりそうだものね。内部構造はもう把握しているから、案内してもらわなくても大丈夫。手間を取らせるまでもない。

勝手知ったるなんとやら。わたしは一人で廊下を歩き、階段のある場所へ向かった。シメオン様の執務室は二階だ。壁際に寄り、影になった気分で静かに進む。ここはお仕事の場だから、周りのお邪魔にならないようにね。ちょっとシメオン様のようすを見に行って、まだしばらくかかりそうかどうか聞いてくるだけだもの。たいした用事でもないのにお騒がせしては申し訳ないので、目立たずさり気なく移動しましょう。

当たり前の顔をして、でも極力静かに歩いていると、すれ違う人たちは誰もわたしに注目しなかった。みんな忙しくて細かいことに気が回らないのか、それとも用事で入ってきた女官だとでも思われたのか。呼び止められることもなく、すんなり二階へたどり着いた。

シメオン様の執務室がある方を見ると、ちょうど奥へ向かう後ろ姿が目に飛び込んできた。数人で連れ立って歩く中に、ひときわ凛《りん》とした背中がある。淡い金髪は軍人らしく短く整えられていて、規則的な歩調は力強くもなめらかだ。距離があっても見間違えるはずがない。あれこそがシメオン様だ。

見つけた瞬間喜びがわき上がり、声をかけようと思ったのだけれど、シメオン様はぐいぐいと足早に進んでいく。周りの騎士たちも負けずに早足だ。どんどん遠ざかるのでわたしはあわてて彼らを追いかけた。

呼び止める暇もなく、彼らは突き当たりの部屋へ入ってしまう。あそこはたしか会議室だ。わたしは扉の前まで歩いて、そこで困って立ち尽くした。

多分、中は会議中なのよね。そんなところへお邪魔するわけにはいかないわよね……どうしよう。

シメオン様の執務室で待たせていただく？　でも戻ってくるとはかぎらない。

わたしはそうっと扉に張り付いて耳をそばだてた。中の声が少しだけ聞こえる。でもなにを話しているかまでは聞き取れない。扉越しに聞こえる声の調子は低く、笑い声も聞こえないから、やっぱり真面目な会議だろう。

シメオン様ってば、わたしと約束した時間になっているのに会議に入ってしまわれるなんて。でも彼のことだから、忘れているはずはない。なにか緊急の問題でも起きたのかしら。

だとしたら、なおさら割り込めない。もしかすると、今日は一緒に行けないと受付に伝言されているのだろうか。その可能性に気付いて、わたしは肩を落とした。

シメオン様は団長様の補佐であり、現場の指揮を取るお役目だ。問題が起きれば休暇中だろうがなんだろうが飛び出していくから、急に予定が変わることは珍しくない。そういうお仕事だと理解はしているけれど、今日の予定だけは中止にしてほしくなかった。これを楽しみに今日まで頑張ってきたのに、わたし一人で行くしかないのかしら……。

わたしはしょんぼりと扉から身を離した。とにかく一旦下へ戻って、きちんと取り次ぎを頼んでみよう。まだ中止と決まったわけではないのだし。

室内の人たちに気付かれないよう、気配を抑えてひそかに踵《きびす》を返す。そのまま立ち去ろうとしたのに、歩き出す直前なんの前ぶれもなしに扉が勢いよく開かれた。

こちらへ来る足音など聞こえていなかったので、わたしはびっくりしてその場に立ちすくんでしまった。内開きでよかった。外開きだったら激突していたところだわ。

けれど、そのくらいで驚くのは早かった。ふと気付けば目の前に鋭く光るものがある。サーベルの刃がわたしの鼻先に突きつけられていた。

え――

「マリエル!?」

息を呑《の》むわたしの頭上から、やはり驚いた声が降ってくる。扉を開くと同時にサーベルを向けてきたのは、シメオン様だった。

「なにをしているのですか!?」

わたしに気付くやシメオン様は素早くサーベルを引いた。白い秀麗なお顔には、驚きと焦りが浮かんでいる。少しだけ怒ってもいるようだった。

「シメオン様……今こそ『悪い子』と言ってくださいませ！」

「自覚しているなら盗み聞きなどするのではありません！」

現実のシメオン様は酷薄な笑みで罵ってはくださらなかった。普通に真面目《まじめ》に叱りつけてくる。ここで鬼畜な台詞《せりふ》が聞けたら拳を突き上げて喜べたのにぃ。でもさっきのシメオン様はとてもかっこよかった。動けば斬ると言わんばかりの迫力が、ちょっと怖いけれど萌《も》えました！　思いがけず鬼の副長を間近に拝めたわ、来てよかった！

室内の人たちが聞いているはずなので、わたしは内心の萌えを隠してしおらしく謝った。

「ごめんなさい。でもお話の内容は聞き取れなかったのでなにも盗んでおりません。にしてもなぜわたしに気付かれましたの？　ここへ来るまで誰もわたしの存在を意識していませんでしたのに。受付の人もすれ違った人も、誰も気付かなかったのですよ。なのにどうしてシメオン様は扉越しにわかりましたの？」

「…………」

シメオン様はものすごい渋面になって額を押さえた。

「堂々と不法侵入してきたことを叱るべきか、目の前を通っても気付かなかった連中を叱るべきか……しかし普通気付くだろう。なぜ気付かない!?」

「なぜでしょうねえ」

わたしも首をかしげると、頭に衝撃が落ちてきた。シメオン様のそばまで来た人が拳骨を作っていた。

「暗殺者《アサシン》顔負けに気配を消しておきながらとぼけるな！」

雷も落ちてくる。わたしは痛む頭をさすった。

「……殿下、わたしの扱いがどんどんひどくなってません？」

「そなたに合わせているだけだ！」

精悍《せいかん》な美貌を怒らせているのは、黒い髪と瞳を持つわが国の王太子殿下だった。どうやら会議にはセヴラン殿下もご臨席されていたらしい。

開かれた扉から見える室内には、ポワソン団長をはじめ班長級の近衛騎士たちが揃《そろ》っていた。シメオン様の副官、アランさんの姿もある。皆さん驚き半分呆れ半分、そしてちょっぴり楽しそうな顔もしてこちらを見ている。議長席に座る団長様と目が合ったので、わたしはおじぎした。

「お話中にお邪魔をして大変申し訳ございません。お取り込み中のようでしたので、出直そうとしていたところだったのですが」

「なに、かまいませんよ。今日はシメオンと約束をしておられたのでしたな。おお、もうこんな時間だ」

団長様は怒らずほがらかに答えてくださり、少しわざとらしく時計を見た。近衛騎士なだけに素敵なおじ様だけど、時々身なりがだらしない。今日も無精髭《ぶしょうひげ》が生えていた。親しみやすい方とも言えるけれど、それに油断してはいけない。陽気な表情の中で目が笑っていなかった。

ただ、わたしに対してお腹立ちなわけではないようだ。

「こちらこそお待たせして申し訳ありませんでした。いやしかし、思いがけず警備能力低下の確認になった。これはマリエル嬢にご協力感謝とお礼を申し上げよう」

笑顔のままでじろりと騎士たちをねめつける。身をすくめる騎士たちに、サーベルを鞘《さや》に戻したシメオン様が追い討ちをかけた。

「ええ、私よりも扉の近くにいながら、誰も気付かなかったとは情けない。訓練と教育の内容を見直す必要がありそうです」

「うえっ⁉」

「いやあれ以上厳しくやられたら死人が出ますから！」

冷たく光る眼鏡《めがね》と氷の瞳にますます震え上がりながらも、騎士たちは必死に反論した。

「副長の人外能力を基準にしないでください！」

「目の前通っても気付かないマリエル嬢が相手ですよ⁉　扉の向こうじゃわかるわけないでしょう！」

「そうですよ、まだ猫の方が存在感ありますって！」

「マリエル嬢の気配の消しっぷりは素人《しろうと》じゃありません！　本職と張り合える一流技ですから！」

「まあ、誉《ほ》めすぎですわ。わたしは普通に歩いているだけです」

「誉めとらんわ！　普通にしていてなぜ気配が消える⁉」

また殿下がつっこんでくる。二度目の拳骨をいただかないよう、わたしはシメオン様の後ろへ逃げ込んだ。

「そこまで存在感がないと異常だぞ。クララック家では特殊工作員でも育てているのか」

「ふむ、いっそ研修に協力してもらいましょうか」

「そうだな、子爵を呼び出すか……」

やめてやめて、殿下と団長様に呼び出されたらお父様倒れてしまうから。

シメオン様が深々と息を吐き、殿下と団長様に向かって頭を下げた。

「ともかく、会議中にお騒がせして申し訳ありませんでした」

わたしもならって頭を下げておく。殿下はお怒りを引っ込めてくださり、団長様の隣席へ戻られた。

「まあ、約束の時間をすぎているからな。気になって見にきたのだろう。もうよいから、お前たちはさっさと出ていって逢引《あいび》きでもなんでもしてこい」

いささか投げやりにおっしゃる。なぐさめるように殿下の肩を叩《たた》いてから、団長様もおっしゃった。

「殿下のおっしゃるとおり、もう時間だな。リスナール！」

「はっ」

呼ばれてアランさんが立ち上がる。

「現時点をもって副団長代理に移れ。期間はシメオンが戻るまで。引き継ぎは済んでいるな？」

「は、問題ございません。副団長代理、承りました！」

軍人らしいきびきびしたやりとりが交わされる。あ、こういうのいいな。もっと見たい。今度取材をお願いできるかしら。

「いえ、お待ちを」

皆さんがすんなり送り出そうとしてくれているのに、シメオン様だけが納得いかないお顔で口を挟まれた。

「まだ会議中ですのに、ここで抜けるわけにはまいりません」

「お前がいなければ進められん会議ではない」

生真面目な言葉を団長様は一蹴する。

「予定ではとうに休暇に入っているはずだった。そのつもりで準備を進めてきたのだから、なにも問題はなかろう。退出を許可する」

「ですが……」

「ぐずぐずするな、挙式二日前になってもまだ仕事をしている方がおかしいのだぞ」

殿下も呆れた調子でおっしゃった。

「それではマリエルが心配して見にくるのもしかたがない。許すから行け。目の前でいちゃつかれるのもうっとうしいのだ。さっさと出ていけ」

呆れるというか、大分すさんでいらっしゃるようだ。ご自身の恋愛はなかなか上手《うま》くいかないものね……なんとかしてさしあげたいところだわ。

「いちゃついてなど……」

シメオン様は顔をしかめるが、周りの騎士たちはぬるいまなざしだ。気付いたシメオン様は気まずそうに咳払《せきばら》いでごまかして敬礼した。

「……では、申し訳ありませんが、お言葉に甘えて退出させていただきます」

「おう、また披露宴でな」

団長様は陽気に答え、殿下はそっぽを向いたままひらひらと手を振る。わたしもおじぎをして、シメオン様とともに会議室をあとにした。

「……あの、ごめんなさいシメオン様」

無言で歩くシメオン様の少し後ろを、わたしは追いかける。

「会議のお邪魔をしてしまって……ちょっとだけようすを見にきたのですが、お取り込み中なので本当に出直すつもりだったのですよ」

「いえ、扉を開けたのは私ですから。まあ、受付を無視して勝手に入り込んだのはいけませんが」

シメオン様は振り向かないけれど、お声はもう怒っていない。やわらかな調子に戻っている。歩調もさきほどとは違い、わたしに合わせてゆっくりだ。

「無視したわけではないのですが、あちらもお取り込み中で、誰もわたしに気付いてくださらなかったのです。なんだか声をかけづらくて」

「……戻ったら本当に見直しと鍛え直しが必要だな……」

シメオン様は頭を振り、ため息まじりに独りごちた。

そのまま玄関へ向かうのではなく、ご自分の執務室へ入られる。荷物でも取りにきたのかと思ったら、着替えてから出るとのことだった。

「制服のままでは落ち着きませんからね」

ちゃんと外出用の服も用意してこられたようだ。わたしとの約束を反故《ほご》にするおつもりはなかったらしい。それはうれしいのだけれど。

シメオン様は大きな鞄《かばん》を椅子の上に開き、中の衣装を取り出した。次いで机の書類を片付ける。そのようすを眺めながら、わたしは気になっていたことを尋ねた。

「このままおでかけして、大丈夫なのですか？」

「ええ、もう用意は済んでいますから。ちょっと急な会議だったもので、待たせてしまってすみませんでした」

「なにか問題が起きたのでしょう？　だから中途退席を渋られたのですよね」

あの場では口を出さずにいたけれど、定例会議などでないらしいとはわかっていた。それならシメオン様が時間を忘れて居残るはずがないし、わたしに気付いて出てきた時の剣呑《けんのん》さも尋常ではなかった。

「盗聴を警戒するような事態が起きている……ということですよね？」

もしかして、事務室のものめごともそのせいなのだろうか。どこかいつもと違う人々のようすに不安を覚えて尋ねると、シメオン様は苦笑しながら振り返った。

「あなたはとぼけているようで鋭いですね――数日前、宝物倉周辺に侵入者があったのです」

極秘というわけでもないようで、シメオン様はすんなりと答えてくださった。

「まあ……犯人は？」

「いや、現場を目撃されたわけではありません。几帳面《きちょうめん》な職員が、管理帳の置き方が前日と違うと気付いて報告してきたのです」

「シメオン様みたいな方ですね。それで、なにか盗まれたのですか？」

「いいえ、管理官が一日かけて調べましたが、なにも紛失してはいませんでした。宝物倉自体に侵入されたのではなく、管理室だけだったようです」

「盗もうにも鍵がなくて断念したということでしょうか」

「どうなのでしょうね」

考えるお顔で首を振る。まとめた書類を鞄に放り込み、シメオン様は腰のサーベルに手をかけた。

「よくわからないのですよ。報告を聞いていると、むしろ管理帳が目当てだったのではと思えて……いずれにせよ、当直の騎士が警備をしていたのに侵入に気付かなかったのです。大変な失態です。上からもきつい叱責を受けました」

外されたサーベルが椅子に立てかけられる。なるほどとわたしはうなずいた。

それであんなにピリピリしていたのね。事務室に押しかけた職員も、苦情を言いにきたのだわ。実質的な被害が出なかったのはよかったけれど、簡単に流せない話だ。

「そんな時に休暇に入るのは、お心残りでしょうね……」

真面目でお仕事熱心なシメオン様のことだ。犯人をつかまえるまで休暇を返上したいのではないかと窺《うかが》うと、ふたたび苦笑が返ってきた。

「気にならないと言えば嘘《うそ》になりますが、団長の言うとおり私がいなければならないというわけでもありませんからね。他の用ならともかく、さすがに結婚式は延期できません。ここは潔く休ませてもらいます」

シメオン様はきっぱりとおっしゃる。わたしを安心させようとしてくださっているのを感じられた。

「本当によろしいのですか？」

「よろしくないと言われたい？」

ちょっぴり意地悪な笑顔で問い返される。やだ素敵、その腹黒っぽいお顔が大好き。でもここは否定しなければ。わたしは勢いよく首を振った。

「延期は困ります」

シメオン様はくすりと笑いをこぼし、わたしのそばまで戻ってきた。軽く身をかがめ、耳元にささやいてくる。

「では、先に行って馬車で待っていてください。じっと見つめられていると、着替えるのが恥ずかしい」

頬が一気に熱くなった。そそ、そうよね、いつまでもここにいては失礼だわ。殿方の着替えを見物するなんてはしたない。ああでも、今のお声がまた意地悪っぽくてゾクゾクしちゃう。

「す、すみません、すぐに出ていきます……けど、その前に」

「はい？」

萌えながらわたしはシメオン様を見上げた。

「もう一度敬礼してみせてくださいませんか。びしっと、かっこよく！」

「……敬礼？」

シメオン様の余裕の表情が崩れ、困惑に取って代わられる。

「さっきのがとても素敵で！　軍服と敬礼……いい！　シメオン様の敬礼が破壊的なまでにかっこいい！　お召し替えになる前に、ぜひもう一度見せてくださいませ！」

「…………」

シメオン様の眉間にしわが生まれた。頭が痛そうに目を閉じて、でもちょっと照れてもいらっしゃるのね、白い頬が染まっている。

「あともう一度サーベルを抜いて構えてくださいませんか。ほんの一瞬だったので物足りなくて。シメオン様に狙われる恐怖と緊張感をしっかり味わいたいです」

「そんなものを味わってどうするのですか⁉」

ほのかに色づいた頬は、すぐ元に戻ってしまった。眉間のしわをさらに深くしてシメオン様は叱りつけてきた。

「馬鹿なことを言うのではありません。あなたに剣など向けられますか」

「だって横から眺める時よりもっとずっとかっこよかったのですもの。あの凄味《すごみ》、追い詰められた獲物の気分、たまりません。鬼畜腹黒参謀の迫力をぜひもう一度！」

「鬼畜でも腹黒でもありませんから！」

問答無用《もんどうむよう》でわたしの肩に手をかけて、くるりと後ろを向かされる。そのまま背中を押されてわたしは戸口へ追いやられた。

「シメオン様ぁ」

「遊びで剣は抜けません。おもちゃではないのですよ。先に言っておきますが、私の目を盗んでさわったりもしないように。あなたに扱えるものではありませんからね」

つれなく言ってシメオン様はぽいとわたしを外へ放り出す。むくれて振り返ると、しかたなさそうに息をついたあと、さっと敬礼してくださった。

すぐに扉が閉じられる。わたしは顔を覆ってその場にうずくまった。

ああああああ、不意打ちずるい！　卑怯《ひきょう》！　かっこいい――！

シメオン様が素敵すぎて萌え死にそう。ただでさえ美しい人なのに動作の一つ一つがすべてかっこいいって、罪でしょう！　殺しにかかっているとしか思えない！

あの人がわたしの婚約者。二日後には夫となる人。ちょっと信じられる？　この平々凡々《へいへいぼんぼん》、なんら特筆すべきところのない地味なわたしに、あんな素敵な伴侶が与えられるなんて！

幸せを噛《か》みしめつつ萌えに悶《もだ》える。扉の前で震えるわたしの姿は、さすがに風景の一つには見えなかったようで、通りすぎる騎士たちが逆に目をそらしていた。

3

無事予定どおり老舗《しにせ》宝飾店で指輪を受け取ってきて、その並びにある別のお店にも立ち寄った。シメオン様とともに揺られる馬車の中、わたしの膝には指輪の箱と眼鏡《めがね》の箱が入った手鞄《てかばん》がある。このために今日はちょっと大きめの手鞄を用意してきたのだ。新しく作ってもらった眼鏡も、指輪と同じくらい楽しみにしていたものだ。ようやくこの手にできて、顔がついついにやけてしまった。

「次は百貨店ですか。……またアイスクリームですか？」

隣に座るシメオン様が馭者《ぎょしゃ》に行き先を指示しながら、少し微妙な表情になる。わたしは笑って首を振った。

「あれは冬だけです。今の時季に行っても売っていませんわ」

「そう聞いて安心しました」

本当にほっとしたお顔で座席にもたれる。ますますわたしは笑ってしまった。

街で評判の店に、まだ寒かった頃二人で行ったのだ。そこのアイスクリームを分け合って食べるというのが、サン＝テール市の恋人たちに大流行していた。わたしも一度やってみたくて、シメオン様に付き合っていただいたのだ。

一つの器から互いにすくい取っては食べさせ合う。予想以上の恥ずかしさをシメオン様は必死にこらえ、そんな彼にわたしは萌《も》え死にそうなのをこらえていた。

泣く子も黙る近衛騎士団の鬼副長が、さし出されるアイスクリームに口を開くのよ！　子供のように、雛鳥《ひなどり》のように！　部下の皆さんには絶対に想像できない光景でしょうね。王宮で見てきた姿とは別人級に可愛《かわい》らしかった。剣を取れば死神のように強く、生真面目《きまじめ》なだけかと思わせて策をめぐらせるしたたかさも持つ人が、秀麗な頬を照れに染め羞恥《しゅうち》に耐えながら口を開くのよ！　テーブルに突っ伏してバンバン叩《たた》きたい衝動に駆られたわよ。

ちなみにたまたま目撃した知り合いから話が伝わって、その後団長様からさんざんにひやかされたそうな。わたしの方には若者らしい楽しみを教えてやってくれてありがとうと、お礼を言ってこられたけれど。

アイスクリームは冬だけの期間限定商品なので、今回は楽しめない。暖かい季節にこそああいう冷たいものがほしくなるけれど、寒くないと作れないからしかたないわよね。

「アイスクリームはありませんが、かわりにプディングが食べられるそうですよ。ショコラや果物をたっぷり添えた豪華なプディングですって」

「お一人でどうぞ。聞いただけで口が甘くなる」

「半分ずつなら大丈夫でしょう？」

「それも流行《はや》りなのですか!?」

「なのです」

恋人たちが冬だけで満足するはずないでしょう？　アイスクリームがなければ他のものでとなるに決まっているじゃない。

わたしの説明にシメオン様は頭を抱えてしまった。そうしながらも行き先を変えろとはおっしゃらない。普段忙しくてなかなかわたしにかまえないからと、おねだりには極力付き合ってくださるのがうれしかった。

まあ、今回は一人で食べましょう。シメオン様にとっては拷問みたいなものだし、何度もお願いしては気の毒よね。

今日はすでにかっこいいお姿で萌えをいただいているので、可愛い方はまた別の機会にと考える。一度に欲張る必要はない。結婚したら、毎日彼を見ていられるのだから。きっと毎日違う萌えに出会えるわ。それを思うと楽しみよね！

ごきげんなわたしと困りつつも優しいシメオン様を乗せて、馬車は華やぐ街の中心地へと入っていく。晩春の空はどこまでも晴れやかで、明るい喜びに満ちていた。


流行の発信地として名高いラグランジュ王国は花の都サン＝テール市に、昨年開店したばかりの百貨店「カトル・セゾン」は、主に中産階級の人々を客層に据えている。

上流階級御用達《ごようたし》の専門店にはちょっと手が届かない人々にとって、高級感を楽しみながらお買い物できるのがいいらしい。早くも街で一、二を争う人気店になっている。今日もたくさんの客でにぎわっていた。

シメオン様とともに入り口をくぐれば、そこは吹き抜けのホールになっていた。高い天井は優美な曲線を描き、彫刻とステンドグラスに飾られている。どこかの聖堂みたいな雰囲気だ。この店の自慢であり、来店した客がかならず見上げる名所だった。

「大分変わりましたね」

シメオン様の腕に寄り添いながら、わたしは店内を見回した。壮麗なホールは同じでも、売り場はすっかり模様がえされている。爽やかな色彩にあふれ、商品は夏物で揃《そろ》えられていた。

「買い物はしなくてよいのですか？」

カフェへ向かう前に買い物をしてはどうかと、シメオン様が聞いてくださる。わたしはちょっと考えてうなずいた。

「そうですね……文具売り場だけ見てもよろしくて？」

化粧品や装飾品などは結婚にそなえてもうたくさん買ってある。シメオン様からも贈られた。そのあたりを見る必要はなかったが、可愛らしい便箋やカードを買うのが好きなので、わたしは文具売り場へ向かうことにした。

売り場を眺めながら広い店内を移動していくのは楽しかった。食料品から雑貨、紳士物に婦人物、スポーツ用品と多種多様《たしゅたよう》だ。まさに「百貨」店。買い物をする側にとって、いちいち店を変える必要がないのは便利でいい。大勢の客が集まるのは話題性だけが理由ではないとわかる。ここだけで用が済むから、他へ行こうという気にならないのだ。これは戦略的に大成功よね。「カトル・セゾン」の繁盛ぶりを見て、今はお高くとまっている専門店もいずれ方針を変えていくのではないかしら。

帽子売り場の前を通りがかった時、ふと足が止まった。大きなつばのある白い帽子に目が引きつけられた。

これからの季節にぴったりな、とても爽やかなデザインだ。レースが重なってつばを飾り、そこに白と水色の縞模様《しまもよう》のリボンが結ばれている。リボンと同じ水色の、可愛らしい造花もついていた。

……これ、新婚旅行用に仕立てたドレスに合いそう。

同じような白と水色の縞模様のドレスを作ったのだ。言うまでもなくシメオン様の瞳の色を意識している。白い帽子ならなんでも合うので、特にお揃いでは作らなかった。でも目の前のこの帽子は、まるであつらえたようにぴったりだ。

「それが気に入りましたか？」

シメオン様が気付いて聞いてくる。わたしはどうしようかと迷い、でも結局首を振った。

「いいえ、少し目を引いただけです。新しいドレスとよく似た色合いだったので」

シメオン様をうながしてまた歩き出す。文具売り場はもう少し行った先だ。

たしかにちょっとほしくなったけれど、帽子も新しいのを作ったものね。しかも三つも。これ以上買うのは贅沢《ぜいたく》だ。手持ちの白い帽子に水色のリボンや造花をつければいい。さっきの帽子を参考に工夫してみよう。

そうしてようやくお目当ての売り場にたどり着いた。いちばん目立つ場所には季節に合わせた柄の便箋やカードが陳列されている。わたしはうきうきと見て回った。

「見てくださいな、この子猫のカード可愛いですね。これを描いた人、きっと猫を飼っていますよ。夏はこんなふうにおなかを出して伸びるんですよね。あ、菫《すみれ》の絵柄もまだあるんだわ。こちらも可愛くて迷うわ……でも、考えてみればフロベール家には紋章入りの便箋やカードがありますものね。買っても使えないかしら」

「あまりかしこまらない、個人的な用途ならばなにを使ってもかまいませんよ。友人とのやりとりなど、気軽な用件にまでいちいち紋章を使う必要はありません」

「シメオン様からのお手紙は、いつも紋章入りでしたが」

「好みで選ぶという発想がありませんでしたので……堅苦しくてすみません」

言いながらシメオン様は子猫模様と菫模様、両方のカードを取った。

「迷うなら両方買いましょう」

「あ、わたしが……」

受け取ろうとした手がやんわり遮られる。

「私が一緒にいるのに、あなたに支払いなどさせませんよ」

気取るでもなくさらりとおっしゃる。笑顔が優しくて、まなざしは甘くて、だからかっこいいんですってば！

もうもう、ご自分が王子様的な美貌の主であることを自覚してほしい。そして普段は鋭いまなざしの軍人であることも思い出してほしい。どこか腹黒そうな曲者感《くせものかん》を漂わせているくせに、一方でこんな甘いお顔もするなんて。くっ、二重に萌える。腹黒参謀のデレとか美味《おい》しすぎるでしょう！

「マリエル？」

「沼が深すぎます……」

「なぜここで沼が⁉」

シメオン様にカードを買っていただき、手鞄の中の宝物が三つになる。ますますごきげんになって、わたしはカフェへと移動した。

カフェは一階にあり、かなり広い面積が取られている。大きな観葉植物の鉢植えに囲まれ、他の売り場とは雰囲気の違う静かな空間だ。窓際の席では外の景色が眺められる。ここでいただけるお茶や軽食がとても美味しいので、それだけを目当てに来る客も多かった。そして店内を見るうちについ買い物がしたくなり、と上手《うま》く乗せられている。本当にここの経営者は商売上手だ。

店員に案内されて、わたしたちは奥の居心地のよい席に腰を下ろした。

注文を済ませると、なぜかシメオン様がふたたび立った。

「すみません、用を済ませてきますので、少しだけ待っていてもらえますか」

「でしたら、シメオン様のお茶はあとにしていただきます？」

「いえ、すぐに戻りますよ」

軽く言って離れていく。ご不浄かしら。今日は一緒に食べなくていいと言ったから、逃げたわけではないわよね。

鉢植えの向こうに消える後ろ姿を見送って、わたしはゆったりと背もたれに身を預けた。

注文したプディングが出てくるまで手持ち無沙汰で、なんとなく脇に置いた手鞄を見下ろす。取り上げて膝に乗せ、口を開けば中には指輪と眼鏡と、そしてカード。見るたびに顔がにやけてしまう。わたしはそっと眼鏡の箱を取り出した。

留め金を外してふたを開け、保護のクッションをのければ眼鏡が二つ顔を出す。男物と女物で、形はまったく異なるデザインだ。シメオン様の眼鏡はすっきりと知的な線を描き、わたしの眼鏡はやわらかな曲線を描いている。どういうことのない、他人の目にはただの新しい眼鏡でしかない。わたしたちだけにわかるしるしが隠れている。

わたしの眼鏡のつるには、小さな百合《ゆり》の花が意匠化されていた。シメオン様のお誕生日の頃に凛《りん》と咲く清らかに白い花は、彼自身のたたずまいを思わせる。そしてシメオン様の眼鏡のつるには、裏側に菫の花が彫り込まれていた。

二人の思い出の花といえば薔薇《ばら》かしらと思っていたのに、シメオン様が菫を指定したのだ。そう、わたしは菫がいちばん好き。薔薇よりもわたしらしい花だと思う。いつお気付きになったのだろう。花の種類になんて頓着しなさそうな方なのに、ちゃんと菫を選んでくださったのがとてもうれしかった。

お互いの象徴となる花を、こっそり身につける。たわいのない少女趣味な思いつきを、彼は馬鹿にせず、いやがりもせず、忙しい合間を縫って注文にも付き合ってくださった。シメオン様のそういうところが大好き。堅苦しい性格ですぐにお小言が飛び出してくることをご本人も気にしていらっしゃるけれど、そればかりの人ではない。他人の価値観や楽しみを否定しない寛容さと思いやりを持っている。家族ですら呆《あき》れるわたしの趣味を、彼はできるだけ理解しようと努めてくれる。こんな素敵な伴侶、絶対他には見つからないわ。

見ているとどうしても顔がゆるんでしまう。わたしは元どおりにふたを閉め、きっちり留め金をかけて手鞄に戻した。次に手の中に収まるほどの小さな箱を出す。中身は言うまでもなく結婚指輪だ。お行儀よく並ぶ二つの金の輪を、やっぱりにやけそうになりながら見ていた時だ。あわただしくそばへやってくる人がいた。

シメオン様が戻ってきたのかと思い、わたしは箱のふたを閉めた。けれど顔を上げてみれば、目の前に立っていたのは知らない男性だった。

中年と呼ぶにはまだ少し早いだろうか。きちんとなでつけた栗色の髪は豊かで手入れが行き届いた、風采のよい人だ。けれどどこか憔悴《しょうすい》しているようすに見える。目の下にはくっきりと隈《くま》ができており、充血した目でわたしを見下ろしていた。

な、なにかしら……きちんとした身なりだし、こんな場所だし、強盗のたぐいではないだろうけれど、不安になってわたしは指輪の箱を手鞄に押し込んだ。

「……返せ」

「え？」

男性が手を伸ばしてくる。思わず逃げるわたしに、かまわず詰め寄ってきた。

「それを返せ……早く！」

鬼気迫る顔にどこか見覚えがあるような、と思った時、男性がわたしの手鞄をつかみ、乱暴に引っ張った。

「えっ、やだ、なにを」

奪われそうになった手鞄をあわてて引き戻す。まさかと思ったのに、やっぱり強盗なの⁉

「返せ！」

「か、返せと言われても。これはわたしの鞄です！」

わたしが抱え込む手鞄を、男性もぐいぐいと引っ張る。どうも強盗というより、なにか勘違いされているようだ。

「お間違えになっていますわ。よくご覧になって」

「ほら、このとおり要求の品は持ってきた！　くれてやるから、さっさと返してくれ！」

わたしの言葉が耳に入らないようすで、男性は反対の手に持っていた包みをぐいぐいと押しつけてくる。いったいどんな間違いをされているのだろう。わたしは必死に手鞄を守りながら首を振るしかできなかった。

「ですから、お間違えだと！　要求とかなんのことかわかりません！」

「返せって！」

ああもう、全然聞いていない。これはだめだわ、助けを呼ばないと。

わたしは店員の姿をさがして視線をめぐらせた。近くの客たちもなにごとかと注目している。数名の男性が席を立って、こちらへ来ようとしていた。ただならぬ雰囲気に助けようとしてくれたのだろうか。

それで少し安心してしまったのがいけなかった。力に負けてあっと思った時には手鞄を奪い取られていた。

「待って！」

たちまち身をひるがえして駆け出す男性を、わたしもあわてて追いかけた。投げつけるように置いていった包みを持って、謝りながら人々の間をすり抜ける。

「お願い、待って！　人違いよ！　それはわたしの鞄なの！」

叫ぶわたしに男性は振り返りもしない。どんなに頑張って追いかけても男と女、とても追いつくことはできない。ドレスでもたつくわたしを置いて、男性はどんどん遠ざかっていく。

「誰か止めて！　わたしの鞄が……っ」

必死に声を張り上げた時、足がなにかにつまずいた。そばの陳列棚にぶつかり、そのまま体勢を戻せず床へ倒れ込んでしまう。けたたましい音が響き、悲鳴とどよめきが上がった。手足を床に打ちつけ、落ちてきたものがいくつもぶつかる。さらには倒れた棚の下敷きになってしまった。

「お客様！」

店員が棚に飛びついて持ち上げる。重さのない簡易な棚でよかった。周囲に散乱する商品も小さなものばかりだ。

「だ、大丈夫ですか」

助けられながらわたしは身を起こした。あちこちが痛いけれど今はそれどころではない。わたしは顔を上げてさきほどの男性の姿をさがした。

「………」

……見当たらない。一斉にこちらを注目している人々の向こうに、さがす姿が見つからない。見回してみても変わらなかった。もうどこにもいない。わたしが転がっている間に、あの人はどこかへ逃げ去ってしまった。

「……嘘《うそ》でしょう……」

わたしは床に手をついたまま立ち上がれなかった。全身が震える。頭がぐるぐると混乱して、気が遠くなった。

わたしの手鞄……あの中には、受け取ってきたばかりの眼鏡と指輪が入っていたのに……。

「お客様？　あの、お怪我《けが》はありませんか？　大丈夫ですか？」

親切に聞いてくれる店員に答える余裕もない。どうすればいいのかわからない。あまりの衝撃に頭が真っ白になって、なにも考えられなかった。

「マリエル！」

気絶しそうになっていたわたしの耳に、よく通る声が飛び込んできた。反射的にわたしは振り返る。こちらへ駆け寄ってくるシメオン様の姿を目にした瞬間、遠ざかっていた感覚が戻ってきた。

「シメオン様……」

「どうしたのですか、いったい。立てますか」

そばまできたシメオン様は膝をつき、わたしを立たせようと手をかける。ぬくもりを感じた瞬間、止めようもなく涙があふれてきた。

「マリエル？」

「シメオン様……」

人前だとわかっていてもこらえられなかった。わたしはしゃくり上げながらシメオン様にすがりついた。

「指輪が……っ」

なんてことなの。大切な指輪を奪われてしまった。明後日には式を挙げるのに。神様の前で誓いを交わすのに。その時に互いの指にはめる指輪を、なくしてしまったなんて。

こんなことって――！

「どうしよう……っ」

落胆と憤りと罪悪感と。一度に押し寄せた感情がわたしを苛《さいな》む。まともにものも言えずに泣いていると、シメオン様がわたしを抱き上げた。

「騒がせて申し訳ありません。弁償が必要なものがありましたら、請求はフロベール家へ」

立ち上がり、店員に声をかける。売り場をめちゃくちゃにしてしまって謝らないといけないのに、頭ではわかっているのに、言葉が出てこない。情けないほどに泣けてしまって、わたしはただシメオン様に運ばれるばかりだった。

元の場所に戻ってきて、シメオン様はわたしを椅子に下ろした。ご自分は座らずわたしの前に膝をついて、怪我がないかたしかめる。

「どこか痛めてはいませんか」

「…………」

渡されたハンカチに顔をうずめたまま、わたしは黙って首を振った。痛みなんてどうでもよかった。今頭を占めているのは後悔ばかりだ。

こんなことになるなら馬車に置いてくればよかった。ジョゼフに預かってもらえばよかった。小さいとはいえ荷物をいちいち持ち歩くなんて、淑女のすることではない。本当は置いてくるのが正しかった。それを、わざわざ大きめの手鞄まで用意して持っていたのだ。うれしくて、浮かれていて、ずっと手元に置いておきたかった。

その結果がこの始末だ。わたしが不用意に持ち歩いていたせいで、大切な指輪をなくしてしまった。

「マリエル」

「……申し訳、ありません……」

全部自分が悪いのだという気持ちになって、わたしは震える声で謝った。

「わた、わたしが、置いてこなかったせいで……せ、せっかく作った指輪が……」

どうしたらいいの。結婚式まであと二日なのに。今から注文し直しても間に合わない。適当な指輪で代用してその場しのぎにするの？　一生の思い出になる結婚式なのに！

「ごめんなさい……っ」

「マリエル」

シメオン様の両手がわたしの頬に添えられた。強引に顔を上げさせられ、と思ったら唇がふさがれる。嗚咽《おえつ》が彼の中に呑《の》み込まれていった。

優しい口づけをくり返し、シメオン様はわたしをなだめる。嗚咽が落ち着いてくると唇から離れ、まぶたや頬にぬくもりの雨を降らせた。

「大丈夫ですから、落ち着いて」

強く優しい声が耳に滑り込んでくる。抱きしめられた腕の中で、ようやく頭がまともに動きだしてきた。大きな身体《からだ》に包み込まれ、ゆっくりと背中を叩かれて、見失っていた理性が戻ってくる。わたしは胸に溜《た》まっていた息を吐き出した。

シメオン様から身を離し、まだ目元に残っていた涙を拭き取る。眼鏡をかけ直そうとして、涙の跡がくっきりついていることに気付いた。そちらも拭いて顔にかけると、どうにか身体もしゃんとしてきた。

「ごめんなさい、馬鹿みたいに取り乱して。ご迷惑をおかけしました」

「そんなことはかまいません。それより、本当に怪我はありませんね？」

「はい」

しっかりとうなずけば、シメオン様もほっと表情をゆるめる。椅子をすぐそばへ引いて隣り合わせに座り、わたしの手をにぎってくださった。

「店員の話では、ひったくりに遭ったとか」

「ひったくりというか……よくわからないのですが、多分人違いをされたのではないかと」

わたしはさきほどのできごとを手短に説明した。

「誰かと約束をしていたのでしょう。要求したものを持ってきたから、それを返せと詰め寄ってきて……って、そういえばあの包みをどうしたかしら」

「これのことですか？」

思い出してあわてるわたしに、シメオン様は見覚えのある包みを見せた。

「あなたのものだと店員が渡してくれました」

さし出されたのは新聞紙で厳重にくるまれた、おそらく箱だろう、平たい形状のものだった。眼鏡の箱を二つ並べたほどだろうか。受け取って新聞紙を取り除けば現れたのはやはり箱で、それも革張りの立派なものだった。

「これ、『ビジュー・カルパンティエ』の刻印ですわ」

ふたの中央に焼き印が押されている。とても見覚えのある――今日行ってきたばかりの、宝飾店のマークだ。奪われてしまった指輪の箱にも同じマークがついていた。

「この大きさからして、首飾りのようですが」

「ええ、きっとそうでしょう」

シメオン様の言葉にうなずいてふたを開ける。白い絹張りの中、無数のきらめきが鎮座していた。

わたしはぽかんと口を開いて首飾りに見入った。老舗宝飾店の首飾りケースなのだから、きっと中には宝石をあしらった首飾りが入っているのだろうとは思っていた。それなりに豪華なものが出てくるだろうと。でも自分の想像力はてんでお粗末だったと思い知らされた。これは作家として嘆くべき？　そこにあったのは大小のダイヤとルビー、そして真珠を数えきれないほどちりばめた、おそろしく豪華な首飾りだった。

白金の鎖と台がつる薔薇を模し、そこにびっしりと宝石が埋められている。白薔薇と赤薔薇だ。間を飾る真珠は朝露といったところだろうか。中央に輝くルビーは鳥の卵ほどもあって、それ一粒だけでも家宝になりそうだ。いったいお値段いくらになるのか、わたしには見当もつかない品だった。

「すごいですね……」

さきほどまでの衝撃も忘れて、わたしは首飾りに見入る。横でシメオン様が「これは……」とつぶやいた。

「シメオン様？」

振り向けば、とても真剣なお顔をされている。眉間にしわを寄せて怖い目で首飾りをにらんでいた。

「なにか、ご存じなのですか？」

「見覚えがあります。ラビアの大公夫妻への贈り物として、国王陛下がご注文された首飾りにそっくりです」

「へ、陛下が？」

とんでもない話に箱を持つ手が震えた。落としてしまってはいけないと、あわてて膝に置く。あらためて見下ろせば、たしかに王室が持つにふさわしい品だ。たとえ王妃様でもこれほどの首飾りは普段使いにはなさらないだろう。

「大公夫妻は今年で結婚三十周年を迎えられます。その祝いとして手配されました。そう、たしかにあれを注文したのも『ビジュー・カルパンティエ』でしたね」

難しいお顔をしながらも、シメオン様は淡々と言う。隣国ラビアはアンリエット王女様がお輿《こし》入《い》れされる予定の国だ。次期大公となるリベルト公子と婚約されている。そうした関係もあっての豪華な贈り物というわけだ。西の大国イーズデイルと張り合う意図もあるのだろう。

なぜ、そんなものがここに。

「お店から盗まれたのでしょうか」

「いや、首飾りはもう納品されています。王宮で厳重に保管されているはずですが」

「では王宮から盗まれた？」

「まさか。どこぞの怪盗だったとしても、そう簡単に手出しできる場所では……」

ふとシメオン様が言葉を切り、わたしの頭にも今朝の話がよみがえった。王宮の宝物倉に侵入者があったらしいとの問題で、近衛騎士団がピリピリしていたのではなかったか。

まさか、これが関係していたりする？　でも盗まれたものはなかったはずだけれど。

「貸してください」

シメオン様もきっと同じことを考えていらっしゃるだろう。わたしの手から箱を取り上げた。目を近付け、いろんな角度から首飾りをたしかめる。しばらくして彼は息をついた。

「おそらく模造品でしょう。本物の宝石ではないと思います」

「これがですか？」

驚いてわたしは首を伸ばし、シメオン様の手元へ顔を近付けた。シメオン様が下ろしてくださったので、もう一度じっくりと首飾りを眺める。

「たしかに、言われてみれば硝子《ガラス》のような気も……でも知らなければ本物と思ってしまいますね」

「ええ、かなり精巧な出来ですね。見本用として作られたものではないでしょうか。これほどの品ならデザイン画だけで済ませるはずがありません。最低一度は完成状態で見せて、確認を取るはずです。これはそのために作られた模造品でしょう」

「まあ……」

なるほど、そう聞くと納得する。模造品といっても真珠と白金は本物なのだろう。

「あの人が言っていた『要求の品』という言葉を考えると、脅迫でもされていたのでしょうか。それで、本物を渡すわけにはいかないから偽物でごまかそうと……？」

「さあ……とにかく、これが本当に模造品なのか、王宮にちゃんと本物があるのか、確認が必要です。例の侵入事件との関わりも調べねば」

「……と、なりますと」

「王宮へ戻ります」

「ですよね……」

きっぱりと告げられて、わたしは肩を落とした。ええ、そうなりますよね。当然です、わかります。わかっているけれど……せっかくのおでかけがぁ。

婚約時代最後の、幸せな思い出になるはずだったのに。どうしてこうなっちゃったの。眼鏡も指輪も奪われちゃうし、さんざんよ。夢見が悪かったせい？ やっぱりあれは悪夢なの？

「すみません。せっかくの時間をつぶすことになりますが」

「いいえ、しかたがありません。どのみちもう楽しいおでかけという状況ではありませんし。指輪のこともなんとかしませんと」

ああ……お母様に死ぬほど叱られそう。フロベール家側の反応も怖い。お姑《しゅうとめ》様となるエステル夫人に結婚前から見限られたらどうしよう。そして思い出すと、やっぱり落ち込んだ。

「……ごめんなさい、わたしが持ち歩いていたばかりに」

「不注意でなくしたわけではないのですから、あなたが責任を感じる必要はありません。私の方こそ、あなたを一人にしたのがいけなかった」

「それこそ、シメオン様はなにも悪くありませんわ」

いつも一人でひょいひょい出歩くわたしだもの、シメオン様が気にしなかったのは当然だ。そもそもここは百貨店の中。庶民といっても裕福な人しか入らない。盗難をいちばんおそれるのは店側だから、あやしげな風体の人間など入り口で追い返される。身なりだけ整えた掏摸《すり》が入り込むこともあるらしいけれど、強盗やひったくりまでは考えないわよね。

首飾りの箱を元通り新聞紙でしっかり包み込み、シメオン様に手を取られてわたしは立ち上がった。近くの人がうさんくさそうにこちらを見ているのが気になった。わたしたちが盗んだとか、変な取り引きをしたと思われたらたまらない。包みを胸の前に抱え込んで隠し、シメオン様とともに急いで外へ向かった。


「当店の中でこのようなことが起きますとは、まことに申し訳ないかぎりでございます。お客様に安心してお買い物をお楽しみいただけますよう、警備にも力を入れていたのですが……」

店の支配人オラール氏が恐縮しきったようすで頭を下げる。あの壮麗なホールまで戻ってきたところで呼び止められたと思ったら、オラール氏は平身低頭《へいしんていとう》してわたしたちに謝罪してきた。

「重々反省し、より一層の努力をと店員一同心に戒めましてございます。どうか、ご寛恕《かんじょ》のほどをたまわりたく……」

なまじな客よりも立派な紳士であり、日頃は王様のように店員たちに指図する立場の人が、ただひたすらに頭を下げて謝っている。店の中でひったくりが発生し、しかも被害者がよりによって上得意（になってほしい）名門伯爵家の若君（の連れ）ということで、彼も相当に頭の痛い思いをしていることだろう。

支配人がじきじきに謝罪に出向くなどいったいなにごとかと、周り中から注目されていた。丁重にしてもらっても、かえって居心地が悪かった。

「逃走した犯人は見つかりませんでしたか？」

シメオン様が尋ねる。別に怒っているようすのない、いつもどおりの静かなお声なのに、オラール氏はびくりと肩を揺らした。そんなに怖いかしら？　まあ、目元はちょっと鋭いし、それで静かに話されても逆に凄味《すごみ》を感じるかも。同性の場合かっこいいとときめいたりもしないわよね。多分。

「は、はい。大急ぎで外も調べさせたのですが、どうにも……まことに申し訳なく」

「いえ、しかたがありません。ただ、貴重品だけ抜き取って鞄は捨てる可能性があります。もし見つけたら連絡をお願いします」

「かしこまりまして」

「あ、あの……」

あまりにオラール氏が恐縮しているので、いたたまれなくなってわたしは口を挟んだ。

「どうか、あまりお気になさいませんよう……もちろん警備は大切ですけど、どうも普通の窃盗ではない気もしますし……それと、売り場を荒らしてしまってごめんなさい」

「滅相もないお言葉にございます。お嬢様にお怪我がなかったことだけが幸いでございました」

いえ、本当はぶつけた脚にまだ痛みが残ってますけどね。今朝と同じところをぶつけてしまって、きっとスカートの中で盛大な痣《あざ》になっているだろう。見えないところだからいいけれど、結婚式の直前に痣を作ってしまうなんて情けない気分だ。

「貴重品は諦めるとしても、他にも入っていましたので。お手数をおかけしますが、鞄の捜索をお願いいたします」

「はい、近辺をさがさせております。人員を増やしてなんとか発見に努めたく存じます」

「よろしくお願いします」

小説のネタや社交界の秘密を山ほど書き込んだ手帳もあの手鞄には入っていた。人名はすべて伏せてあるし、万一の場合を考えて書き方にも注意してきたので、他人が見てもすぐには誰の話かわからないはず。それでも紛失したままで放置するのは落ち着かなかった。せめて手帳だけでも取り戻したい。本当言うと指輪と眼鏡も取り戻したい。

拾った鞄をこれ幸いと自分のものにしたり売ったりするような階層の人間は、このあたりを歩くことはないだろうけれど……無事発見されるよう天に祈りながら、わたしは店を出た。

駐車場へ向かい、待たせていた馬車に戻ってくる。なにも知らないジョゼフは「思ったよりお早いですね。楽しんでこられましたか？」と笑顔で聞いてくる。どう答えればよいものか。わたしはあいまいな表情と言葉でにごし、シメオン様の手を借りて馬車に乗り込もうとした。

そこへ、

「まっ、待ってください！　そこのお嬢さん！　眼鏡のお嬢さん！」

突然、背後から大声で呼び止められた。わたしのことよね？　一瞬シメオン様と顔を見合わせる。振り返れば男性が一人駆けてくるところだった。ひどく焦ったようすだ。その手にあるものが目に入り、わたしは思わず声を上げた。

「わたしの鞄！」

もう発見されたの？　驚いてステップから足を下ろし、向き直る。男性はぜいぜいと喘《あえ》ぎながらわたしたちの前までやってきた。

「カトル・セゾン」の店員ではなさそうだ。仕立てのよい上等の紳士服を着ていた。ただそれは、ひどく走ったせいで着崩れている。整髪料でなでつけていたらしい栗色の髪も乱れていた。

あの騒ぎを知る人が、たまたま鞄を見つけて追いかけてきてくれたのかしら。感動と、早く中身をたしかめたい気持ちに急《せ》き立てられる。手帳は無事だろうか。眼鏡と指輪はどうなっただろう。

膝に手をついて呼吸を整えていた男性がようやく顔を上げた。青年と中年の狭間にある顔を見た瞬間、またわたしはあっと声を上げた。

――それは、わたしから手鞄を奪って逃げた犯人その人だった。

4

「あなた、さっきの!?」

この短時間で忘れるはずもない。目の前にいるのは、間違いなくさっきの人だった。

「く、首飾りを……首飾りを返してください」

汗の浮いた額に落ちかかった髪もそのままに、男性は言う。なんなの？　人のものを奪っておきながら第一声がそれ？　さすがにこれにはむっときた。

「返してはこちらの言葉です。わたしの鞄《かばん》を返してください」

きつく言えば、あわてて手鞄がさし出される。

「は、はい。これです、これ。すみませんでした、間違えて……」

受け取ろうとわたしも手を伸ばし、間近で向き合って、やはりこの人に見覚えがあると感じた。誰だったかしら。貴族ではないと思うけど……。

その時、ずいとシメオン様が踏み出した。手鞄を無視して男性の胸ぐらをつかみ上げる。と思ったらものすごい力で引っ張って、馬車の中へ投げ入れた。馬車が揺れ、馬が驚いていななく。それをなだめるジョゼフも驚いている。そしてわたしも突然の暴力に驚きながら、落とされた手鞄を急いで拾い上げた。

「シメオン様!?」

仰向けに倒れた男性に起き上がる隙を与えず、シメオン様は押さえかかる。

「なっ……ぐ、ま、待って……くるし……っ」

「貴様が犯人か」

襟元を締め上げながら低い声で言う。荒らげることはないけれど、氷の刃《やいば》を突きつけるような冷たくも凄味《すごみ》のある声だ。広い背中と横顔に殺気が漂っていた。

これぞ鬼副長！　殺し屋のようなと言われる迫力発動！　――って、萌《も》えている場合じゃない！

「シ、シメオン様、いきなりそんな乱暴な。苦しがっていますよ」

わたしはシメオン様に追いすがった。

「放してさしあげて」

「この男が犯人なのでしょう」

「犯人というか……まあそうですけど、人違いだったようですし、なにかわけがありそうです。話を聞いてみましょう?」

「話などあとでけっこう。この男があなたをあんなにも泣かせたのでしょう。まずは報いをくれてやらねば気がおさまりません」

振り返りもせずシメオン様は冷え冷えと宣言する。襟を締めるのとは反対の手が拳を作った。

――そうでした。この人、わたしが泣かされると怒るのよ。見た目には全然わからないのだけれど、冷静なようで実は怒っている。以前にもあった。女性が相手でも怒るくらいだもの、男性ならなおのこと容赦がなくなるだろう。……ご自分が泣かせたこともあるのにね。

　それだけわたしを大事にしてくださるのはうれしいけれど、暴力を喜んで眺めるわけにはいかない。わたしは必死にシメオン様を止めた。

「だめですよ、この人普通の一般市民でしょう。上等な服で見栄えよくしていますけど、身体《からだ》はかなり細そうです。ヒョロヒョロです。シメオン様の鍛えられた拳で殴られたら、一発で骨が砕けて昇天しちゃいます。撲殺って響きが悪いしきっと見た目も悪いですよ。まだ刃物で胸を一突きする方がきれいです」

「ひぃっ！」

　シメオン様の下で男性が悲鳴を上げている。

「ほら、怖がっていますよ。お仕置きはもう少し穏便にしてあげましょう？　いろいろ方法があるようですよ。縛ってろうそくを使うとか、もちろん鞭《むち》もね。わたし、調べますから」

「……いえ、調べなくてけっこうです」

　懸命の説得が通じて、シメオン様から殺気が消える。どこか力の抜けた声で答え、彼は男性から手を放した。

　肩越しにわたしを振り返ったお顔は、なぜか複雑そうだった。

「あなたは、どうしてそうよけいな知識ばかり溜《た》め込むのですか」

「よけい？　なにがですか。ああ、尋問に関してはシメオン様の方が本職ですものね。お仕置きのしかたもたくさんご存じですよね。派手に痛めつけるのではなく、じわじわ責めるとか、精神的に追い詰めるとか、心に深い恐怖を植えつける方法をご存じなのでしょうね。見学させていただいてもよろしくて？　参考にさせてくださいませ」

「そんな方法知りません！　……とは言いませんが」

「まあっ、やっぱり！　さすがわたしの鬼畜腹黒参謀！」

「いやあああぁぁっ！　すみませんごめんなさい間違えただけなんです！　許してくださいぃーっ！」

いい歳の男性とも思えない悲鳴がシメオン様の下から響いた。見れば蒼白《そうはく》な顔に涙目だ。殴るまでもなかったわね。シメオン様の怒りは十分に伝わったようだ。お仕置きはこれで十分でしょう。


人違いにわたしを巻き込んでくれた男性は、クロード・カルパンティエと名乗った。その名前にようやく思い出した。どこか見覚えがあると思ったら、そうよ「ビジュー・カルパンティエ」の店員よ。経営者の息子さんだわ。お店で何度か見かけたことがある。上品にすました顔しか知らなかったから、さっきのただならぬ剣幕ではわからなかった。

いつまでも騒いでいたのでは通行人からまた注目されるばかりだ。わたしたちは馬車の中で話をすることにした。向かい合わせに座るクロードさんは恐縮しきって身を縮めていた。

「フロベール様のお連れ様だったとは気付きませず、とんだご無礼をいたしました。まことに申し訳なく……クララック子爵令嬢……で、いらっしゃいますよね……？」

ちょっと自信なさげに尋ねてくる。クロードさんの方でもわたしが誰だか気付いていなかったようだ。シメオン様が隣に来てはじめてわかったのね。まあそれはいつものことなので気にしない。わたしは何度見ても覚えられないと評判だもの。目の前を通っても気付かれないほどに、印象も存在感も限りなく薄い人間ですからね。

「意図的に気配を消して目立たないようふるまっているからでしょう。あなたの本性を知る者は誰もそうは考えていませんよ」

「常に風景に同化しているつもりはないのですけどね。もう無意識に発動しちゃうのかしら……それで、なぜクロードさんはわたしの鞄を持っていってしまいましたの？」

なにはさておき、真っ先に確認した手鞄の中身はすべて無事だった。眼鏡《めがね》も指輪もちゃんと入っている。手帳とカードも問題ない。安堵《あんど》に全身から力が抜ける思いで、でも結局どういうことだったのかは大いに気になった。

「はい、その、まことに申し訳ございませんでした。完全な間違いです。うちの刻印の入った指輪の箱を持っていらしたので、取り引き相手だと思い込んでしまったのです」

クロードさんは汗を拭き拭き答えた。前髪に手を入れてかき上げる。身なりが落ち着くと老舗《しにせ》専門店の店員らしい雰囲気が戻ってきた。憔悴《しょうすい》した顔色はそのままだけど。

「取り引きというと、この首飾りを？」

シメオン様がわたしの手元を示す。クロードさんは何度もうなずき、今すぐにも返してほしいというまなざしを向けてきた。わたしはシメオン様を見上げ、小さく首を振られて包みを手元にとどめる。

クロードさんはやきもきと落ち着かないようすだった。

「誰と、どういう取り引きをしているのです。ことと次第によってはこのまま警察へ行きますよ」

「や、やめてください！　いえあの、どうか、どうか穏便に……警察沙汰になどなれば、店の評判が一気に悪くなってしまいます。どうかご容赦を」

「この首飾りは模造品でしょう。王室が注文したものとそっくりな模造品を、誰に渡すつもりだったのです。なにを企《たくら》んでいるのです」

かわいそうなくらい平身低頭《へいしんていとう》するクロードさんに、シメオン様は容赦のない厳しい声でたたみかける。冷たく光る眼鏡の奥から、鋭い視線がクロードさんを突き刺した。水色の瞳が氷の槍《やり》となって獲物を仕留める。魂を刈り取る死神の手からは、何人たりとも逃れられない。

「……マリエル」

「どうぞおかまいなく。お話はちゃんと聞いておりますから」

わたしは頭に浮かぶ数々の表現を急ぎ手帳に書きつけた。シメオン様がかっこよすぎるのがいけないのよ。この萌えは即座にとどめて作品に昇華しなければならないの。

「……現時点で十分逮捕に足りる状況です。さらに罪状を増やしたくなければ、正直に白状するように」

わたしの行動は無視すると決めたようで、シメオン様はクロードさんに目を戻した。

「そ、そそそ、そのぅ……」

「ここで言えないのならば警察に――いや、これは近衛騎士団の案件ですね。王宮へ連行します。取調室で本格的に尋問されたいですか」

「ひっ――」

警察以上に怖い名前を持ち出されて、座席の上でクロードさんはすくみ上がった。

「あああの、けっして悪事を企んでいるわけでは――！　違うんです、うちこそ被害者なんです！　指輪を盗まれて……！」

「指輪？　首飾りではなく？」

「指輪です……特別な注文を受けて作った指輪が、お客様にお届けする直前に盗まれたのです。しかも、犯人から脅迫状が届きまして。返してほしければ王室が注文した首飾りの見本品を渡せと」

「見本？　そう指定してきたと？」

「はい……」

わたしは思わずペンを止め、シメオン様のお顔を見上げた。犯人は本物の宝石ではなく、硝子《ガラス》の模造品をほしがったというの？　特別な注文と言うからには盗まれた指輪も相当に値の張る品だったのでしょうに、それを質にして模造品を要求する――？

「変な話ですね」

「やはり近衛の管轄ですね。どう考えても普通の盗難や脅迫ではない。あの件との関わりも気になります」

「ええ、陰謀の匂いがぷんぷんします。でも、それなら最初からこれを盗めばよかったのに。同じお店にあったのでしょう？」

わたしは膝から首飾りの箱を取り上げた。クロードさんに見せると、力なく首を振られた。

「売り物ではありませんし、展示するわけにもいかない品ですので、自宅の金庫に入れておりました。指輪は店の金庫で保管していたのですが、盗み出したのが情けないことにうちの従業員でして」

「まあ、内部犯行ですか」

「ずいぶん長く勤めていた者で、信頼していただけに裏切られたことが衝撃でした……ただ、脅迫状の文字はその男の字とは異なりましたので、共犯者か、もしくは首謀者がいるのではないかと」

「その従業員が実行犯だということは、間違いないのですか」

「は、はい」

シメオン様の問いに対しては、びくりと怯《おび》えながら答える。さきほどの脅しが効いているようだ。それにまだまだ迫力が漂っているものね。

「指輪がなくなる前の夜、その男が最後の確認を担当しておりましたので……そして翌日からは姿を見せません。自宅を訪ねてみれば夫婦揃《そろ》って姿を消していました。何日か前にあわてて飛び出していくところを目撃されただけで、誰も行方《ゆくえ》を知りません。これでは疑わないわけにはまいりません」

「……なるほど」

シメオン様は腕を組んで考えるようすを見せた。わたしも首をひねる。たしかにもっとも疑わしいのはその人だ。でも王室がらみの陰謀にただの宝飾店員が関わるかしら。

「首謀者に買収されたか、あるいは弱みをにぎられて脅迫されたのかしら……」

「かもしれませんね。盗まれたのは指輪だけですか？」

「はい。金庫には他の商品や現金も入っておりましたが、それらにはいっさい手をつけられておりませんでした。店中調べましたが、他に盗まれたものはありません」

「あくまでも目的は指輪……ひいては、首飾りの模造品か……」

今朝の話とよく似た流れだ。やはり関係がありそうに思えてくる。厄介な事件の予感に普段ならばまたとない取材の機会と盛り上がるところだけれど、明後日に結婚式を控えた身としては微妙な気分だった。あまり深く関わるのはためらわれる。はっきり言ってそんな暇はない。

「あのカフェを指定したのは犯人側が？」

「はい」

「ならば、すぐ近くにいたのでしょうね」

シメオン様の指摘に、今頃わたしも気付かされた。言われてみればそのとおりだ。きっとわたしたちのやりとりも見ていたのだろう。犯罪者がすぐそばにひそんでいたのだと知ると、背中が冷たくざわめいた。

「もしかして、今もどこかから見ているのかしら」

怖くなってわたしは外へ目をやった。人目を遮るため扉は閉めたが、この季節に閉めきっては暑いので窓は開けている。その気になれば車内のようすを覗《のぞ》くことができる状態だ。

「大丈夫、こんな人目の多い場所で滅多な真似《まね》はできませんよ」

シメオン様がわたしの肩を抱いて優しく言った。

「それに、もし手出ししてきたなら願ったりです。その場で逮捕してやりますよ」

自信たっぷりなお言葉にわたしも落ち着きを取り戻す。そうよね、シメオン様がいるもの。怖がらなくちゃいけないのは犯人の方だわ。大丈夫と自分に言い聞かせ、わたしはうなずいた。

「犯人としても計画が失敗して困っているでしょうね。もう一度連絡してくるでしょうか」

「可能性はありますね。ただ、こうして我々が接触しているところも見ていると仮定して、それでも諦めないかどうか……私の身元に気付いたなら警戒して息をひそめることも考えられます」

よりによって近衛騎士団の副団長が相手だ、犯人もおよび腰になるだろう。警察どころか軍を引っ張り出してしまう。このまま王宮へ向かえば取り引きを諦め、もう連絡してこなくなるのではないかと思った。

「シメオン様、犯人を油断させてやりません？　王宮ではなくお店へ向かって、まだ警察も軍も乗り出してこないと思わせるのです」

「……………」

「これが間違いなく模造品であることは、クロードさんが保証してくださいました。王宮の本物を確認する必要はないでしょう？　ならば、盗まれた指輪の奪回が最優先です」

「団長や国王陛下に報告すべき案件ですが」

「ええ、もちろん。ですがこのまま王宮へ直行したのでは、犯人は指輪を持ったまま逃走しかねません」

今すぐ王宮へ駆け込んで犯人を警戒させる必要はない。あとで気付かれないようこっそり連絡すればいいだけだ。

そう主張するわたしに、生真面目《きまじめ》で頑固なシメオン様は難しいお顔だった。

「私の立場から言わせていただけば、盗まれた指輪よりも犯人の正体と目的の方が重要です」

「そのためにも犯人をおびき出す必要があるでしょう？」

「それに、彼の言葉を全面的に信用するわけにもいきません」

「う、嘘《うそ》ではありません！　なに一つ事実と異なることは申し上げておりません！」

じろりとにらまれたクロードさんが悲鳴のような声で訴えた。

「その言葉を信じるとしても、取り引きを要求された時点で王室がらみの問題だという予想くらいはついたでしょう。にも関わらず警察や王宮へ知らせず、犯人の言うままに従おうとした。それがどのような結果を導くのか、少し考えればわかるはずです。模造品を手に入れるだけで満足するはずがない。なにかに利用するために決まっています。王室にどのような災いが降りかかるかわからない企みに、加担するも同然の行動をしたのです。立派に反逆罪です」

「そのような！　けしてそのようなつもりは！」

厳しくも冷たい声に、クロードさんは必死に首を振った。

「た、たしかに、お叱りを受けるのは当然です。本当はすぐに報告しなければならないと、わかっておりました。しかし、それをすれば我々は――私も従業員たちも、職を失い路頭に迷うはめになります。信用第一の商売ですのに身内が盗みを働くなど……そのようなことが知れ渡ればお客様を多く失ってしまいます」

シメオン様はお役目第一の人だけれど、クロードさんは経営が第一だ。互いが背負う責任は同質で、けれど立つ場所が真正面から対立していた。どちらも譲れないものを守りながらにらみ合う。

「じっさいに不祥事を起こしたのですから、しかたがないでしょう。保身のために隠蔽しているだけではありませんか」

「そうせねば店がつぶれるのです！　こう申し上げては失礼ですが、軍やお役所が不祥事を起こすのとはわけが違います。我々はその一度だけですべてを失ってしまうのです！」

さすが老舗の跡取りというか、クロードさんも怯えるばかりでなく逆にくってかかってきた。彼の言うとおり、公的機関にも不祥事はあとを絶たない。そして当事者が処罰されても組織自体がつぶれることはない。一度の不祥事が命取りになる民間から見れば、ずるい話だろう。反論したくなる気持ちはわかった。でもこれはまずい。シメオン様を怒らせる言い方だ。わたしは急いで口を挟んだ。

「お困りでいらしたのは理解します。でも、『ビジュー・カルパンティエ』は被害者でしょう？　身内の犯行といってもいちばんの被害者はあなた方です。同情してくださる方も少なくないと思いますが」

強引に話の方向を変える。気の毒な被害者を強調して、シメオン様の怒りをそらそうと頑張った。

「被害が悪評だけでしたら、まだ立て直せるでしょう……ですが、あの指輪を取り戻さないことにはどうにもなりません。莫大《ばくだい》な損失を出してしまいます」

「そんなに高価な指輪なのですか？」

少し冷静さが戻ったか、クロードさんはため息まじりに「はい」とうなずいた。

「前金で百万アルジェいただいて、石をさがすところからはじめました。これぞという石を集めるのにかかった額はおよそ二百万アルジェです。そこに経費を加えれば二百五十万を超えます。ご依頼主からは、三百万で買い取るとのお約束をいただいておりました」

「さ、三百万……」

とても指輪の値段ではない。小さなお城くらい買えてしまう額だ。そんな途方もないお金をぽんと出そうとは、どこの大富豪だろう。わたしには世界が違いすぎてついていけない話だった。

「まず、前金の返却に加え違約金もお支払いせねばなりません。指輪が取り戻せなかった場合の損失は三百万近くになります。それだけ失った上に客足も遠のき収入が減っては、とても立ち行きません。店をたたむしかなくなります」

膝に置いた拳を震わせるクロードさんに、わたしもうなった。なるほど、崖っぷちだわ。クロードさんたちが追い詰められるのは無理もなかった。

「あの、お聞きしてもいいかしら。指輪の依頼主ってどなたですの」

顧客情報を聞き出すのはどうかとも思うが、わたしは思いきって尋ねてみた。三百万のお買い物をぽんとできる人に、単純な好奇心がないとは言えない。でもそれを抜きにしても、確認しておくべき情報だろう。クロードさんも同じ判断をしたようで、少し考えたけれど答えてくれた。

「ここだけの話でお願いします……シルヴェストル公爵様でいらっしゃいます」

「ああ――って、シ!?」

なるほどとうなずきかけ、次の瞬間わたしは声をひっくり返してしまった。い、今、なんと言った？　聞き間違い？　幻聴よね？　全力で聞かなかったことにしたい――けれど、それは許さないとばかりにクロードさんがくり返した。

「シルヴェストル公爵様です。国王陛下の従弟君の。公爵様が、ダイヤの指輪をご注文なさいました」

「…………」

わたしはゆっくりと首をめぐらせ、無言でシメオン様を見る。彼もわたしを見ていた。わたしたちはしばらく、言葉もなく固まっていた。

シルヴェストル公爵……まさか、ここでその名前が出てくるなんて。

できれば二度と聞きたくない名前だった。わたしたちにとって、不吉でしかない名前だった。遠い記憶のかなたに投げ捨てて、関わることなく距離を取っていたかった。

無理に決まっているとは、重々承知しているけれど……。

忘れるほどの時間も経《た》っていない。シルヴェストル公爵にさんざんな目に遭わされたのはつい最近だ。シメオン様にあらぬ容疑がかけられ拘束されるという、予想もしなかったできごとからはじまる事件は、すべて公爵が裏で糸を引いていた。海軍、陸軍、そして近衛騎士団。軍部は多くの人員を抱えているだけに、どうしても不祥事を根絶できない。クロードさんが言ったように何度も問題が起きている。そうした問題人物の粛清を、公爵が計画したのだった。

シメオン様の冤罪《えんざい》騒動は計画のための一手だ。わけがわからず気を揉《も》んでいたのはわたしだけで、シメオン様もポワソン団長もセヴラン殿下も、逆にその状況を利用して罠を仕掛けていたのだけれど。

でもそれもまた公爵の読みどおり。最後まであの方に振り回された一件だった。

純粋な正義感や国家への忠誠心から行《おこな》ったならまだしも、公爵の場合は完全な遊び心だ。粛清計画すらあの方にとっては退屈しのぎの遊びでしかない。シメオン様を巻き込んだのも意地悪ないたずらで、二度と関わり合いたくないと思うには十分ないきさつだった。

――それなのに、すぐにまたかの名前を聞くなんて。

ものすごーくいやな予感がする。ちょっぴり、ほんのちょっとだけ、クロードさんを見捨てたくなったわたしを責めないでほしい……。

あらためて相談した結果、わたしたちは「ビジュー・カルパンティエ」の店舗ではなく、クロードさんの自宅へ向かうことにした。

あれだけ難色を示していたシメオン様も、シルヴェストル公爵の名前を聞いてからは方針を変えてくださった。できるだけことを公にせず指輪を取り戻したいという、わたしとクロードさんの希望に同意してくださった。

公爵に事情を知られるのは、シメオン様としても避けたいようだ。わたしたちは巻き込まれただけの無関係な他人だけれど、そんな言い分あの方相手には通用しない。ただでさえ妙な関心を持たれてしまっているのだもの、きっかけがあればまた面倒ないやがらせをしてくるに違いない。何度も言うけれど明後日が結婚式だ。あと二日……もない、一日と半分くらいだ。そんな時に公爵の「お遊び」に付き合わされるなんて、まっぴらごめんである。断じて公爵に口実を与えまいという点において、わたしとシメオン様の気持ちは完全に一致していた。

王宮へ報告しないわけにはいかないけれど、それはわたしが提案したようにあとでこっそりとだ。まずは「ビジュー・カルパンティエ」の経営者、クロードさんのお父様もまじえて作戦会議をしようと、ご自宅へ向かうことにしたのだった。

クロードさんの自宅は「カトル・セゾン」や「ビジュー・カルパンティエ」のある区域とはラトゥール河を挟んだ対岸の、高級住宅街にあるとのことだった。

フィリップ橋を渡れば街の雰囲気が変わってくる。行き交う人の姿や馬車が減り、店舗の数も少なくなる。富裕層に人気の閑静な住宅地だ。クロードさんの案内に従って馬車は行く。車内ではなんとなく全員黙り込んでいた。

外を眺めるシメオン様の隣で、わたしはぼんやりおなかが空《す》いたなあと考えていた。もう午《ひる》はとうにすぎている。本当ならどこかの落ち着いた店で昼食をとっていただろうに、ゴタゴタのせいですっかり食べそびれてしまった。クロードさんのお家でなにか出してもらえないかしら。おなかが鳴りそうで困ってしまう。シメオン様の前ではしたない音を立てたくない。

はあ、と切なくため息をついた時、不意に馬車が停められた。まだ目的地には着いていない。シメオン様もいぶかしく思われたようで、窓から顔を出して外に声をかけた。

「ジョゼフ、どうした？」

「すみません。前方の馬車が脱輪しているようで」

返ってきた言葉にわたしは天をあおいだ。どうしてこう行く先々で問題が起きるの。夢見が悪かったせい？　シルヴェストル公爵の祟《たた》り？　カフェのプディングが恋しい……騒ぎのせいで結局食べられなかった。クロードさんも食べてから来てくれればよかったのに。

でも困った時はお互い様だ。知らん顔して通りすぎるなんてできない。サン＝テールっ子は陽気で人情に厚いのが売りだ。見知らぬ人でも助け合う。

手伝いに行ってよいかと尋ねるジョゼフに、シメオン様は鷹揚《おうよう》に許可を出した。ご本人も外へ出ようとしたが、それより早く扉が叩《たた》かれた。

「すみません、大変申し訳ないんですが、手をお貸しいただけませんでしょうか」

男性の声だ。手伝いが足りないらしい。もちろんシメオン様はすぐに扉を開いた。

ところが、

「――動くな」

彼が身を乗り出した瞬間、さっきとはがらりと変わった低い声が脅しつけてきた。なにごとかと覗き込んだわたしは、シメオン様の喉元に刃物が突きつけられていることに気付いた。

「シメオン様！」

「……さがっていなさい」

静かな声でシメオン様は言い、手の動きでわたしを制する。外へ出ろと言われて、彼は馬車を降りた。

これは……。

「お前もだ、出ろ！」

もう一人現れてクロードさんに声をかける。思いがけないできごとに目を白黒させていたクロードさんは、いきなり自分に命令されて飛び上がった。

「えっ、えっ、私もっ⁉」

「さっさと出ろ！」

焦《じ》れた暴漢が腕を伸ばしてきて、クロードさんを引きずり出す。悲鳴を上げながら彼は馬車の外へ転がり落ちた。

わたしも外へ出されるのだろうかと馬車の奥で身をすくめていたけれど、暴漢たちは一瞬こちらを見ただけで、わたしに降りろとは言わなかった。

その理由はすぐにわかった。彼らの目当てはクロードさんだった。

「おい、首飾りはどこだ。渡せ」

「えっ……」

ジョゼフとシメオン様の動きを封じておいて、さらに別の男がクロードさんの前に立つ。いったい何人いるのだろう。そっと扉に近付き外のようすを窺《うかが》い見ると、暴漢にしては身なりのよい男たちだ。年齢は若いのから中年まで幅があった。

「首飾りだよ。そいつらから取り戻したんだろう」

「お、お前、アルマン⁉」

地面に手をついたまま、クロードさんが驚いた声を上げた。彼の前に立つ男はクロードさんと同年代で、褐色の髪を短く整えていた。無精髭《ぶしょうひげ》もないし、クラバットもきちんとつけている。とても強盗には見えない外見だった。

……うん、この流れでわからないはずがない。彼らは強盗などではないだろう。クロードさんの、本来の取り引き相手だ。カフェでクロードさんから首飾りを受け取るつもりだったから、あんな立派な格好をしているのだろう。というか、もしかして近くに座っていた客じゃない？　なんとなく見覚えがある。こちらを見ていたのは、そういう理由だったのね。

シメオン様が言われたとおり、すぐ近くからわたしたちのようすを見ていたのだ。クロードさんが人違いして首飾りを手に入れそこねたから、急遽《きゅうきょ》襲撃に計画を切り換えたのだろう。

もう一度接触してくることを期待してはいたが、予想以上に早く、そして荒っぽい展開だった。シメオン様の姿をさがせば、変わらず首元にナイフを突きつけられている。でもお顔は落ち着いていた。ご自分を威嚇する男よりも、クロードさんの前に立つ男に注目していた。

「アルマン……なぜこんな真似を!?　お前、いったいなにに関わっているんだ!?　ずっと真面目に働いてきたのに、どうして……！」

目の前の男を見上げてクロードさんが言う。どうやら、あのアルマンという男がお店から指輪を盗んだ従業員らしい。あのようすだと使い捨ての協力者ではなく、しっかり犯人たちの仲間になっているようだ。本当に、どうして宝飾店の店員が陰謀の匂いのする犯行に関わっているのかしら。

悲痛な顔のクロードさんとは反対に、アルマンは楽しげに笑った。

「聞かない方がいいぜ。あんたは黙って首飾りだけ渡せばいいんだ。そうすりゃ無事に帰れる。ダイヤの指輪もちゃんと返してやるよ」

アルマンがポケットから小さな箱を取り出す。それを見てクロードさんが立ち上がりかけた。

「おっと、勝手に動くな。先に首飾りだ……って、持ってはいないな。馬車の中か」

アルマンの視線がこちらを向く。他の男たちもわたしを見た。

——その隙をシメオン様が見逃すはずがなかった。すっと身を沈めてナイフから逃れたと思ったら、目の前の男に足払いをかける。背中からひっくり返った男は頭を強く打ちつけて、倒れたままうめいた。

「こいつ！」

「油断するなと言っただろう！　そいつは——」

たちまち気色ばむ暴漢たちが、彼を取り押さえようと飛びかかる。その手をすり抜けて、まずシメオン様はジョゼフを拘束する男に殴りかかった。あやうく拳をかわして逃げようとするところへ、返す腕で肘鉄を打ち込む。あっという間に二人目が地面に伸びた。さらにシメオン様は三人目に蹴りを放つ。

「うわ、さっすが……ったく」

クロードさんの前に立つアルマンが、乱闘に背を向けてこちらへ駆けだした。目的ははっきりしている。わたしはあわてて首飾りの箱を取り上げた。これを奪われてはいけない。どこかに隠そうと考えるも、周りに隠せる場所なんてない。馬車の中にあるのはシメオン様の鞄と大きな包みが一つ、そしてわたしの手鞄だ。鞄に入れてもすぐに気付かれそうだし——あの包みはなに？　百貨店でなにか買ったの？

シメオン様も気付いてこちらへ駆けてきた。馬車に乗り込もうとしていたアルマンにつかみかかり、引きずり下ろそうとする。即座にアルマンが肘鉄をくり出して振り払った。もちろんまともにくらうシメオン様ではなく、かわして再び襲いかかる。二人の攻防が続いた。

アルマンが何者か知らないけれど、絶対にただの店員ではないわよね！　あのシメオン様と互角に戦うなんて、目の前の光景がちょっと信じられない。アルマンは逃げるだけでなく攻撃もしていた。素人目《しろうとめ》にも訓練された動きだとわかる。軍人たちよりも柔軟な、変則的な攻撃もできるようだった。

それに翻弄されることなく、シメオン様もまた見事な動きで戦っていた。だけどなかなか仕留められない。アルマンはとにかく身軽で、巧妙にシメオン様の攻撃をかわしている。これほど彼を手こずらせる相手は滅多にいない。まさかとは思うけれど……大丈夫よね。

わたしに武術のことはわからない。でもこのまま続ければ、シメオン様が勝つだろうなとは見てとれた。互角なようでも、やはりアルマンよりシメオン様の方に余裕がある。アルマンはあれこれと変則的な技を出しているけれど、つまりそうしなければならないほど余裕がない、追い詰められつつあるということだ。

一対一なら問題はなかった。ただ周りにはアルマンの仲間が何人もいる。

「ジョゼフ、馬車を移動させろ！」

シメオン様の命令にはじかれてジョゼフが駆け戻ってきた。けれど横から殴られて突き飛ばされる。ジョゼフを殴った男がかわりに馭者台《ぎょしゃだい》に飛び乗り、さらにもう一人乗ってきた。

まさか、と思う間もなく馬がいななく。馬車が大きく揺れ、中途半端《ちゅうとはんぱ》な姿勢になっていたわたしは倒れて座席に叩きつけられた。

「マリエル！」

顔を上げれば、こちらへ来ようとしているシメオン様が見えた。それをアルマンが阻止し、さらに後ろからも別の男が襲いかかる。やむをえず応戦するシメオン様を置き去りに、アルマンは走りだした馬車を追いかける。少し並走したと思ったら、開かれたままだった扉から器用に飛び乗ってきた。

「ふう、やっぱり彼とは戦いたくないねえ」

そんな呑気《のんき》な声を出しながら扉を閉める。わたしは奥の窓辺に張り付いた。馬車はみるみる速度を上げてシメオン様たちを置き去りにしようとしている。窓から顔を出して後方を見れば、追いかけようとしているシメオン様が見えた。彼は乗り捨てられた馬車から馬を外そうとしたが、また残った暴漢が邪魔をする。撃退している間にも距離は開き、シメオン様の姿がどんどん小さくなっていった。

「あんなのとまともにやり合っちゃ、計画がだいなしだからな。逃げるにかぎる」

アルマンがわたしのすぐそばに腰を下ろした。窓から顔を戻せば、ふてぶてしい笑みにぶつかった。

「さて、首飾りはどこかな」

余裕の顔でアルマンは馬車の中を見回す。シメオン様の鞄を開き、ざっと中をたしかめて閉じる。買い物らしき包みも手に取り、少し振っただけですぐに放り出した。

「……そこか」

青い瞳がわたしのスカートへ向けられる。やっぱり気付かれてしまったか。この馬車の中に、他に隠せる場所なんてないものね。

「自分で出してくれるかな、お嬢様。それともスカートをめくらせてくれるかい？　こっちは大歓迎だけどな」

からかう調子で言われてわたしの頬が熱くなった。冗談ではないわ、シメオン様にも許したことがないのに！

わたしは言われるとおりに従って、スカートに手をかけた。脚がアルマンに見えないよう苦心しつつ中の手鞄をつかむ。でも渡すつもりではないわよ。無力な女だから思いどおりにできると舐《な》めないで。

「あっ、おい！」

スカートの中から手鞄を取り出すや、わたしはもう一度窓に飛びついた。とっさに押し込んだ首飾りの箱がはみ出して、口が開いたままだけれどしかたない。奪われる前にと急いで手鞄を振りかぶった。

彼らがなによりも首飾りを求めているのはわかりきっているのだから、やることは一つだ。馬車から放り出せばきっとシメオン様が回収してくださる。

できるだけ遠くへ投げようと腕に力を入れた瞬間、アルマンがわたしを引っ張った。

「やめろ！」

「やっ……放して！」

走る馬車の中でもみ合う。手鞄を取り上げようとするアルマンに抵抗していると、脚が壁に強くぶつかった。

「痛っ……!!」

思わず悲鳴を上げてしまう。これで三度目だ。痣《あざ》になった場所をまた打ちつけてしまった。痛みに泣きそうだ。

「……っ」

なぜかアルマンがあわてた顔になり、手から力を抜いた。意外と紳士的？　などと感心している場合ではない！　今だとわたしはアルマンを振りきり、手鞄を投げ捨てた。

「うわっ」

止めようとしたアルマンの手をすり抜けて手鞄は飛んでいく。でも開いたままだった口から箱が一つこぼれ落ちた。結婚指輪の箱だ。それはわたしやアルマンの腕にぶつかり、馬車の中へ戻ってしまった。

わたしを押しのけて窓から身を乗り出したアルマンが舌打ちをする。その隙にわたしは床から指輪の箱を拾い上げた。

「まいったな……このはねっかえりめ」

ため息まじりにアルマンが身を戻す。わたしはツンと彼から顔をそむけた。

「わたしだって王家に仕える貴族の一員ですからね。陰謀に使われそうなものをみすみす渡すわけにはいかないわ」

「へえ、そんで自分が殺されても平気だと？」

「……そんな無駄な真似はしないでしょう」

脅しめいた視線をにらみ返す。彼らはただの泥棒や強盗ではない。なんらかの計画を立てて動いている。衝動的に殺人を犯す類《たぐい》の人間だとは思わなかった。

目当てのものを手に入れそこね、手元には人質に使えそうな女が残ったとなれば、わたしを使ってふたたび取り引きを持ちかけるはず。そして接触の機会を増やせばシメオン様に有利になる。営利目的の誘拐はいちばん成功率の低い犯罪だと聞くものね。シメオン様ならかならず悪党たちを一網打尽《いちもうだじん》にしてわたしを助け出してくださるわ。

「おい、なにがあった？」

外から声をかけられた。アルマンも声を張り上げて馭者台にいる仲間に答えた。

「首飾りを落っことした。この女が投げ捨てやがった」

「なんだと!?」

「停めろ！　すぐ拾いに――」

「いや、このまま走れ」

あわてる仲間たちにアルマンは冷静に指示した。

「さっきの男が追いかけてくるはずだ。モタモタしていたら追いつかれる」

「しかしっ」

「今は無理だ、諦めろ。あの若様相手に腕っぷしで勝てる算段はない。一旦引き上げて作戦の立て直しだ」

宝飾店の従業員というのが、最初から偽りの姿だったのかもしれない。アルマンは協力者どころか犯人一味に指図までしている。彼の言葉に従って、馬車は停まることなく走り続けた。

……ところで、今のやりとり外国語だったわ。さっきまでラグランジュ語を使っていたのに、仲間同士の会話ではラビア語になっていた。彼らはラビア人なの？　ラビアの大公夫妻へ贈る首飾りの偽物を、ラビア人が手に入れようとしている……って、どういうこと。わけがわからない。

アルマンはもう余裕の表情に戻り、またわたしの隣に落ち着いた。わたしは精一杯壁際に寄って彼から身を離し、ラビア語がわからないふりをした。

「あなたの仲間は外国人なの？　さっきの、ラビア語っぽかったけど、なにを言っていたのよ」

「……この街には世界中から人が集まってるだろ。ラビアなんて隣の国だ、珍しくもない」

「ただの移民や旅行者ならね。でもあなたたちは違うでしょう。いったいなにを企んでいるの」

「好奇心は命取りだぜ、お嬢様。あんたは黙って震えてりゃいいんだ。強気な女は嫌いじゃないが、自分の立場はわきまえておいた方がいいぜ」

アルマンはせせら笑ってまともに答えない。暴力的に威嚇してくることはないけれど、機嫌をそこねればなにをするかわからない。そう思わせる危険な気配があった。

わたしは唇を噛《か》んで黙り込んだ。くやしいけれど、今は言われたとおりにおとなしくしているしかない。ここで無駄に騒いでも身を危険にさらすだけだ。

強がっていたって本当は怖いしこの先どうなるのかわからない。わたしは手の中の箱を胸の前で抱きしめた。どうしようもないこの状況で、シメオン様の名前を刻んだ指輪だけが頼りに思えた。

大丈夫、きっと助かる。シメオン様がこのままにしておくはずがない。どこへ連れていかれても、かならず彼が迎えにきてくれるわ。

わたしだって怯えるばかりでいるものですか。どうせならアルマンたちの正体や目的をさぐってやる。それに、盗まれた指輪――シルヴェストル公爵の指輪を取り戻せるかもしれない。

横目にちらりと見れば、アルマンの上着のポケットが少しふくらんでいた。きっとあの中に指輪の箱がある。機会を待とう。彼らが油断して隙を作るよう、なにもできない小娘だと思わせておくのだ。

窓に顔を寄せて流れる景色を見る。馬車はさきほど渡ってきたフィリップ橋を、ふたたび戻っていた。渡りきって、そのままラトゥール河沿いに走り続ける。港とは反対の上流方面へ向かっていた。どこまで走るのだろう。このまま行けば郊外へ出てしまう。

窓から見える水面は午後の日差しにきらめいていた。小型の舟がいくつも浮いて、女性は優雅に日傘を差している。恋人たちのお決まりの風景だ。わたしもシメオン様と舟遊びがしたいと思っていた。今日時間があればお願いしようかとも思っていたのに。

見慣れた風景がひどく遠い。自分の状況と外の明るさとがあまりにちぐはぐで、まだ悪い夢の中にいる気分だった。

5

街の中心地を抜け、郊外に出たあたりで馬車は停まった。ここまで来ると集合住宅は少なくなり、一軒家の方が多くなる。河沿いに建つ別荘のような家の前でアルマンはわたしを馬車から降ろした。

周辺には散策用の整備された森や池がある。貴族の屋敷もある。どこを見ても花がたくさん咲いていて、小鳥や栗鼠《りす》の姿も見られる。いたってのどかで美しい場所だった。

なんだか、悪党のアジトという雰囲気ではないわね。森を散策する人の姿が遠くに見える。大声を出せば彼らに届くだろうか。でもアルマンたちが簡単に逃がしてくれるとは思えないし、盗まれた指輪を前にしてただ逃げるだけというわけにもいかない。

「ほら、歩け」

周りを見回しているとアルマンが背中を押してきた。わたしは囚人のごとく、彼と仲間二人に囲まれて建物へ歩かされた。

こちらがたどり着くより早く中から玄関の扉が開かれる。姿を現したのは、やはり身なりのよい五十代くらいの男性だった。

「どうなった――なんだ、その女は」

「申し訳ありません、失敗しました」

「なんだと⁉」

端的なアルマンの返事にたちまち顔を怒らせる。後ろからも一人、また出てきた。

「どういうことだ⁉」

「まあまあ、説明は中で落ち着いて。ここで騒いで人目につくのはまずいですよ」

「貴様がまかせろと自信満々《じしんまんまん》に名乗り出たくせに、なにをしているのだ！」

「いや、まったくもって申し訳ありません。いろいろ予想外のことが重なりまして」

「肝心の品を手に入れられず、こんな女を連れ帰ってどうするつもりなのだ、馬鹿者が！」

どうやら彼らの中で、この年長の男性がいちばん偉いらしい。貴族かもしれないと見ていて感じた。人に命令することに慣れた雰囲気や、もの慣れない素人《しろうと》っぽさがある。ここまでの状況からも普通の窃盗事件でないことは明らかだし、本来こんな犯罪には関わらない人たちが集まっているのだろう。

立て続けに文句を言うばかりの相手に、アルマンは適度に下手に出てなだめていた。この人だけは他と違う気がする。もともと悪党だったのが仲間に加わった……？　どうなのだろう。

ちなみに、ここでのやりとりもやはりラビア語である。彼らはラビア人であると見て間違いないようだ。

「……近衛騎士だと？　そんなものを引っ張り出してきたのか」

わたしを連れて家の中へ入った彼らは、素朴な雰囲気を持つ居間に落ち着いた。あまり生活感のない空間だった。家具は揃《そろ》っているが、ものが少なくさみしい印象だ。家のそばには河へ下りる階段があって、その下に桟橋があり小舟がつながれているのも来た時に見た。森や河で遊ぶことができる、子供のいる家庭にちょうどよい別荘なのだろう。

今は、悪人たちの潜伏に使われているけれど。

「カルパンティエもそのつもりはなく、単純に間違えただけのようです。おかげでこちらは困ったことになったのですが」

アルマンは「カトル・セゾン」での行き違いや二度目の襲撃失敗について説明する。わたしは椅子に座らされて、じっと彼らの話が終わるのを待っていた。ラビア語がわからないふりをしなければいけないので、話の内容に反応しないよう気をつける。部屋の内装や窓の方へ視線をめぐらせたりしながら、耳だけ集中させていた。

「しかし、この女を使えば首飾りを手に入れることは可能ですよ。あの若様、こいつを相当大事にしているみたいですからね。取り引きを持ちかければかならず応じます」

アルマンの言葉に男たちの視線が一斉にわたしへ向かう。演技でなくびくりと身がはねた。

「貴族の令嬢が誘拐されたなんて知れ渡ればとんだ醜聞だ。絶対騒ぎにはしないでしょう。警察や軍には訴えないと思いますよ」

「……本当にこれが役に立つのか？　そうも大事にされるほどの女には見えんがな」

フンと鼻が鳴らされる。

「これのどこが令嬢だ、美しくもなければ色気もない。気品もないただの小娘だ。身なりが多少ましというだけではないか」

すみませんね、地味眼鏡《じみめがね》で。別にあなたの好みに合わせる必要もありませんし。

馬鹿にしきった口調も聞き流す。いっさい反応しないよう気をつけて、わたしはとにかく怯《おび》える令嬢に徹した。

「ま、人の好みはそれぞれと言いますし。自分がきれいな顔してるもんで、逆にあっさりしたのを求めたくなるんじゃないですか？　軍なんかに入ってると美的感覚も一般とは違ってくるのかもしれませんね」

アルマンの適当な答えも失礼だ。絶対に考えることを面倒がっているでしょう。

どうでもいいけどね。馬鹿にされることには慣れていますし、今大事なのはそこではありませんからね。でもシメオン様って顔も身体《からだ》もあっさりがお好みなのかしら……。

「グラートたちが上手《うま》く逃げてくれてるといいんですが、あの若様相手ですからね。つかまってるかもしれません。ここをつきとめる可能性があるんで、早めに引き払った方がいいですね」

「まったく、使えんやつばかりだな」

いまいましげに舌打ちをする本人がいちばん役に立っていない気がする。どっかりと座り込んだまま、撤収の準備をしろと横柄に命じる。手下らしき三人が部屋を出ていき、アルマンと親分格の男性だけが残った。

「ここを出たらセロー伯爵のところでかくまってもらいましょう。奥方があなたの従妹なんだからいやとは言えないでしょう」

「おい！」

気軽に提案するアルマンを、親分さんがあわてて止める。アルマンは笑った。

「ああ、大丈夫ですよ。その女ラビア語はわからないみたいですから。良家の令嬢なら周辺国の言葉も習得するはずなのに、見た目どおり出来が悪そうですよね。目の前で自分の話をされてるとも気付かず、ぼけっとよそ見してる」

えーえ、おっしゃるとおり。ラビア語もイーズデイル語も習得しましたよ。なんならリンデンやフィッセルの言葉もわかります。貴族の娘として当然ですわ。

それを隠したのは正解だった。セロー伯爵の奥方……そうね、たしかにあの方はラビアのご出身だった。ブロンディ伯爵家にゆかりの方で……従兄ということは、この男がブロンディ伯爵？　そこまでの格は感じないけどな。ええと、夫人と伯爵の関係はなんだったかしら。

「だが同じラグランジュの貴族同士だ。その娘のことはわかるだろう。……取り引きをするからといって、馬鹿正直に連れていく必要はない。殺して河にでも投げ込めばいいのではないか？」

親分の言葉にぎくりと身をこわばらせそうになった。この展開になるのが怖かった。営利目的の誘拐は成功率が低い……それは、身代金を取りそこねるという意味であって、被害者が無事に戻るとはかぎらない。殺されてしまう例も少なくない。

彼らのようすからそう短絡的な行動は取らないだろうと思っていたけれど……絶対の保証なんてない。会話に背を向けながら、わたしは服の下に冷たい汗を感じていた。

「いやいや、早まらないでください。下手《へた》に死体が見つかれば今度こそ警察が乗り出してきますよ。取り引きなんかできなくなっちまう。埋めて隠すにしたって、こんな街中じゃ人目につかないようにするのは至難の業です」

「なんとかしろ」

「そんな簡単に……じゃあ男爵、あなたが殺してくださいますか？」

「なっ、なぜ私が⁉」

「後始末は引き受けますから、殺す方をお願いしますよ」

なんて相談してるのよ。今すぐ窓から飛び出して逃げたくなるのを必死にこらえる。後先考えずに逃げてもすぐ追いつかれて、そしてやはり面倒だと殺されそうだ。今は我慢よ。できるだけ彼らを油断させないと。

幸いにして、男爵とやらは人を殺す度胸は持ち合わせていないようだった。アルマンの言葉に面白いほどうろたえている。

「そ、そんなことは、お前たちがやれ！　私は貴族だぞ⁉　高貴の手を汚せと言うのか⁉　そういう仕事のためにお前たちがいるのだろう！」

……素人っぽいと感じたのは正しかったようだ。いかにもなお坊っちゃま気質が窺《うかが》える。偉そうに人に命令するばかりで、汚いことやおそろしいことは自分の視界から遠ざける。いざ自分がやれと言われたらこのとおりだ。

なんだか悪党といっても小物臭がする。男爵よりもアルマンの方を警戒すべきで、でもアルマンにわたしを殺すつもりはないらしいのがありがたかった。

「ご自分がいやなことを他人に押しつけないでくださいよ。できるだけことを荒立てるべきじゃありません。婚約者を殺されたりなんかすれば、あの若様が激怒して全力で報復してきますよ。フロベール家や軍を敵に回したくはありません。王太子もこの女を可愛《かわい》がってますし、うかつに殺すとあとが怖いですって。隠して連れていく方がよっぽど楽ですよ」

「……………」

ふてくされた顔で男爵は黙り込む。どうにか剣呑《けんのん》な方向からはそれたようで、わたしは内心胸をなで下ろした。

……って、わたしが殿下と親しいとかなぜアルマンが知っているの？　そんな話を「ビジュー・カルパンティエ」でした覚えもないのに。この人本当に何者なのよ。

「まあ、ここを引き払って他で落ち着いてから作戦を立て直しましょう。大丈夫、式典はまだ一月近く先なんですから、一日や二日予定が遅れたところで問題ありませんよ」

「ふん、気楽なものだ」

「ピリピリし通しじゃ身が持ちませんって。ちょっと、出る前に休憩させてもらいますよ。昼飯がまだなんでね」

アルマンは椅子から立ち上がり、わたしの方へ歩いてきた。

「その娘も連れていくのか？」

「ここに置いてったらあなたが落ち着かないでしょう？　面倒見てくださいますか？」

「ふん！」

そっぽを向く男爵に口の端だけで笑い、アルマンはわたしの腕をつかんだ。「来い」とラグランジュ語で言ってくる。わたしは素直に彼に従って居間を出た。

厨房《ちゅうぼう》へ移動すると、アルマンは置いてあった袋をあさった。出てきたのは簡素なパンやチーズだけだった。

「座りなよ。一緒に食べよう」

使用人が使うための椅子を引いて、アルマンはわたしにすすめる。

「……わたしにもくれるの？」

「こんなものしかなくて申し訳ないがね。さっきから切実な悲鳴を上げているおなかには、ないよりましと我慢してもらおう」

思わずわたしはおなかを押さえてしまった。く……っ、やっぱり聞こえていたのね。

「この状況で腹の虫を鳴かせるなんて、余裕があってけっこうだ」

アルマンはおかしそうに喉を鳴らして笑う。わたしはむくれながら椅子に座った。

「緊張感がなくて悪かったわね」

「いやいや、さすがと感心したよ。それでこそマリエルだ」

「……？」

やけになれなれしい口調に違和感を覚える。さっきまでと雰囲気が変わっていない？　なんだか表情もずっと優しくなったような気がするのだけれど。

「なにもないけどお茶くらいなら淹《い》れられる。ちょっと待ってて、お湯を沸かすから」

「あの……」

「それともワインがいいかい？　それならすぐに飲める」

「……いえ、お茶でよろしく」

了解、とアルマンは陽気に片目をつぶり、お湯の準備にとりかかる。間違いなく態度が変わっている。わたしはてきぱきと動く後ろ姿をじっと観察した。

背が高くて、鍛えているのがわかるしっかりとした体格だ。シメオン様とよく似た背格好で……ん？　これ、どこかで見たことなかったかしら。

軍人たちに共通する体型ではある。でも紳士服をまとう均整のとれた体格の男性を、もっと別の場所で見た気がする。

「背中に穴が開きそうだ」

わたしに背を向けたまま、アルマンが笑いを含んだ声で言った。

「そう熱烈に見つめられると照れるね」

「……あなた、誰？」

「あれ、まだわからない？」

頭だけ振り返って、肩越しにわたしへ笑顔を向ける。もう若いとは言えない顔立ちだ。たるみが目立ちはじめ、目尻に少ししわがある。それにふさわしく声も低かったのに、話すほどにどんどん若返るという不思議な現象が起きていた。いまや声だけ聞けば十代二十代の若者にしか思えない。海のような青い瞳も若々しい生気に満ちている。困惑するわたしを面白がって、いたずらげにきらめいていた。

……んん？　いたずら……。

「――あ」

わたしはぱっかりと大きく口を開いてしまった。あああ！　これ、この青い瞳！　これって！

「あなた、リュタン!?」

「やっと気付いてくれたか。つれないお姫様だ」

楽しげに笑いながらアルマンは――リュタンは、ポットを手に戻ってきた。

絶句するわたしの前で、優雅な手つきでお茶を淹れる。どうぞとさし出された湯気の立つカップに、すぐには手をつけられなかった。

「飲まないの？　猫舌じゃなかったよね？　君は熱すぎるくらいが好きだったはずだ」

「……よく知ってるわね」

「好きな子のことはなんでも知りたいさ」

軽く言って向かいに腰を下ろす。自分用にもお茶を注ぎ、彼は静かに口をつけた。わたしは驚くばかりで、なかなか言葉が出てこなかった。

まるで違う姿に化けているけれど、間違いなく今わたしの目の前にいるのは怪盗リュタン――あちこちの国を騒がせている大泥棒だ。過去何度か顔を合わせ、さらわれそうになったり共闘したりといろいろあった、因縁の相手だった。

その途中で、正体がラビアの諜報員だということも知った。泥棒稼業は裏のお仕事を隠すため。どっちも裏でしょうとまっとうな生活をしている人間からは言わせていただきたいけれど、なんだかんだですっかりお知り合いな関係になってしまっている。そのリュタンと、まさかここでまた会うなんて。

これも夢見のせいかしら……今日は本当に祟《たた》られている。わたし、無事に結婚式を挙げられるのかしら……とため息をつきかけて、今すでに危機的状況にあることを思い出した。そうよね、ここから逃げ出さないことには挙式なんて無理よね。

「今日はおとなしいね。さすがの君も誘拐されては調子が出ない？」

チーズを切りながら明るくリュタンは言う。変装名人だとは承知していたけれど、目の当たりにするとやはり驚かされた。声も話し方も雰囲気も、その時々に合わせてがらりと別人になる。これが本物なのね。わたしの変装なんて素人の真似《まね》っこだと、いやでも悟らされた。

チーズを乗せたパンをさし出され、わたしはずっと持っていた結婚指輪の箱をテーブルに置いて受け取った。

「……顔がそれだと、なんだか落ち着かないのよ」

声や話し方を戻しても、姿はアルマンのままだ。わたしの知るリュタンの素顔よりも、ずっと年長の別人である。向かい合っていると変な気分だった。

「悪いけど、今変装を解くわけにはいかないんだ。彼らには本当の姿を教えていないんでね。僕は以前からラグランジュに潜入していて、今回協力を命じられて仲間に加わった、という立場だ。本物のアルマン・コルトーだと彼らは思っている」

「え、じゃあ、本当のアルマンさんが別にいるってこと？　その人はどうなったの」

声が高くなるわたしに、リュタンは「しー」と指を立てた。

「大きな声を出すと聞こえる。お静かに頼むよ。心配いらない、彼は元気だ」

袋をごそごそやって、「あった」と彼は小さな瓶を取り出した。

「蜂蜜、使う？　好きだよね？」

「……どうも」

受け取ってチーズの上に垂らす。蜂蜜とチーズの組み合わせは好きだ。まさかこれも知られているの？　シメオン様にも言ったことがないのに。

複雑な気分だけど、とにかくパンにかじりついた。ようやくの昼食だ。はしたないと叱る人も今はいない。遠慮なく大きく口を開いて頬張った。

「遠方に住む親が危篤だという知らせを受けて、コルトー夫妻は大急ぎで実家へ向かったんだ。時間がなかったから店へは伝言を頼んだわけだが、あいにくそれは届かなかった。でも誰も不審には思わない。アルマンは翌日も出勤して、なにも問題は起きなかったからね。指輪が盗み出されるまでは」

「あなたがアルマンさんと入れ代わったのね。なら危篤の知らせも嘘《うそ》なのね」

「たまには里帰りして親孝行するのもいいじゃないか」

悪びれずにリュタンはうそぶく。気の毒なアルマンさんにわたしは同情した。……でも、クロードさんにとってはよかったのかしら。つまり裏切られたわけではなかったのだものね。指輪が戻ってこないかぎり喜べないけれど。

「って、そうよ指輪！　あなたが盗み出したのね、この泥棒！　さっさと返しなさいよ！」

考えるうちに大事なことを思い出して、わたしは身を乗り出した。

「はいはい、大丈夫。今回は宝石目当てじゃないんだ、最初から返すつもりだったよ。首飾りを店に置いてくれてたら、こんな面倒な真似しなくて済んだんだけどな」

「もっとしっかり下調べしておきなさいよ！」

「調べて店にあるってわかってたんだよ。なのに直前に自宅へ移動されていて、とんだ誤算だ」

ついいつもの調子で話したけれど、途中ではっと気付いた。

「調べたのって、どこを？　最近王宮に忍び込んだりしなかった？」

リュタンは答えず、にやりと不敵な笑みだけを返した。

やっぱり……わたしはため息をついた。

どうりで警備の騎士たちが気付かなかったわけよ。油断があったとか能力が低下しているとかシメオン様たちは話し合っていらしたけれど、それでも簡単に侵入できるはずはない。とりわけ厳重に警備されている宝物倉周辺に入り込めるのは、元々の関係者か、もしくはそれに化けられる人間くらいだ。

「侵入事件が起きたのは係の職員が退出したあとらしいから、さては近衛騎士に化けたのね」

「副長や王太子に化けてやったら面白そうだったんだけど、二人とも目の色が違うからね。正体を悟られるようなやり方はまずいし」

ごまかそうともせずリュタンはぬけぬけと言う。わたしがこの話を訴え出たところで、証拠にはならないとたかをくくっているのだろうか。

……訴え出る前に、まずここから脱出しなければどうしようもないわね。

「いったい、なんのために首飾りの偽物をほしがっているのよ。さっき式典とか言っていたわね。それって大公殿下の結婚三十周年祝賀式典の話？　多分贈り物をお渡しするために、近々こちらから使者が出向くはずで……そこに偽物が出てくるとなると……すり替える？　偽物を公妃様のお手に渡らせるつもり？　宝石目当てじゃないのなら……ラグランジュに恥をかかせるためとか？」

途中から独り言になってぶつぶつ言うと、リュタンは小さく拍手した。

「さすがだ、マリエル。君は本当に賢いね」

子供を誉《ほ》めるような口調にちょっとむっとした。

「出来が悪そうな見た目でごめんなさいね」

「彼らを油断させるためだよ。君を警戒されたら困るだろう？　本心じゃなかった。わかっておくれよ」

「どうだか。あなたの正体にもなかなか気付けずにいたものね、内心笑っていたんでしょう」

ふんと顔をそむけてお茶を飲む。少し冷めてしまっていたけれど、わたしの好きな銘柄だった。まさか、これも狙ったとは言わないわよね？　そのために用意していたはずはないものね。

「僕が君を馬鹿にするはずないだろう。そんなことまったく考えていなかったよ。もちろん、君が淑女としてなんら恥ずかしくないたしなみをそなえていることは知っている。ラビア語もイーズデイル語も、リンデン語やフィッセル語だってできるよね。教養というよりは各国で出版されている小説が目当てだったみたいだけど。なんでも、萌《も》えは最高の原動力だとか？」

「だからどうしてそう詳しいのよ！」

どれだけわたしのことを調べ上げているのだろう。人に知られたくないアレやコレまでばれているのではと怖くなった。

「つまらない話でごまかさないでくださる？　本当に首飾りのすり替えを——」

言いかけたわたしの口を、伸びてきた手が押さえた。しぐさだけで黙るよううながされる。わたしを押さえたままリュタンは廊下へ注意を向けていた。足音が近付いてきて通りすぎる。聞こえなくなって大分待ってから、彼はそっと手を離した。

「できるだけ声を抑えてね。おおむね君の推理どおりだ」

小声にわたしもこそこそと言い返す。

「どういうことよ？　あなたはリベルト殿下とアンリエット様の縁談を成立させるために動いていたでしょう。なのにそんな、だいなしになるような真似を——いえ？　ちょっと待って……男爵たちはあなたの正体を知らないのよね？　仲間のふりをして潜入している？　すり替えを、阻止するため？　ひょっとして彼らはイーズデイル派なの？」

「……本当に、皮肉じゃなく君は賢いよ」

リュタンは小さく息をつき、指の背でわたしの頬をなでた。

「副長に返したくないなあ。このままラビアに連れて帰ろうか」

「やめてちょうだい、明後日結婚式なんだから」

わたしは彼の手を払い落とす。リュタンは肩をすくめて、わたしが置いた指輪の箱を見た。

「今なら間に合うというわけだ。結婚式直前に花嫁を盗み出すのもいいね。物語みたいじゃないか」

「それは不本意な結婚から相愛の相手を救い出す場合でしょう。わたしとシメオン様が引き離されたら、単なる悲劇よ」

「そういう物語もあったじゃないか。略奪された花嫁は次第に心を揺らすようになって、婚約者と略奪した男の間で悩み、最後には……ってさ」

「あったわー、萌えたわー、あのシークかっこよすぎるのよ卑怯《ひきょう》だわー、でもわたしは違いますから！」

その手には乗るかとテーブルを叩《たた》いた。萌えの傾向まで把握されているとか、どこまでなのよ！

「だから話をそらさないで。あなたは敵ではないのね？ 彼らの企《たくら》みを阻止しようとしているのでしょう？ だったら本当に首飾りを奪う必要はないわよね？ これ以上の取り引きなんてしなくていいじゃない」

すぐに脱線してしまう話をなんとかまとめようとするわたしに、リュタンは感情の読めない笑みを返した。

「先の事件でイーズデイル派の動きを大分封じられたけれど、処分できたのは実行犯だけで真の黒幕は健在だ。処分しようがないというか、彼らも国にとっては必要な人間だし、イーズデイルと袂《たもと》を分かつつもりもないんでね。ラビアにとって、ラグランジュもイーズデイルも同じくらい重要な国で、どちらか一方の手だけを取ることはできない」

「……それは、わかるけど」

ラグランジュとイーズデイル、二つの大国に挟まれたラビアは、昔から勢力争いの真っ只中で苦労している国だ。国内にもラグランジュ派とイーズデイル派がいて対立している。いかに上手く舵取《かじと》りをして独立を保つかが、歴代大公の最大の課題だった。昔にくらべて平和になったとはいえ、今の時代にもまだまだ火種は尽きない。

「だからね、今回の件も扱いが難しい。動いている人間は、はっきり言って雑魚《ざこ》なんだけど、後ろに厄介な大物がつながっているからね。できるだけ介入させないやり方で計画を阻止しないといけない。ラグランジュやイーズデイル側にも知られないよう、内密に片付けたかった」

「残念ね、もうシメオン様が知ってしまったわ」

「そうなんだよなあ。頭が痛い」

リュタンは頭の後ろで手を組んで、椅子の背にもたれた。

「僕としては、直前までは成功させておいて、すり替えの現場を押さえてやりたかったんだ。言い逃れのできない状況を押さえれば連中の背後にいる大物も口を出せない。贈り物が偽の宝石だったと騒ぎを起こして、大公殿下とラグランジュがもめるように仕組み、リベルト殿下とアンリエット王女の婚約を白紙に戻させようっていうのが連中の狙いだ。とっくに情報は漏れて大公殿下もご存じだけど、それだけで終わったんじゃつまらない。せっかくならこの状況を逆手にとってやろうと思ったんだ。奪われるのが模造品なら損害というほどでもないから、『ビジュー・カルパンティエ』もわざわざ評判を落とすような話を暴露しないだろう。国内のゴタゴタを知られることなく、八方丸くおさまると踏んでいたのに、なんで君らが首をつっこんでくるかなあ」

まるでわたしたちが迷惑をかけたように言う。聞き流せなくてわたしは反論した。

「そちらが巻き込んだのでしょう。今回の件でいちばん迷惑しているのはわたしとシメオン様よ。いえもちろんクロードさんたちもお気の毒だけど。明後日結婚式というこの土壇場で、大事な結婚指輪をなくしかけたり、見逃せない事件に巻き込まれたり、あげくこうして誘拐されちゃったり！　ラビアの事情を考慮しても文句を言わずにはいられないわ」

「やっぱり僕と君は縁があるんだね。互いに引き寄せ合う運命なんだ」

「強引な結論に持っていかないで。縁は縁でも悪縁よ」

笑いながらリュタンは姿勢を戻した。

「リベルト殿下に叱られそうだけど、計画は変更せざるをえないな。副長のことだ、説明しなくたってこれまでの情報だけで真相に気付いてしまうだろう。変にこじれる前に、こちらから腹を割って話すしかないな」

「え、じゃあ……」

リュタンの言葉に期待を抱いて、わたしは身を乗り出した。勢い込んでテーブルについた手に、リュタンの手がたしなめるように重ねられた。

「ただし、内密にだ。男爵たちには悟らせない。もちろん君にもこのまま付き合ってもらうよ」

「付き合うって……いやよ。言ったでしょう、明後日結婚式なのよ。今すぐわたしをシメオン様のところへ帰して。あとシルヴェストル公爵の指輪も返して」

戻そうとした手が引き止められる。大きな手ににぎられて動かせない。立ち上がったリュタンがテーブル越しに身を寄せてきた。

「人妻になっても諦めるつもりはなかったけど、せっかくの機会だ。とらえた小鳥をわざわざ逃がしてやるほどお人好しにはなれないね」

青い瞳が迫ってくる。逃げようと身を引くと、つかまれた手を引っ張られた。わたしの身体もテーブルの上へ乗り出す格好になる。吐息がかかるほどに互いの顔が近付いた。

「……悪ふざけはやめて」

「僕は本気だ。君に対しては、いつだって本気だよ。好きだと言ったのも、副長から奪いたいのも、全部本当の気持ちだ。もう一つ本気になれば、花嫁を盗み出すくらいわけもない」

「リュタン……」

「エミディオ」

強引な力とは裏腹に、声はどこまでも甘く優しかった。剣呑なことを言いながらもわたしを怯えさせない。唇を避けたのは、彼なりの礼儀だったのだろうか。

「呼ぶなら名前で頼むよ」

頬の上を滑った唇が耳元に熱い吐息を感じさせる。それを不快に思わない自分に驚いて、ひどくうしろめたい気分になった。喜んでいるわけではないわ。彼にときめいてなんかいない――いない。違う。わたしはけっして心を揺らしたりなんかしない。愛しているのはシメオン様だけよ。

「……それも本名ではないのでしょう」

「本名だよ。前に言わなかったっけ」

「書類の上だけの名前だと言っていたじゃない。ご両親からいただいた本当の名前なら呼ぶわ。でも便宜上の名前ならリュタンと呼ぶのも変わりないでしょう」

「君が呼んでくれればそれが本当の名前になる。エミディオが気に入らなければ他の名前でもいいよ。なんなら君がつけてくれ。それを僕の名前にする」

なにを言っているの、この人は。結局わたしに本名を教えるつもりはないということ？　リュタンとの会話はいつも言葉遊びみたいで、気付くと本題をはぐらかされている。

「……その顔で言われてもね」

むっつりにらむわたしにリュタンは眉を上げ、たしかにと笑った。

「そうだな、僕もちゃんと自分の顔で口説きたい。今はこのくらいにしておこうか」

手を放してリュタンは座り直す。ようやく自由を取り戻し、わたしはほっと息を吐いた。怖かったのではなく――いいえ、そう、怖い。彼にどんどん引き込まれていきそうなのが怖かった。なんだかんだ言ってわたし、この人のことを嫌いではないのよ。いろいろ迷惑だったり腹が立ったりするけれど、嫌いにはなれない。恋愛的な感情はいっさいないつもりだけど……口説かれていると自分の気持ちもよくわからなくなってきて、それが怖かった。

あの物語のヒロインも、二人の男性の間で自分の心がどちらにあるのかわからなくなっていたわね。略奪者はすごくかっこよくて読んでいてドキドキしたけれど、本当言うと心変わりしてほしくなかった。どれだけ説得力のある展開でも、最初の愛を守り抜いてほしかった。

だから、わたしは変わらない。ずっとずっとシメオン様だけを愛していくわ。

早くシメオン様のもとに戻りたい。彼の胸に飛び込んで、しっかり抱きしめてもらって、おかしな気持ちを追い払いたかった。

彼は今どうしているだろう。きっととても心配されている。わたしの行方《ゆくえ》を必死に追ってくれているだろう。早く戻らなければ。シメオン様を不安にさせたくない。

窓から見える空は、大分輝きを薄れさせていた。あと数時間もすれば日が暮れる。それまでになんとかここを脱出できないか――リュタンたちは移動しようとしている。隙ができるかもしれない。そう、機会を待とう。焦ってはだめ。

「おかわりは？　まだあるよ」

なにごともなかったかのようにリュタンは食事を再開する。誰よりもこの男を油断させなくてはならない。するべきことは明確で――同時に、とても難しかった。

6

なんとか隙を見て逃げ出そうと決めたまではいいものの、やはりリュタンはそう簡単に隙など見せてくれなかった。

食事を終えてもわたしを置いて離れていく気配はない。移動の準備もそれほど手間がかからないのだろう、仲間が呼びにくることもなかった。

「疲れたかい？　もう少し辛抱しておくれよ。じきにここを出るから」

簡素な椅子の上で何度もため息をつくわたしに、リュタンは優しく声をかけてくる。扱いはこの上なく丁重だった。なにもないと言いながら食後には果物も出してくれたし、空気がこもって蒸し暑いと言えば窓も開けてくれる。できるだけわたしが居心地よくいられるように、あれこれと気を配ってくれていた。

でも、自由はくれない。陽気な輝きを浮かべながらも、青い瞳はわたしの動きを見逃さない。ずっとそばで見張られていては、得意の風景同化能力でこっそり脱出することもできなかった。

「……ねえ、盗んだ指輪は今持っているの？」

逃げられないのなら指輪を取り戻せないだろうか。そんなことを考え、聞いてみた。リュタンは軽くうなずき、ポケットから指輪の箱を取り出した。

「見る？」

ひょいとわたしにさし出してくる。奪われると警戒もしていないのだろうか。

……していないのでしょうね。ここでわたしが指輪をにぎり込んで返さなくても、状況はなにも変わらない。「ビジュー・カルパンティエ」に——ひいてはシルヴェストル公爵の手に渡せなければ意味がないのだから。

革張りの指輪ケースを受け取る。わたしのものと同じ、「ビジュー・カルパンティエ」の刻印が入った、手の中に包み込める大きさの箱だ。この小さな箱の中に三百万アルジェがと思うと、ふたを開く手が震えそうだった。

ダイヤの指輪と聞いていたが、現れた輝きはわたしの想像とはまったく違っていた。大きな石が立爪に支えられているのでもなければ、装飾的な形状の台をびっしりと石が覆っているものでもない。流線型を描く白金の台にそこそこの大きさの石が五つ並び、周りをごく小さな石が取り巻いているだけの、あっさりとしたデザインだった。

——ただし、これがとんでもない値打ちものであることは、一目でわかる。

紫紺、明るい青、淡い紫、ピンク、濃いピンクの五色でグラデーションを作り出している。ダイヤモンドがだ。これらはすべて、カラーダイヤなのだ。

カラーダイヤは一般的なダイヤよりはるかに高値で取り引きされる。黄色は産出量が多いのでそれほどでもないけれど、ここに使われているのは青や紫、ピンクと稀少《きしょう》なものばかりだ。石を揃《そろ》えるのに二百万かかったという話だった。聞いた時は驚いたが、これらの値段と考えればけして高くはない。

とりたてて派手なデザインではない。造りそのものは、いたってシンプルで上品だ。ルビーやサファイヤと間違えて大した指輪ではないと思ってしまう人もいるだろう。わたしも事前にダイヤと聞いていなければどうだったかわからない。これは見る側の素養も求められる逸品だった。

さすがというか、なんというか……シンプルなデザインは公爵夫人の趣味？　ちゃんと価値を見抜けるかという意地悪な思惑が隠れているように感じるのは、疑いすぎかしら。だって作らせたのがあの公爵だし。

「そういうの、好き？」

わたしが熱心に見つめているからだろう、リュタンが尋ねた。

「とてもきれいだとは思うけれど、わたしでは似合わないわね。とうてい格が足りないわ」

「そう？　まあ、ちょっと大人っぽいデザインだからな。君にはハート型のピンクダイヤが似合いそうだ」

さらりとそんなことを言って、リュタンはわたしの指輪ケースを勝手に取り上げた。

「ちょっと」

「なんの飾りもない金の指輪か。副長らしいね」

中を見て皮肉な笑みをひらめかせる。シメオン様を馬鹿にする雰囲気を感じて、むっとなった。

「結婚指輪はそういうものよ」

「最近は洒落《しゃれ》たデザインのが流行《はや》りだよ。婚約指輪はもらったの？」

「もちろん」

「つけてるとこ見た覚えないけど。気に入らなかったんだ？」

「違うわよ！　もったいないというか……気後れしちゃって」

なにもつけていない指を、なんとなく隠してしまう。自分でも少しうしろめたく思っていた部分なので、つっこまれると弱かった。

正式に婚約を結んだあと、シメオン様はすぐに指輪を贈ってくださっている。それこそ大きなダイヤが燦然《さんぜん》と輝く豪華なものだった。彼はなにも馬鹿にされるようなことはしていない。ただ、わたしがその指輪に釣り合わないだけで。

立派すぎて全然似合わないし、指輪に負けないドレスも持っていなかったのだもの。だから特別な時以外は使わずしまい込んでいた。もったいないからと言い訳をして。

あの頃はお互いの好みも知らなかったのよ。いちばん人気の石に、伝統的なデザイン——ようするに、婚約指輪とはこういうものだとすすめられるままに買ったのだろう。シメオン様にハート型のピンクダイヤなんて発想は出てこない。そもそも指輪のデザインに興味を持ったこともないだろう。

別に不満なんかないわ。そんなあの人が好きよ。ちょっとだけ、もっと小さい石だったらよかったのにな、と思ったくらいで。

「年齢を重ねても使えるデザインだから、わたしにもっと貫禄《かんろく》が出てくるまでとっておくの」

「若い子だからこそ自分を飾って楽しみたいだろうに。今度君に似合う指輪を贈ろうか」

「いりません。別に宝石が大好きというわけではないもの」

手を突き出せばリュタンは素直にふたを閉めて返してくる。かわりにわたしの手から公爵の指輪を取り上げた。

「僕なら『永遠の愛を込めて』なんて陳腐な文句じゃなく、『ともに人生を楽しもう』とでも彫るね」

ポケットに戻しながらまたケチをつける。言い返してやろうと口を開きかけた時、いきなり扉が開かれた。

「いつまでさぼってる。もう出るぞ」

男爵の手下が入ってくる。わたしはとっさに身を縮めて怯《おび》えているふりをした。

「了解――そら、お嬢さん。もうしばらくつきあってもらうぜ」

リュタンもあざやかに声と口調を切り換えてわたしを立たせる。彼らに連れられて廊下へ出、そのまま玄関へと歩かされた。

男爵と話していたように、セロー伯爵のところへ行くのだろうか。突然押しかけて泊めてもらえるの？　わたしを隠すのも大変だろうし、一旦別の潜伏場所に移動するのかもしれない。置いてきた仲間と合流する必要もあるだろうし。

外へ出て見上げた太陽は、大分傾いていた。いずれにせよ、あまりのんびりしている時間はない。ぐずぐずしていたらあっという間に夜になる。そうしたらシメオン様も追跡が難しくなる。今、逃げる方法は。彼らの手が届かない場所へ行く方法は。

わたしはちらりと河を見た。可能性があるとしたら……あそこしかない。

「その女も乗せるのか」

リュタンがわたしを馬車の前へ連れていくと、男爵が不快そうに言った。

「そりゃ、馬に乗せてたんじゃ目立ちますし」

「別の馬車を使え。そんな女と同乗などうっとうしい。私の前に出すな」

「別のったって、もう一台は乗り捨ててきちまいましたし」

「そこにあるだろう！　お前の目は節穴か！」

男爵はわたしたちが乗ってきた馬車を指さす。リュタンは困った顔で——内心は呆《あき》れているのだろう、頭をかいた。

「これはフロベール伯爵家の馬車ですよ。立派な紋章ひけらかして乗り回してたら、追手に手がかりを与えてやるだけです」

「……ええい！　だったら辻馬車を呼んでこい！」

わがままな子供のように男爵は地団駄を踏む。とにかくわたしと同乗したくなくて、無茶な注文ばかりまき散らしていた。

「いや、それもまずいですよ。こいつが途中で騒いだら通報されちまいます。お忘れかもしれませんが、ここはまだまだ街中です。人目を引くような真似《まね》は……」

「だったら殴るなりして気を失わせておけばいいだろう！　おい！」

男爵はあごをしゃくり、周りの手下に向かってうながした。ご主人様の命令に従って男たちが近付いてくる。リュタンがわたしの前に立ち、手をかざして彼らを止めようとした。

「おいおい、ちょっと待てよ。そう殺気立たんでも……」

わたしが背中にすり寄っても振り向かない。暴力を振るわれそうになって怯えていると思ったか、もしくはそのふりをしていると思ったか——がら空きになった背中と脇を、無防備にわたしにさらしている。そうしたところで、わたしにはなにもできないと踏んでいたのか。

「——あっ⁉」

注意が完全にこちらからそれた隙に、わたしは素早くリュタンのポケットに手をつっこんだ。指輪の箱をつかみ出すと同時にくるりと身をひるがえして走り出す。背後に男たちの声が響く。もう恥をかなぐり捨ててスカートをからげ、全力で家の裏手を目指した。

「わっ！」

「おいなにやってんだよ、のけ！」

「痛てて、踏むなって！」

背後でなにやらわめいているのが聞こえる。一度だけ振り向けば、なぜか男たちが団子になってもたついていた。てんでに追いかけようとしてぶつかり合った？　……リュタンまでがそんな鈍いことをするかしら……？

って、どうでもいい。わたしにとっては最大に幸運だ。この隙にと急ぐ。目当ては河に浮かぶ小舟だった。階段のある場所へ向かい、飛び下りる勢いで駆け下りる。桟橋までたどり着き、杭《くい》につながれた縄にとりつく。ありがたいことにさほどきつく結ばれてはいなかったけれど、ぐるぐると何重にも巻かれていてほどくのに手間取った。箱を二つ抱えながらだからやりにくいったら。そうこうするうちに追手の声が近付いてきた。

「河へ逃げる気だ！」

「この女、逃がすか！」

間に合わないだろうか。早く、早く。わたしは必死に縄をほどく。ついに杭から離すことに成功し、とどめるものを失った小舟が動き出す。背後の物音に心臓を縮み上がらせながら、わたしは小舟に飛び乗った。

「きゃ——あ、わわっ、ひぇっ！」

衝撃で小舟がぐらぐら揺れる。水に放り込まれそうになって、わたしは必死に舟縁《ふねべり》につかまった。怖いほどにしぶきがかかる。落ちなくても転覆してしまいそうだ。揺れる小舟の上でわたしはなんとか手を放し、舟底に突っ伏した。重心を低くして舟の動きに合わせる。無理に逆らってはだめ——自分を舟の一部にしてしまうのよ。揺れるなら一緒に揺れてしまえばいい。

多分、ごく短い時間だったのだろう。体感的にはおそろしく長く感じたが、耐えているうちにやがて揺れはおさまっていった。

どうにか転覆はまぬがれたと、舟底に突っ伏したまま息を吐く。男たちの声はまだ聞こえているが、遠ざかっていくようだ。顔を上げてみれば、小舟は流れに乗ってどんどん河を下っていた。男爵の手下たちが階段を駆け上がっていくなか、リュタンだけが桟橋に残ってわたしを見送っているのが見える。もう距離が開いて表情はよくわからなかったけれど、なんとなく笑っているように思えた。

……もしかして、逃がしてくれた？

彼が追手を足止めしてくれたのだろうか。普通に追いかけられていたら逃げきれなかった気がする。

逃がさないと言っていたくせに……どうして……？

　わたしは小舟を揺らさないようそっと身を起こし、舟底に座り込んだ。リュタンの真意はわからないけれど、ひとまず窮地は脱したようだ。落ち着いて周りを見回せば、ちょうど河の真ん中あたりを流れていた。

　しばらくは後方を気にしていたけれど、追手は姿を現さなかった。追いかけたところで岸からは手が届かず、流れる舟を止める手だてはない。もう一艘《いっそう》舟があるわけでなし、わたしに手間取っているより逃げた方がいいと判断したのだろう。わたしはラビア語がわからないと思われていたから、彼らの正体や行き先が露顕するおそれはないと踏んで見逃されたのかもしれなかった。

　ほっとして座り直す。そして思い出し、あわてて指輪の箱をさがした。舟底に転がった二つの箱を見つけてふたたび胸をなで下ろす。よかった、さっきの揺れで河に落としてしまったかと思ったわ。

　慎重に取り上げた箱を膝に置いて、わたしは周囲の風景を眺めた。どうにか逃げ出すことには成功したけれど、これからどうしよう。舟の漕ぎ方は淑女のたしなみに含まれないのでやったことがない。見よう見真似でなんとかなるものかしら。ためしに櫂《かい》を持とうとしてみたら、予想以上に重かった。これを動かして水を掻《か》くのでしょう？　無理。とてもわたしには無理。女性が舟を漕いでいるところなんて見たことがないし、絶対にこれは男性専用よ。

　早々に諦めてわたしは櫂から手を離した。下手《へた》な真似をするより流れにまかせていた方がいいだろう。このまま流れていけば街の中心地へ戻れる。商用の舟も行き来しているから、どこかで助けを求められるだろう。

――と、のんびり構えることにしたのだけれど、世の中そう甘くはなかった。

このあたりはまだ流れが速い。舟も小さいから段々速度が上がってくる。落ち着いて座っているのが難しくなってきた。また舟縁につかまって揺れに耐えるも、河が曲がっているところにさしかかれば放り出されそうになる。

「き、きゃあ！　やっ――いやあぁっ」

こここ、怖い。めちゃくちゃ怖い。舟遊びがこんなにハラハラドキドキだったなんて！　この状況でどうやって優雅に日傘を差すのよ!?

あれってもっと下流の光景だものね。流れがゆるやかなところでみんな遊んでいるのよ。このあたりは上級者向けなのだわ、きっと。

「きゃっ！」

また河が曲がっていた。水と一緒に舟もするっと曲がってくれればいいのに、なぜか端へ寄っていく。岸壁にぶつかってこれまで以上の衝撃に襲われた。おおお、落ちる、ひっくり返る。

「暴れるな！　じっとしているんだ！」

誰かが叫んでいるのが聞こえた。人が見つけてくれたのだろうか。暴れているつもりはないのよ。でもひどく揺れる舟の中で体勢を戻せない。また伏せようと思うのに、それすら許すまいと舟が身を震わせる。反対の舟縁に叩《たた》きつけられて倒れるわたしの視界に、宙を投げ出されていくものが映った。

「あぁっ!!」

指輪が。二つの指輪ケースが河へ落ちていく。思わず受け止めようと手を伸ばしたら、ぐらりと舟が傾いた。

「きゃああ！」

もうわたしを受け止めてくれるものはない。目の前に水面が迫っている――と見た次の瞬間には、冷たいものの中に投げ出されていた。

「マリエル!!」

呼ばれた気がした。あの人の声だと思った。でもたしかめる余裕などどこにもない。泳ぐこともできず、わたしの身体《からだ》は水の中に引きずり込まれてしまった。

冷たい。足が立たない。水面はどっち？　水がこんなに重いなんて。流れに抵抗できない。息が続かない。苦しい。苦しい。苦しい。どうやったら浮き上がれるの――

ドレスが絡みつき、錘《おもり》となってわたしを水底へ沈めていく。このまま死ぬのかと恐怖にとりつかれた。とうとう耐えかねて開いた口から空気が漏れ、どっと水を飲んでしまう。一気に気が遠くなった。

……シメオン様……。

――もがく力も失いかけた時、強い力に引っ張られた。誰かがわたしをつかまえている。それにすがる力すらなかったのが逆によかったようだ。無抵抗のわたしをつかまえた人は、ぐいぐいと水の中を引いていく。不意に周囲の音がはっきりした。封じられていた感覚が戻り、耳のすぐそばで水音が響いている。水面から頭を出せたのだ。薄れた意識でぼんやりとそれを感じる。けれど息ができない。助かったはずなのに、上手《うま》く呼吸ができなかった。

「こっちへ！」

また誰かが叫んでいる。上からも人の手がわたしをつかまえて、水から強引に引き上げた。身体が硬いものにぶつかる。さっきとは違う重みを感じた。取り巻く水の重さではなく、わたし自身の重さだ。完全に水から引き上げられたのだとわかったけれど、もう身体を動かすこともできず、意識はますます遠のいていった。

水から出ても呼吸ができないのなら、わたしやっぱり死ぬのかしら……。

最後にもう一度シメオン様のお顔が見たかった。口づけしたかった。抱きしめ合って、笑い合って、時には叱られたりけんかをしたり――もっとずっと一緒にいたかったのに……。

「――っ」

突然背中に強い衝撃を受けて、遠のいていた意識が引き戻された。なにをどうと感じる暇もなく、二度三度と背中を叩かれる。痛い痛い、そんなに強く叩いたら痛いってば。誰なの、女性に対してひどいじゃない！

「……ぐっ」

胸の奥に詰まっていたものが飛び出してくる。びっくりするほどの水を吐いた。激しく咳《せ》き込《こ》んでやっぱりまた苦しい。吐き出すばかりで上手く吸えない。喉がヒュウヒュウと鳴る。苦しさに涙がにじんだ時、身体がひっくり返されなにか大きなものがのしかかってきた。

「…………」

重なった唇から空気が吹き込まれてくる。すぐに離れ、わたしが吐き出すとまた重なる。二度、三度とくり返すうちに引きつっていた胸が落ち着いてくる。やがて自力で呼吸ができるようになり、ようやくわたしは深く息を吸い込んだ。ああ、ほっとする。当たり前に呼吸できることが、これほどありがたいとは。普段意識もしていない、生きるための活動。それを取り上げられた時の苦しみと恐怖を、いやというほど思い知らされた。そしてこんな状況なのに、執筆に活かせる得難い経験だなんて少し考えてしまった。われながら馬鹿だけど、ついそう考えてしまうのが作家の性《さが》なのよ。

「……マリエル」

不安げな声に呼ばれて目を開けば、間近に水色の瞳があった。濡《ぬ》れた金の髪から水滴をしたたらせ、愛する人がわたしを見下ろしている。目尻に引っかかっていた涙が、安堵《あんど》と喜びにこぼれて落ちた。

ああ……来てくれたのね。やっぱり、助けにきてくれたのね。

「わかりますか？　マリエル？」

シメオン様の手がわたしの頬を包み込む。温かかった。戻ってきたのだと実感した。生きている。わたしは生きている。この人と別れなくて済んだのだわ。

「……メオ……さま……」

疲労と脱力感に耐えながら答えれば、張りつめていたシメオン様の顔がくしゃりとゆがんだ。泣き笑いのような複雑な表情で彼はわたしを抱きしめる。もう大丈夫とはげますようであり、すがりついてくるようでもあった。

「……やれやれ、肝が冷えた」

すぐそばで別の声がする。そういえばわたしを助けてくれた人が他にもいたのだっけ。シメオン様の腕の中から目だけ動かしてさがせば、男性の姿が見えた。こちらはほとんど濡れていない。ゆるく巻いた見事な蜂蜜色の髪が、日の光を受けて輝いていた。

「――――」

見知った姿にわたしは驚いて口を開ける。こんな状態でなければ声を上げていただろう。

「君の突拍子もない言動は楽しくて大好きだがね、こういう驚きは勘弁しておくれ」

わたしと目が合い、その人は優しく苦笑する。南の血が流れていることを示す金褐色の肌に、女性的な色香を含んだ美しい顔立ち。目元は優しく垂れているけれど、髪と同じ蜂蜜色の瞳には男らしい力強さがひそんでいる。

「ナイ……」

相変わらずの個性的な美しさにみとれながら、彼の名を口にしかけた時、さらに別の声が響いた。

「もうっ！　いったいなにをしているのよあなたはっ!?　いきなり現れたかと思ったらいきなり落ちていきなり溺れて！　もともと意味不明な生き物だけどせめて陸上で活動してちょうだい！　いつから両生類になったのよ!?」

両生類なら溺れませんよ……と答えたくなる文句をまくし立てているのは、これまた豪華な金髪の若い女性だった。咲き誇る薔薇《ばら》のような美貌が、なぜかしら、はっきり見えない。ぼやけるわ。

「あなたたちのせいで舟もドレスもびしょ濡れよ！　今日はじめて着たドレスなのに！　今すぐ乾かしなさい！」

「レディ、無茶を言わない」

連れの男性に笑いながらたしなめられる彼女は、毛を逆立てる猫のようだった。驚いて、怯えているだけね。猫をなだめる気分で、わたしは彼女に微笑《ほほえ》んだ。

「オレリア様……今日もお美しい」

「……あなた、死にかけて頭がおかしくなったの？　いいえ、おかしいのは元からね。これで普段どおり？　なら、大丈夫ということなのかしら……？」

ラグランジュ宮廷随一の美女にして愛すべき悪役令嬢、オレリア・カヴェニャック侯爵令嬢は、ご自分の言葉に首をかしげて考え込んでいた。

「……ナイジェル卿、オレリア様とデートですか？　就任早々お手の早いこと」

ようやく身体に力が戻ってくる。まだシメオン様に抱かれながらも、わたしはちゃんと座り直した。落ち着いて周りを見れば、ここは舟の上だ。わたしが乗っていたものより大きく、端で船頭が櫂をあやつっている。どうやら、たまたま舟遊びをしていたところへわたしが流れてきたらしい。シメオン様に助けられたあとすぐに引き上げられたのは彼らがいたからで、運がよかった……のよね？　これも仕組まれていたとか、さすがにないわよね。

オレリア様と舟に乗っていたのは、つい最近イーズデイルから新しい大使としてやってきたばかりの、ナイジェル・シャノン卿だった。イーズデイル派の悪事について聞かされた直後に顔を見ると、なにか関わりがあるのではと疑いたくなる。でもリュタンは国内だけで内密に片付けたかったと言っていたから違うはず。ナイジェル卿とリュタンは以前から面識があって、りっこう仲が良いらしいけれど……まさか共謀してはいないわよね？

それならこんなところで呑気《のんき》に舟遊びなどしていないだろう。わたしが舟を使って逃げたのはその場のなりゆきで、誰にも予想できなかったことだし、さすがに考えすぎね……多分。

まだ若くとびきり美しい新任大使は、さっそく社交界の女性陣に大人気だ。お仕事そっちのけで連日貴婦人たちと遊び歩いている。今日もただ遊びにきただけなのだろう。

じっと見つめるわたしにナイジェル卿が視線だけで問い返してくる。わたしは内心の疑いを隠して言った。

「助けてくださってありがとうございます。にしてもオレリア様と舟遊びなんてうらやましい方。ラグランジュ宮廷の誇る金の薔薇を独り占めはずるいですわよ」

「ん、そういう話？　なにか違うことを言いたそうだったけれど……」

「なっ、なにを言っているのよ。やめてちょうだい、気持ち悪い」

言いかけたナイジェル卿をオレリア様の声が黙らせた。オレリア様はいやそうなお顔でわたしから距離を取る。軽く笑い、ナイジェル卿は彼女と並んで座り直した。そうしていると絵のような美男美女だ。実に眼福……でも細部がぼやけてよく見えない。どうしちゃったのかしらと思いながらぼんやり眺めていると、大きな手が頬を包み込んでわたしを振り向かせた。

「マリエル、それよりも怪我《けが》はありませんか。どこか具合の悪いところは」

シメオン様が心配そうに覗《のぞ》き込んでくる。眼鏡《めがね》のないきれいなお顔を間近から見上げると、不安が遠ざかりあらためて喜びがこみ上げてきた。ああ、ここにシメオン様がいる。ぬくもりを感じられる。なんという幸せなのだろう。たまらずに腕を伸ばして彼の首に抱きついてしまう。強く抱き返してくれる腕がうれしかった。

「大丈夫……助けてくださって、ありがとう」

「いいえ、怖い思いをさせてすみません。もっと早く追いついていれば……いや、あの時あなたを守れなかったのがそもそもの失態だ。本当に、すみませんでした」

「大丈夫ですよ。きっと来てくださると信じていましたから。思ったより早いくらいです。よくこの場面に居合わせてくださいましたね」

考えてみればものすごい幸運だ。溺れて死にそうになった時に、ちゃんと間に合ってくださったのだから。

「あの場に残った者を締め上げて、仲間が向かった場所を吐かせたのです。河沿いの別荘ということだったのでさがしていたのですが、なぜ舟に？　やつらに置き去りにされたのですか」

「隙を見て逃げ出したのです。河なら追いかけることもできないと思って……ところで、締め上げたとは近衛騎士団仕込みの尋問術ですか？　相手の心に恐怖を植えつけ追い詰めて屈伏させるという？本職の諜報員すらおそれる軍隊式の取り調べですか？」

「いや単に痛い目に遭わせただけです。拷問に耐える訓練など受けていなそうでしたから、殺されると思うくらいに痛めつけてやれば口を割るかと思って」

「拷問……！　鬼副長の過酷な責め……なんて萌《も》える響きなの。やはり鞭《むち》を使って⁉」

「使いません！」

「君たちは本当に面白いねえ」

わたしとシメオン様のやりとりに、ナイジェル卿がつぶやいた。

「さっき死にかけたばかりだというのに、もう目を輝かせて」

「ナイジェル様、あの子の言葉をいちいちまともに聞いていたら発狂しますわ。頭の造りがどこかおかしいのです」

オレリア様もおっしゃる。ああん、その冷たいお顔も素敵。もっとはっきり見たいのに、なぜこんなにぼやけるの……って、眼鏡がないせいよね。あら？　いつの間に……って、そうか、水の中で落ちてしまったのね。

水面へ目を向けてあーあとため息をつき——もっと大変なことを思い出してしまった。

「ああっ!!」

突然わたしが悲鳴を上げたので、シメオン様をはじめ舟上の全員が驚いた。船頭まで目を丸くして振り返っている。彼らの視線にかまう余裕もなく、わたしはシメオン様の腕の中から飛び出す。舟縁に飛びついて身を乗り出すと、すぐに後ろから引っ張られた。

「なにをしているのです、また落ちますよ！」

「指輪……っ、指輪が！」

「指輪？」

シメオン様に抱きとめられながら、わたしは水面を見回す。どこかに浮いていないかと必死に指輪の箱をさがした。

「結婚指輪のことですか？」

「……それと、シルヴェストル公爵の指輪が……落として、しまって……」

――ない。見つからない。流れていってしまったのか、それとも沈んだのか――広い河のどこにも、指輪の箱は見当たらなかった。

「そういえばなにか落としたように見えたが、指輪の箱だったのか。残念だが諦めるしかないだろうね。さがしようがないよ」

ナイジェル卿が同じように河を見回して言う。わたしはめまいがして倒れ込みそうになった。シメオン様が支え、抱きしめてくださる。彼の腕の中で、わたしはどうしよう、どうしようと馬鹿のようにくり返した。

「指輪が……せっかく取り戻したのに……わたしのせいで……」

「マリエル」

「公爵様に、なんと申し上げれば……あんなに見事な指輪だったのに……クロードさんにどう謝ればいいの……あんなの、弁償もできない……」

「……大丈夫ですから」

片手をわたしの頭に回し、シメオン様はさらに抱き寄せて密着させる。わたしを懐に包み込み、力強い声で耳元に言い聞かせた。

「大丈夫、大丈夫です。あなたはなにも心配しなくてよい。公爵には私から話しますから。あなたが苦しまなくてよい。あとのことはすべて、私が引き受けます」

優しくも強い声に、失いかけていた理性が戻ってくる。いつもそうね、シメオン様は不安や恐怖からわたしを救い出してくださる。この腕の中にいればなにも怖くないと、安心に包まれる。ぬくもりと頼もしい強さに守られて、混乱した頭が落ち着きを取り戻した。

「……いいえ、それはいけません」

わたしはシメオン様の胸に手をつき、少しだけ身を離した。

「これはわたしの責任です。わたしがお話ししなくてはならないことです。公爵様がどう反応なさるのか怖いですが……逃げるわけにはいきません」

「マリエル」

「あやつることもできないのに、舟に乗ったのはわたしの判断です。逃げ出すことばかり考えて、流れていけばいずれ助かるなどと楽観的に考えてしまいました。その愚かさが招いた結果です……わたしが、悪かったのです」

涙がこぼれてまた頬を濡らした。上手く切り抜けたつもりで、かえって事態を悪くしてしまった。リュタンはいずれ指輪を返すと約束してくれたのに、結婚式まで時間がないことに焦って待っていられなかった。少しでも早くシメオン様のもとへ戻りたくて、逃げることしか考えられなかった。

その結果が、これだ。わたしは失敗した。失敗したのだ。それは、どうしようもない事実だった。

「こんなことになって、ごめんなさい……」

顔を覆う。泣いている場合ではないのに、自分が情けなくて、いろんな人に申し訳なくてたまらなかった。

「あなたは被害者です。指輪をなくしたのはただの結果であって、原因を作ったのはあなたではない。だからそんなに自分を責めないでください。あなたはなにも悪くない」

「でも……」

「事情がさっぱりわからないのだがね」

泣くわたしとなだめるシメオン様と。二人の間に割って入ったのはナイジェル卿だった。

「まずは陸《おか》に戻って、そのずぶ濡れの状態をなんとかするのが先だろう。男は頑張って耐えていればいいが、ご婦人をいつまでも震えさせておくものではないよ」

肩に重みがかかる。ご自分の上着を脱いでかけてくれていた。

「岸へつけてくれ」

ナイジェル卿の指示を受けて、船頭が舟を岸へ向かわせる。少し先に桟橋が見えていた。わたしが下りたのと同じような階段がある。その上で待っている人の姿もあった。

「よくわからないけど、さっさとそのみっともない顔を拭きなさい。わたくしの前で見るに耐えない顔をさらさないでちょうだい。目障りで迷惑よ」

ツンツン言いながらオレリア様がハンカチを突き出してくる。繊細なレースと刺繍《ししゅう》に飾られたハンカチを濡れた手で受け取るのはためらわれた。

「汚してしまいますから……」

「こんなハンカチごときをわたくしが惜しむとでも？　あなたと一緒にしないでちょうだい。ハンカチなんていくらでも持っているのだから、一枚くらいさしあげるわよ。汚すなりなんなり好きになさい！」

投げるように押しつけてくる。シメオン様が先に受け取って、わたしの涙をぬぐってくださった。

舟はゆっくりと桟橋へ近付いていく。階段の上で待っているのは、ナイジェル卿の従者とオレリア様の侍女だった。

夕暮れの近付く風が濡れた身体を凍えさせ、これからのことを考えると胸が押しつぶされそうになる。身を縮めながらうちひしがれるしかないなか、優しい人たちの存在がわたしをはげましてくれていた。

7

「どうぞ、レディ」

シメオン様に支えられて階段を上ったわたしに、大きなタオルがさし出された。見覚えのある十代なかば頃の黒髪の少年は、アーサー君だ。今日もナイジェル卿の従者としてお供していたらしい。

「おや、用意のいいことだ」

感心した声を上げたのは、後ろから上ってきたナイジェル卿だった。アーサー君はいつもの無表情で、自分の主《あるじ》に対してもそっけなく答えた。

「舟遊びをなさるということでしたので、念のために用意しておりました。マスターはすぐに悪ふざけをなさいますから」

「……優秀な従者でうれしいよ」

一礼してアーサー君は場を下がる。オレリア様がわたしの横を通りすぎて、自分の侍女のもとへ向かった。

「軽食を用意してあったでしょう。なにか身体《からだ》が温まるものを出してさしあげて。シメオン様によ！その子はついでていいから。ついでに！」

「はいはい、ついでですね。あそこの家でお願いして火をお借りしましょうか。うんと熱くしたワインを急いでご用意いたします」

　こちらも主の性格を熟知しているらしい侍女が、馬車から籠を持ち出し近くの民家へ走ってくれる。アーサー君はシメオン様の上着や靴も持ってきてくれた。

「勝手ながら回収しておきました。どうぞ」

「ありがとう、助かります」

　飛び込む前に脱いで、眼鏡もきちんと置いてきたらしい。さすがの冷静ぶりだ。シメオン様は眼鏡と靴を身につけただけで、上着はそのまま残していた。

　わたしも一旦靴を脱いで中の水を出し、おそろしく重くなって脚にまとわりつくスカートを何度もしぼった。うつむくと頭からも水がしたたり落ちてくる。さぞかしみっともない姿なのでしょうね。周りは美男美女揃《ぞろ》いなのに、シメオン様は濡《ぬ》れていても美しいのに、むしろ妙な色気が出ているのに、わたし一人がみすぼらしい濡れネズミ……いつもならそれも笑ってネタにできるのに、さすがにそんな元気は出てこなかった。

　ひとしきり水気をしぼったわたしの髪を、シメオン様が拭いてくださる。顔や首回りも拭けば寒さが少しましになった。タオルを何度もしぼりながら、できるだけ身体から水分を吸い取る。ナイジェル卿はこのまま上着を着て帰っていいと言ってくれたのでありがたく借りておき、その上からさらにシメオン様の上着を着せられた。

「オレリア嬢、申し訳ないが今日は彼らを送る方を優先させてもらいたい。また後日、あらためてお会いしよう」

オレリア様の手を取ってナイジェル卿は優雅に口づける。オレリア様はツンとあごをそらした。

「次は違う遊びに誘ってくださいませ。もう目の前で人が溺れたりしない場所がいいですわ」

「では遠乗りでもいかがかな。ピクニックしよう」

「素敵ですわね——ちょっとあなた！　今度は熊に追われて出てきたりしないでね！」

「そうなったらオレリア様も一緒に逃げてくださいね」

「なぜわたくしが熊に追われなくてはならないのよ！」

「わたしとしては、熊よりかっこいい黒豹《くろひょう》に出会いたいのですが」

「黒豹……って、肉食？　草食？」

「バリバリの肉食です。猫科ですから」

「食べられちゃうじゃないのぉ!!」

「いませんから。熊も黒豹も」

シメオン様のつっこみで終了する。いつでも元気なオレリア様のおかげで、少しだけ調子を取り戻せた。落ち込んでばかりいないで、これからどうすべきか考えないとね。どうするって、公爵に謝罪するしかないのだけれど……あ、やだ、また落ち込んできた……。

ついため息をこぼした時、足音が近付いてきた。オレリア様の侍女が戻ったにしては早いと顔を向けると、男性の姿がある。わたしが驚きの声を漏らすと同時にシメオン様が進み出た。

「——ええっ!?」

なんの前置きも予備動作もなかった。踏み出した勢いそのままに、いきなりシメオン様は相手に殴りかかった。ナイジェル卿も驚いて目を丸くし、オレリア様は目と口を大きく開けたまま絶句している。ひらりとかわした相手をシメオン様も流れるような動きで追い、二度三度と攻撃をくり出した。

「……まっ、まままま待って、待ってくださいシメオン様！　その人は――」

止めようとする間にも、目にも止まらぬ速さで攻撃が続けられる。背後を取ろうとした相手に振り向きもせず肘を叩《たた》き込み、それもかわされれば後ろ蹴りだ。ふたたび拮抗《きっこう》した戦いが眼前でくり広げられた。あらためて二人ともすごい。あれだけ絶え間なく動きながら、少しも体勢を崩さない。互いの攻撃を紙一重で避け、瞬時に反撃に出たかと思えばまたかわしと、二人の見事な動きはまるで息を合わせた舞踏のようでもあった。

「……って、だから待ってくださいってば！　シメオン様、その人は」

「知っています」

猛然と攻撃を続けながらも、声だけはひどく静かに冷たくシメオン様は答えた。

「リュタンでしょう」

「え……」

さらりと言われてわたしは言葉を失う。彼と対峙《たいじ》しながらリュタンの方も眉を上げて驚きを示した。

「え、どうして……」

リュタンはまだ変装を解いていない。アルマンさんに化けたままだ。シメオン様が襲いかかるのは当然として、正体に気付いているとは思わなかった。

「わかりますよ——その目。人を馬鹿にするふざけた目だ。あのコソ泥以外ありえない」

「ええ⁉」

目で見抜いた⁉　たしかに変装しても目の色だけは変えられないけれど、でも青い目の人間なんていくらでもいるのに、一発で見抜けるってもういっそ愛でしょう！

……天敵だものね。お互いに、本能で察知し合うのね。

では、最初に襲撃された時から、シメオン様はリュタンがらみの事件だと気付いていらしたのだろうか。そういえばずっとにらんでいたわよね。リュタンの言ったとおり、彼はすでに一連のできごとのつながりと事情を察していそうだった。

大きく飛びずさってシメオン様と距離を取り、リュタンはおどけて口笛を吹いた。

「さすがと言っておこうか。副長に気付いてもらえても、別にうれしくないけどね」

「えっ？　えっ？　今リュタンとおっしゃって？　リュタンって、あの怪盗リュタン？」

ナイジェル卿も感心する横で、オレリア様だけが状況についてこられず周りを見回している。そんな彼女にリュタンは芝居がかったおじぎをしてみせた。

「ご機嫌うるわしゅう、オレリア嬢。他人の顔を借りてご挨拶するのは残念ですが、名高きカヴェニャックの薔薇《ばら》姫にお会いできて光栄ですよ」

「えっ、ええっ⁉」

気障《きざ》な言葉にオレリア様はますます驚き、わたしは白けて半眼になった。この泥棒、オレリア様まで口説く気なの。

「妬《や》かないでマリエル。ずぶ濡れの君も可愛《かわい》いよ」

「妬いてません。おっしゃるとおり、大変な目に遭ったわよ。誰のせいだと思ってるのよ」

「勝手に逃げたのはそっちじゃないか。手出しできない河の上ってのはいい狙いだったけど、君に舟を漕げるとは思わなかったから心配して追いかけてきたんだよ」

「そもそも逃げねばならない状況を作っておきながら、よくも言うものです。まさに盗人猛々《ぬすっとたけだけ》しい」

声に怒気をにじませながら、シメオン様がわたしを制して前に立つ。まだピリピリと殺気を放っていた。いつでも飛びかかっていきそうな空気が怖い。わたしは思わずシメオン様のシャツをつかんだ。

「あの、たしかに文句の十や二十は言ってやりたいですけど、向こうにもいろいろありまして。一度、落ち着いて話をした方がよろしいかと」

「そうですね、叩きのめして縛り上げてやってから、ゆっくりと話を聞きましょう」

「それってお話というより尋問！　見たいですけど、今回はちょっと」

「この男がすべての元凶でしょう。あなたを危険な目に遭わせ、さらには泣かせた張本人だ」

ああああ！　またこの展開！　そうですそうでした、シメオン様の前で泣くのはまずかった！

ただでさえ怒るのに相手がリュタンでは丸くおさまる道理がない。なぜこんなにも激怒していらっしゃるのか深く理解してしまった。

「いえそれは――あっ！」

止めるわたしを振り返りもせずまたシメオン様が飛び出す。リュタンもやる気満々に剣呑《けんのん》な顔で迎え撃つ。激しくぶつかり合う光景に殴り合いだけで済まないのではとすくみ上がった時、ほぼ同時に二人がはじかれた。

「ぐ……っ」

「でっ」

シメオン様はおなかを、リュタンは肩を押さえてよろめく。彼らの間にナイジェル卿が立っていた。

「恋敵同士、気が済むまで殴り合いなさいと言いたいところだが、時と場所は選ぶのだね。ご婦人の前だよ、怖がらせるのではない」

手にした杖《ステッキ》をくるりと回す。例の、中に刀身が隠されている仕込み杖よね。あれで――なにをしたの？　いつの間に割って入ったの。あまりに速すぎてよくわからなかった。気がついたらシメオン様たちが離れていた。さすが筋肉一族の末裔《まつえい》――もしかして、この人シメオン様よりさらに強いとか言う？　部下泣かせの遊び人なのに。

「君は婚約者がからむと過激になるね。真面目《まじめ》な男が恋にのめり込むと怖いな」

呆《あき》れた笑いを向けられて、シメオン様は眼鏡《めがね》を直しながらそっぽを向いた。リュタンはいつもの調子で肩をすくめ、「痛てて」と顔をしかめる。友好的な雰囲気はどこにもないけれど、ひとまず殺気が消えてわたしは胸をなで下ろした。

「あ、あの……」

なんとなくそれぞれが黙り込んだ時、オレリア様の侍女が戻ってきた。妙な雰囲気に困惑しながらも、湯気の立つカップをさし出す。

「ワインを温めてきました。どうぞ」

「……いえ、せっかくですが私は遠慮しておきます」

シメオン様は首を振って受け取らなかった。

「少し頭を冷やす必要がありますので」

深く息を吐き出し、乱れた感情を落ち着かせようとしていらっしゃる。侍女はなにも言わずに引き下がり、シメオン様から離れてわたしの方へやってきた。

「ありがとうございます」

わたしはもちろん受け取って口をつける。お砂糖と、少し香辛料も入れてあるらしい。優しい甘さの中にぴりっとするものもあり、冷えた身体を心地よく温めてくれた。

「……わたくしたちは退散した方がよさそうですね。これで失礼させていただきますわ」

二杯目もわたしがいただいて飲み終えると、オレリア様がナイジェル卿に言った。

「送らなくて申し訳ない。今度埋め合わせをするよ」

「楽しみにしておりますわ――あなた。結局なにがあったのか知らないけど、明後日結婚式なのでしょう。面倒ごとはさっさと片付けるのね」

「ありがとうございます。お世話になりました」

「ふんっ！」

顔をそむけてオレリア様は去っていく。気にならないはずがないのに、好奇心で首をつっこもうとせず、わたしたちが話をしやすいよう離れていかれる。ただの悪役令嬢ではない。やはりオレリア様は一流の貴婦人だ。セヴラン殿下のお好みから外れているのがとても残念。オレリア様ならきっと立派な王太子妃に、ひいては王妃になられるでしょうにね。

「さて、いつまでも河辺で風に吹かれていられない。どちらの家へ向かう？」

ナイジェル卿はわたしとシメオン様を見比べる。わたしが答える前にシメオン様がフロベール邸を希望した。

「そんなままでは帰せません。話もしなければなりませんし」

「かまいませんが……」

「よかろう。アーサー、馬車を呼んで……」

ナイジェル卿がうなずいて命じかけるのを、リュタンが遮った。

「彼らの馬車はちゃんとありますよ。そこまで乗ってきたんで、取ってきます」

返事も待たずにさっさと背を向けて歩き出す。彼を見送りながら、そういえばとわたしはシメオン様に尋ねた。

「クロードさんたちはどうなりました？」

「とらえた連中とともに、警察にまかせてきました。ジョゼフには辻馬車を使って帰るよう言いましたので、先に戻っているでしょう」

「クロードさんにも、説明しないといけませんね……」

「家に着いてから連絡しましょう。あなたは心配しなくてよいので、まずは身体を休めなさい」

シメオン様に肩を抱かれてわたしは馬車を待つ。ナイジェル卿も当然の顔でわたしたちと一緒に待っていた。

「お帰りにならないのですか」

「説明を聞いてからだ。単なる恋敵同士のけんかではなさそうだからね。国家間の問題の匂いがする。ラビアとラグランジュがやり合っているなら、イーズデイル代表として無視できないね」

追い払いたそうなシメオン様をナイジェル卿は一蹴する。シメオン様はため息をついてそれ以上なにも言わなかった。

やっぱり、さっきの疑問は考えすぎね。ナイジェル卿も事情をご存じない。リュタンと共謀しているわけでも、イーズデイル派に加担しているわけでもなさそうだ。

立て続けのできごとに、ちょっと過敏になりすぎていたようだ。ようやく安心し、わたしは肩から力を抜いた。

事情を知ったあとも、ナイジェル卿が敵に回ることはないだろう。あの男爵の企《たくら》みは明らかに悪事なのだから、イーズデイルは無関係だと主張するはず。大丈夫、心配ない。ただちょっと、派手な野次馬が増えるだけ。

馬車の音がして、リュタンが戻ってきた。馭者《ぎょしゃ》はいないから、このまま彼にフロベール伯爵邸まで送ってもらうことになるのかしら。器用に馬をあやつるリュタンを見ながら、ふと気付く。それってどうなのと複雑な気分で上を見れば、シメオン様も同じことに気付いたようで、とてもいやそうなお顔をしていらした。

わたしたちを出迎えたフロベール家の執事は、出かけた時とは大違いの無惨な姿に仰天し、すぐさまお風呂の用意をするよう女中たちに言いつけた。知らせは屋敷内を駆け回り、伯爵一家が次々と顔を出してきた。

「兄上!? いったいなにがあったんですか!?」

次男のアドリアン様が唖然《あぜん》となり、その後ろから末っ子のノエル様もやってくる。

「うわぁ、二人ともすごい格好。結婚前にそんなに濡れちゃうなんて、いけないんだ」

「ノエル……どこでそんな下品な言い回しを覚えた」

地の底から響くような低い声に、たちまちノエル様は身をすくめる。わたしはよくわからなくて首をかしげた。

「今の、下品なのですか?」

「……いえ、なんでもありません」

シメオン様の注意がそれた隙にノエル様はアドリアン様の背後に逃げ込み、わたしへ感謝のまなざしを送ってきた。どのあたりが下品だったのだろうと考えているところへ、さらに伯爵夫妻がやってきた。

「あなたたち、指輪を受け取りに行ったのではなかったの。いったいなにをしてきたのよ」

今日も若々しく美しいエステル夫人がわたしたちの姿に呆れ返る。

「結婚式目前だというのに、馬鹿な遊びをしているのではありません!」

「いえ母上、遊んできたわけでは」

「シメオンはともかくマリエルさんまでそんなになって！　貴婦人たるもの、常に美しく優雅であるべしと言ったでしょう。もう子供ではないのだからたしなみというものを覚えなさい！」

「も、申し訳ありません……」

「待ちなさい、奥さん。なにか不測の事態が起きたのだろう。まだ水遊びをする気候ではないのだから、この二人もふざけてこんな姿になったわけではないと思うよ」

怒る夫人を伯爵が止めてくださる。息子たちと違って線の細い学者肌のマクシミリアン卿は、わたしたちの後ろに立つ二人へ目を向けた。

「お客様もいらっしゃることだし……ようこそ、ナイジェル卿。息子たちがお世話になったのだろうか？　そちらの彼は？」

「お初にお目にかかります、フロベール伯爵。突然の訪問をお許しください。ラビアのエミディオ・チャルディーニと申します」

問われてリュタンは優雅に挨拶をする。いつの間にかその姿は、短い黒髪が元気にはねた、若々しく端整な青年になっていた。馬車で戻る間に変装を解いたようで、すっかり本来の姿に戻っている。陽気なハンサムにエステル夫人は好意的な反応を見せ、伯爵やアドリアン様たちは不思議そうな顔になった。

「これは、どういう組み合わせなのだろうね。ラビアとイーズデイルのお客人が揃ってわが家を訪問されるとは」

父親の視線を受けてシメオン様は首を振る。

「説明はあとにさせていただけますか。先に話し合わねばならないことがありまして」

「ああ、まあ、着替えもしないとね。では我々は失礼しよう。マティアス、お客人を頼むよ」

「かしこまりました、旦那様」

のんびりしているようでも、伯爵は即座になにかあるらしいと察して質問を取り下げる。リュタンとナイジェル卿に軽く挨拶して夫人とともに奥へ戻っていった。こういうところは、さすがシメオン様のご両親だと思う。アドリアン様はシメオン様にくっついていたそうだったけれど、エステル夫人に耳をつままれ引っ張られていった。ちゃっかり居残ろうとしていたノエル様も、シメオン様の一にらみを受けて退散した。

「お若いご両親だよね。君は何歳《いくつ》の時の子供なんだい？」

見送ったナイジェル卿が感心の声を上げる。伯爵夫妻はどちらも四十そこそこか、下手《へた》をすると三十代に見える方たちだった。

「ただの童顔と若作りですよ」

シメオン様の返事は身もふたもない。

「副長は母親似か。こうなるとマリエルの家族も見たくなってくるな」

リュタンがこちらを見る。

「うちは普通です。見ても別にどうということはないわよ」

年齢相応のお母様と、ちょっぴりおなかがせり出したお父様。お兄様はくせっ毛に黒縁眼鏡ともっさりした雰囲気だ。地味なわたしの家族は、やはり全員地味である。

「マリエルお嬢様、こちらへ」

大急ぎで準備してきてくれた女中がわたしを呼ぶ。一旦シメオン様たちと別れ、わたしは二階の客間へ連れていかれた。

濡れたドレスは身体に張りつき、きしんで脱ぎにくい。二人がかりで脱がせてもらった。浴槽にはすでにお湯が張られている。わたしが入ると少しずつ熱湯を足して温度を調節してくれた。冷えきった身体には熱いくらいのお湯がありがたい。

「お寒くありませんか」

「大丈夫、ありがとう」

身体が温まってほっと力が抜けていく。河の臭いがする髪も洗ってもらえ、ようやくまともな場所に戻ってきたのだと実感できた。指輪のことや首飾りのこと、問題はまだ全然片付いていないけれど、窮地を脱したことだけは心底安堵《あんど》できる。一時はどうなるかと思ったわ。たった一日の間にいろんなことがありすぎて、目まぐるしいにもほどがある。

わたしは浴槽の縁にもたれて天井を見上げた。明後日の結婚式、大丈夫かしら。指輪……どうしよう。やっぱり他のもので代用するしかないのかな。ものすごく残念だけれど、しかたがない。でも、それはいい。わたしたちだけの問題だし、新しく作り直せば済む話だもの。シルヴェストル公爵の指輪の方が大問題だ。こうなってはわたしたちの関与を隠すことは不可能だ。三百万アルジェをどう弁償するのか、そしてどうやって許していただくのか、考えるのもいやになってくる。

窓の外はもう赤くなっていた。そろそろ晩餐《ばんさん》の時間だ。おなかはまた文句を訴えているけれど、下手に満たすと寝てしまいそうだ。ここしばらくの睡眠不足に加えて今日の疲労で、眠気も相当だった。空腹だから起きていられるけれど、食べたら絶対に寝るわよね。晩餐は辞退しようかしら……って、それも切ない。おなか空《す》いた。

ひとまず身体が落ち着いたのでお湯から出る。シメオン様はもう身支度を済ませて戻っていらっしゃるだろう。わたしも早く戻ろうと思うのに、女中たちは丁寧に世話をしてくれてなかなか服を着させてもらえなかった。

「適当でいいわ。急ぐから着替えを持ってきて」

「ですが、まだ髪が乾いておりませんよ」

ガウン一枚で椅子に座らされて、後ろから髪をぬぐわれる。ボタボタでなければいいのに、そういうわけにはいかないと首を振られた。

「でも、皆さんとお話しなければいけないのよ。あまり遅くなるわけには……」

「だからですよ」

ぴしりと叩くような声が響いた。驚いて振り返れば、エステル夫人が入ってくるところだった。

「エステル様」

「濡れたままの髪で殿方の前へ出るおつもり？　その意味をちゃんとおわかりなのかしら」

どこか怖い笑顔でエステル夫人はやってくる。閉じた扇で頬をなでられ身がすくんだ。この迫力、さすがシメオン様のお母様。

「え、ええと……」

「まったく、いつまでも子供だこと」

やれやれと言わんばかりにエステル夫人は息を吐いた。

「風呂上がりの濡れ髪、寝起きで乱れたままの髪、そういったしどけない姿を見せてよいのは夫だけです。誘惑しているのと同じですからね」

「か、髪くらいで誘惑ですか？」

「ええそうよ。普段きちんと整えられているものが乱れている、そこに殿方は色気を感じ、ぐっとくるのです。あんな素敵な人たちの前に、大胆な姿で無防備に出ていくなんてとんでもない！　でもシメオンだけの時にはいいのよ？　あの子のことは大いに刺激して誘惑してやってちょうだい」

頬が熱くなるのを感じながら、わたしは何度もうなずいた。な、なるほど、それが殿方の心理ですか。濡れ髪が効果的だとは、いいことを聞いたわ。ぜひ次の作品に使わせていただきましょう！ちょっぴり色っぽい場面を入れたりして、読者をドキドキさせるのよ！

「ちょっと、理解してらっしゃるの？　まあ、結婚すればいやでもわかるでしょうけど、シメオンも苦労するわね……あら？　なぁに、この痣《あざ》は！　挙式直前だというのに、なにを作っているの！」

「あ、それは……」

「それによく見たら、目元に隈《くま》があるわね。お肌の調子もいまいちだわ。信じられない！　花嫁といえば全身を磨いて最高に美しい状態で式に臨むものなのに、なぜこんなにボロボロなの！」

それは休暇前の書き貯めのせいでして……と言い訳もできず、延々と美容についてお説教されてしまった。こうなるとエステル夫人は長い。髪がすっかり乾くまで叱られながら、お肌の手入れも追加されてしまった。そうこうしているうちに窓の外は真っ暗だ。おなかも死にそうにペコペコで、晩餐を辞退するなど考えられず正餐室《せいさんしつ》へ向かった。

「遅くなりまして……」

さんざん待たせてしまったと気まずく入れば、中にリュタンとナイジェル卿の姿はなかった。シメオン様の他にもう一人、こちらに背を向けて座る人がいるけれど、別人なのは眼鏡がなくてもわかる。

「あら……お二人は？」

「さきほど帰りました。ナイジェル卿はともかく、リュタンに晩餐をふるまう義理はありませんからね」

シメオン様はそっけなく言ってわたしの手を取る。そんな理由で追い返したんですかと呆れると、広い肩がすくめられた。

「話も終わりましたから。彼は彼で忙しそうですよ。放り出してきた連中と合流して、上手《うま》く誘導しなければならないようなので」

「ああ、男爵たち……」

シメオン様にエスコートされて席へ向かう。眼鏡がなくても歩くのに不自由するほどではないけれど、ぼやけた視界はどうにも落ち着かない。いつもと違う感覚に苦労しながらも、もう一人の客人のそばは慎重に避けて、シメオン様を盾に反対側へ逃げた。

そんなわたしに、低い声がかけられる。

「なにをしている、こちらへ来い」

優雅な手がわたしを招いている。シメオン様にくっついたまま、わたしは言い返した。

「危険を感じるので遠慮します」

「ほう、この私が危険？　言ってくれるな」

黒髪がゆらりと振り返る。精悍《せいかん》な美貌に迫力が漂っていて、わたしはますます逃げ腰になった。

「拳骨も頭グリグリもご勘弁くださいませ。王子様が女性に手を上げるものではありませんわよ」

「殴られるようなことをした自覚があるのだな」

「ございません！」

立ち上がったセヴラン殿下からさらにわたしは逃げる。と思ったら、シメオン様につかまった。

「ちゃんとお話を聞きなさい」

「やだやだ、放してください！　殿下はすぐにつねったり殴ったりなさるんですもの！　ひどいと思いません？　わたしこれでも子爵家の娘ですのよ」

「普通の子爵令嬢ならば私も叱る必要がないのだがな」

殿下の手がわたしの頭をつかまえる。すわグリグリ攻撃かと身をすくめたが、痛みは襲ってこなかった。

強引に振り向かされ、間近でにらむ殿下と目を合わせる。

「怪我《けが》はないと聞いたが、本当に問題ないか」

「は、はい」

「危険なことをしたと、自覚はしているな」

「……はい」

うなずけば、殿下は息を吐いて手を放してくださった。

「状況は聞いたし、自力で逃げようという気概は悪くないがな、そこでもう一つ冷静な判断力を持て。無理でも行動せねばならぬ時と、無理ならば諦めるべき時がある。焦らず、見極められるようになれ。怖い思いをして十分懲りただろうからこれ以上くどくは言わんが、そなたの花嫁姿を楽しみにしている者が大勢いることを、忘れるな」

また頭に大きな手が乗せられ、優しくなでられる。真面目に諭されるのは、厳しく叱られるよりも身にしみた。

「……ごめんなさい」

「うむ。まあ、無事でよかった」

ようやく殿下の表情がやわらぐ。なんだかんだ言って、やっぱりお優しい。話を聞いて心配してくださったのね。

と、ほっこり気分になりかけていたのに、次のお言葉がだいなしにした。

「ジュリエンヌ嬢との関係もなかなか進展せぬのに、今そなたにいなくなられては困るのだ」

「……それがお目当てですか？」

せっかくの感動に水をさされて、わたしは半眼になった。

「わたしの生死より、そちらが重要ですか」

「それはそれ、これはこれだ。そなたは結婚目前の幸せ一杯でさぞ満足だろうがな、目の前で見せつけられるばかりの私の気持ちも少しは考えてくれ」

「あいにく今はそれどころではございませんので」

「王太子の結婚問題を『それどころ』で片付けるか！」

「その前に自分の結婚です！　無事に当日を迎えられるのかもあやうい状況なのですから！　殿下がここにいらっしゃるのも、今回の件で連絡をお受けになったからでしょう？　リュタンとの話し合いはどうなったのですか。恋愛相談よりそちらをお聞かせくださいませ」

　わたしと殿下は顔を突き合わせてにらみ合う。シメオン様がため息まじりに割って入った。

「二人とも、そのくらいで。ともかく、食事をしましょう」

　ふたたびエスコートされてわたしは席へ向かう。シメオン様と並んで座り、殿下もむくれながら座り直された。

「くそ、これだから幸せ者は」

　食事をはじめてもまだぶつぶつと文句を言っていらっしゃる。わたしは知らん顔で生ハムを口に放り込んだ。疲れた身体にほどよい塩気がたまらない。

　数々の失恋を経《へ》て最後に殿下がお見初めになったのは、わたしの親戚にして親友たるジュリエンヌだった。そのため前々から協力を頼まれている。もちろん応援したいとは思っているが、今はそれについて話し込んでいられる状況ではないというのに。

「で、どういうふうに話がつきましたの」

　わたしは殿下を無視してシメオン様に尋ねた。結局大事な話し合いの場に同席できなかったのが残念だ。わたしがいようがいまいが変わりないだろうけれど、殿方におまかせすればいいと放り出すような女にはなりたくなかったのに。

「不本意ではありますが、おおむねリュタンの希望を受け入れることになりました。ラグランジュ《こちら》にとっても、イーズデイル派を押さえることができるなら悪い話ではありませんからね」

言葉どおり、少し不機嫌そうなお顔でシメオン様は答えてくださった。

「国王陛下から殿下が全権をまかされて、すでにご承認くださっています」

「では、あの首飾りを貸し出すことに？」

「ええ。『ビジュー・カルパンティエ』にも連絡は済んでいます」

わたしが髪を乾かしている間に、話し合いも手配も全部終わっていた。さすがシメオン様、相変わらず手際のよい方だ。感心するやら、役立たずな自分が情けないやら、複雑な気分だった。

冷たくしたカボチャのポタージュをいただき、焼きたての香ばしいパンを堪能《たんのう》する。

「最初から素直に協力を求めてくればよかったのにね。変にコソコソして、おかげでとんだ迷惑を被りましたわ」

「ラグランジュ派とイーズデイル派の争いは昔からだが、今の大公になってから特に激化している。いちばんの原因は明らかに大公の力不足だ。国内の勢力をろくにまとめられぬというのは恥だからな。とうに知られていることであっても自分から喧伝《けんでん》する気にはなれぬのだろう」

文句を言うわたしに殿下が説明してくださる。それがラビアの面子ということだろうか。国内だけで内密に片付けたかったとリュタンは言っていた。協力を求めれば楽なのはわかっていても、そうできない事情があったのね。

でも結局全部ばれてしまった。お気の毒様。悪事は露顕するものなのよと、本人に言ってやりたかったな。

白身魚の蒸し焼き《ポワレ》にはレモンバターソース。爽やかなのにコクがあって美味《おい》しい。

「ナイジェル卿は今回の件について、どう言ってらっしゃいますの？」

「イーズデイルは無関係だと、そのくらいですね。ここで下手に口出しすればイーズデイルの評判を落とすだけですから、介入してはこないでしょう」

そちらは心配ないと保証される。予想どおりで、ほっとした。

「本人はいつものように面白がっているだけでした。ただの野次馬と考えて問題ありません」

「それはようございました。あの方と敵対したくはありませんもの」

ナイジェル卿を警戒する必要がないのはうれしい。個人的にお友達だと思っているし、敵に回すと怖い人でもあるもの。いろんな意味で、ナイジェル卿とは対立したくなかった。

「あとはシルヴェストル公爵の指輪についてですね……」

いちばん頭の痛い問題を考えて、頬肉のワイン煮込みを切る手が止まってしまった。ため息をつくわたしに、シメオン様が言った。

「あなたはなにも心配しなくてよいですよ。公爵には私から説明しますから、まかせておきなさい」

「そういうわけにはいかないと、申しましたわ」

頑張って気持ちを立て直し、肉を口に運ぶ。

「考えたのですけれど、弁償はラビアに受け持ってもらえませんかしら。直接河に落としたのはわたしですが、原因はラビアのもめごとですもの。協力する見返りに三百万アルジェ出してとお願いできません？」

落ち込んでばかりはいられない。昼間は動転してどうしようとうろたえるばかりだったけれど、人間追い詰められればなにかしら思いつくものだ。わたしなりに精一杯考えて出したのが、そもそもの元凶に押しつけてやれという結論だった。

三百万アルジェという金額は、個人にとっては目の玉が飛び出して行方不明《ゆくえふめい》になりそうな大金だが、国家の支出と考えればさほどでもない。リュタンの後ろにはラビア大公がいる。できないとは言わせない。

「殿下、シメオン様、お願いします。リュタンと交渉して、この条件を呑《の》ませてくださいませ」

わたしから言うより王太子の権威と鬼副長の迫力におまかせした方がいい。ここは頼らせてもらおうとお願いすると、シメオン様と殿下はなにやら妙な雰囲気になって顔を見合わせた。

「……だめですか？」

「いえ、そうではなく」

「そなたシメオンに似てきたな」

シメオン様は急いで首を振り、殿下はくっと肩を揺らした。

「はい？」

「シメオンはシメオンでマリエルに影響されているし、恋人同士というものはそうなるのかな」

お酒のグラスを傾けながら、殿下は面白そうにわたしたちを見くらべる。

「同じことを、すでにシメオンが言っている。シルヴェストル公爵や『ビジュー・カルパンティエ』への賠償責任を全面的に受け持ち、説明と謝罪にも同行しろとな。ある程度はリュタンも予想していただろうが、あれもこれもと容赦ないので最後には顔が引きつっていたぞ。不在で残念だったな、そなた好みのやりとりだったぞ」

えええええ、なにそれ見たい！　まさに鬼畜腹黒参謀じゃない！　わたしが美容で叱られている間にそんな美味しい場面が展開されていたなんて！

「どうして戻るまで待ってくださらなかったんですか！」

「そう言われても……」

ナイフとフォークをにぎりしめて恨むわたしに、シメオン様は困ったお顔になり、水を飲んでごまかした。

「別に、見ても楽しくありませんよ。ただの裏取引です。女性の前でするものでは……」

「それがいいんです！　そこにしびれる憧れる！　最高の場面を見逃すなんて痛恨の極み……ぜひ今度再現を！」

「無理を言わないでください！」

シメオン様のフォークがわたしの口にメロンを押し込み、黙らせた。しかたなくモグモグしながらわたしはカトラリーを下ろす。後ろで待っていた給仕がすぐに下げて、わたしの前にもメロンを置いてくれた。

食事を終えて、最後にコーヒーとお菓子が運ばれてくる。シメオン様と殿下は甘いものがそれほどお好きではないので、コーヒーだけだった。わたしの前にはプディングが出された。丸い形に整えられたプディングの周りをカットされた果物が飾り、金色の飴《あめ》がレースのように覆っている。その上にそっと乗せられた、ごく薄いショコラの羽。見た目も素晴らしいこれは、一口菓子《プティ・フール》というより本気の甘味《アントルメ》でしょう。

素知らぬお顔でコーヒーを飲むシメオン様を、横目にちらりと窺《うかが》った。わたしを元気づけようと、シェフに頼んでくださったのかしら。昼間食べそびれちゃったしね。

口元がついゆるんでしまう。わたしは一口分すくい取って、シメオン様にさし出した。

「シメオン様、あーん」

「なっ……よ、よしなさい」

シメオン様は遮ろうとするけれど、白い頬がたちまち染まっている。うふふと笑いながらわたしはさらにスプーンを口元へ寄せた。

「せっかくですもの、はいどうぞ」

「行儀が悪いですよ。自分で食べなさい」

「だって、これはシメオン様が指定してくださったのでしょう？　でしたら、一口食べていただかねば。はい、あーん」

「…………」

耳まで赤くしてシメオン様はたじろいでいたけれど、わたしが引かないのを悟って渋々お口を開かれた。恥ずかしそうにスプーンをくわえるのが可愛いったら。これこれ、これよ！　鬼畜と純情の二面性が最高なの！

「お前たち……よくも堂々と目の前で見せつけてくれるな」

向かいの席から呪いの声が響いてくる。わたしはにっこりと笑顔でお答えした。

「殿下もいつかジュリエンヌと食べさせ合いっこできるとよいですね。あの子はこういうことしない性格ですけど」

「わざとだろう！　そなたわざと私をいじめて楽しんでいるだろう！」

「まあいやだ、王子様がそんな被害妄想を。単にシメオン様といちゃいちゃしたいだけですわ」

「ぬけぬけと言うなあぁっ!!」

美味しいご飯とシメオン様や殿下のおかげで、落ち込んでいた気分も浮上した。シルヴェストル公爵とお会いする勇気も出せそうだ。明後日の結婚式を心から喜べるよう、もう一踏ん張り頑張ろうと自分をはげまして、わたしは思いやりのプディングをいただいた。

8

お戻りになる殿下をお見送りしたあと、わたしもすぐ帰るつもりだったのに、シメオン様のご用意が済むのを客間で待ったのが間違いだった。疲労と睡眠不足を抱えた身体《からだ》では、どうしても目の前の誘惑に打ち勝てなかった。ちょっとだけと寝台に転がった直後から記憶がない。かなりぐっすり眠り込んでしまって、目が覚めたのは夜中だった。

「いっ、今何時⁉」

飛び起きたわたしを優しく制する腕がある。寝台のすぐそばにシメオン様が座っていた。

「シメオン様」

「気分はどうですか」

靴も脱がず腰かけた身体を倒しただけだったのに、今はしっかり布団の中にいる。うたた寝するわたしを起こすどころか、より心地よく眠れるよう世話してくださったようだ。これでは目が覚めるはずがない。コルセットをつけていなければ、きっと朝まで目覚めなかっただろう。

室内は暗く、ランプの明かりだけが彼の姿をやわらかに浮かび上がらせていた。いつも隙なくきっちりしている方だけれど、自宅ではくつろいだ姿も見せてくださる。上着を脱いで、シャツとジレだけになっていた。

「気分って……ええと」

わたしはもそもそと布団から出た。ドレスがしわになっていないかしら。またエステル夫人に叱られそう。

「ずいぶんと身体を冷やしましたからね。熱は出ていないようですが、どこか具合を悪くしていませんか」

シメオン様は心配そうにわたしの頬をなでる。それで起こしてくださらなかったのね。

「大丈夫です。わたし、これまで風邪をひいたことが一度もありませんのよ」

「家の中で大事にされていたからでしょう。自覚がないようだから言いますが、あなたはけっしてたくましい人間ではありませんよ。良家の女性というものは皆そうですが、非力で体力もない弱い人間です」

「それは、シメオン様にくらべれば弱いでしょうけど、一般的な女性よりは強いはずですよ。よく街へ出かけて自分の足で歩き回っていましたもの」

「行き帰りは馬車で、歩くのも疲れるまででしょう。話を聞いていれば行動範囲がかぎられているのはわかります。言うほど鍛えていませんよ。基本的に机に向かってなにか書いているか読んでいるかの生活ではありませんか。舞踏会に出てもほとんど踊らないし、むしろ一般より弱いのでは？」

「一般の女性は締切前の連続徹夜はこなせないと思います」

「……そういうことをしていたのなら、なおさら疲れが溜《た》まっていたでしょう。とにかく今日は大変だったのです。今具合が悪くなくても、無理をしないように気をつけてください」

わたしを寝台の中で座らせたまま、シメオン様はグラスに水を注いで渡してくださる。渇きを癒してほっと息をついた。

「どうします？　もう遅いし、このまま泊まっていった方が楽でしょうが、結婚前の大事な時間だ。ご家族のもとへ帰った方がよいのではありませんか」

「家に連絡は……」

「しました。簡単に事情も伝えてあります。送っていった時に直接お詫《わ》びしますよ」

「別にシメオン様が謝られる必要はないでしょう」

今から帰るのは、はっきり言って億劫《おっくう》だった。連絡が行っているのなら家族も寝ているだろう。うちの両親からシメオン様は絶大な信頼を得ている。心配して寝ずに待っていたりしないと思う。

「こんな時間ですもの、泊めてくださいませ。無理して帰ったところでみんな寝ているでしょうから、朝に帰っても同じです」

「……婚前に朝帰りというのは、外聞のよい話ではありませんが」

こんな時でも生真面目《きまじめ》におっしゃるものだから、わたしは少し笑ってしまった。

「夜中に帰るのも変わりません。それに、婚前と言ってもあと二日……いいえ、あと一日です。もういいでしょう？　今から帰る元気は残っていませんわ」

「しかたがありませんね」

苦笑しながらもシメオン様はうなずいてくださった。

これほど遅い時間にお話するのははじめてだ。とても静かで穏やかな夜を、彼とともにすごしているのが心地よい。時間を考えればもうおやすみを言って寝直すべきなのだけれど、さっさと別れてしまうのが惜しくて、もう少しだけこの時間を引き延ばしたかった。

「明日は、どうしましょう……首飾りの件はひとまず片付いたと考えてよいのですよね？　この先はリュタンやラビアの大公様たちが取り組む問題ですし」

「ええ、これ以上わずらわされたくはありませんね」

「そうしますと、あとするべきことは……シルヴェストル公爵様への説明と謝罪ですね」

自分で言って思い出し、滅入ってしまった。頑張って気持ちを奮い立たせても、どうしたって楽しい気分にはなれない。でも逃げるわけにはいかなかった。

「残り時間は明日一日だけですが、問題を残したままお式をしたくありません。そんなの心から喜べませんもの。でも公爵様は、急な訪問を許してくださるでしょうか」

謝罪という点からも早めに行動すべきだろうと考えるわたしに、シメオン様はまたうなずいた。

「公爵にも連絡は済んでいます。明日午後にお伺いする約束を取りつけました」

「まあ……」

どこまでも手際のよい人だった。わたしが叱られつつ髪を乾かしている間に……以下略。

つくづく自分との違いを思い知る。年齢や社会経験の差もあるけれど、やはりシメオン様にはかなわない。彼を頼もしく思うと同時に、自分の不甲斐《ふがい》なさがくやしかった。

「ごめんなさい、なにもかもシメオン様にばかりおまかせしてしまって」

「気にする必要はありません。まかせなさいと言ったでしょう。明日も、できれば私一人で行きたいのですが……」

わたしは強く首を振った。

「いいえ、わたしも行きます。わたしがお詫びしなければならないのです」

「頑固ですね」

「シメオン様に言われたくありません」

呆《あき》れたお顔になるシメオン様としばしにらみ合い、二人同時に息をついた。

「あなたは巻き込まれただけの被害者だという方向で話をしたいのです。こちらに非があると最初から認めない方がよい。下手《へた》に弱みを見せては、そこへつけ込んで無理難題《むりなんだい》を突きつけられるおそれがあります。あくまでも責任はラビアに。そう主張するつもりです」

「異論はありません。ですが、わたしが一言もお詫びしないというのも道理にかなわない話でしょう。責任の所在はどうあれ、そこはきちんとするのが筋だと思いますよ」

「それは、そうですが……」

「人まかせにして顔も出さないお詫びもしないでは、公爵様でなくても不快に思うでしょう。かえって話がこじれてしまいそうです」

「一から十まですべての事情を明かさずともよいのです。指輪は不慮の事故で紛失したとぼかし、そこにあなたが関与したことは伏せればよい」

「シメオン様らしくないことを。その場しのぎのごまかしをして、あとから真相がばれてしまったら？　あの公爵様相手に危ない橋を渡ってはいけません」

「…………」

「わたしも行きます。連れていってください」

隠そうとする秘密ほど明るみに出てしまうものだ。昨日のできごとはオレリア様もご存じだし、他にも見ていた人がいるかもしれない。ナイジェル卿だってどこまで信じられるやら。完璧に隠蔽できる状況ではなかった。

この問題、わたしが出向かなくてははじまらない。行かなかったら、それこそ公爵に付け入られる弱みになってしまうだろう。

引かないわたしにシメオン様は頭を抱えるかと思ったら、きれいなお顔に浮かんだのは苦笑だった。優しいまなざしで手を伸ばし、わたしの頭をなでてくださる。

「……じつはね、公爵からあなたも同行させるよう言われていました。口実をつけて断るつもりだったのですが、あなたは聞かないのでしょうね」

先手を打たれていたのか。わたしは力強くうなずいた。

「ええ、それならばなおのこと。行かざるをえないと、シメオン様もおわかりでしょう？」

シメオン様はため息を漏らし、わたしのすぐそばへ座り直した。

「わかりたくありませんでしたよ。こんな時にかぎって、あなたも常識的になるのだから」

「普段から常識的なつもりですわ」

「よくも言う。日頃の自分を振り返ってみなさい」

「それは、時々萌《も》えが暴走しちゃったりもありますけど、基本的に常識的に行動していますでしょう。目立たず控えめに、風景に同化しています」

「単に人前では猫を被《かぶ》っているだけでしょう。親しくなればてきめん本性を現すではありませんか」

「そんなの、誰でも同じでしょう」

むくれるわたしにますますシメオン様は笑う。頼もしい腕がわたしを抱き寄せた。

「わかっています。断ればそれもまた弱みになる――わかっていても、あなたを公爵の前に連れていきたくなかった。またなにをされるかと不安で……これ以上あなたを危険にさらしたくなかった」

深く胸に包み込まれ、熱い吐息が耳元にささやく。

「こうしてあなたと落ち着いて話ができる、この状況がとてもうれしい。目の前で連れ去られてしまうのを止められず、どれだけ己を不甲斐なく思ったか……ようやく見つけたと思ったらあわやの事態で、生きた心地がしませんでした」

「……その節は、お手数をかけまして」

「あなたがここにいる、元気にしている、それがうれしい……うれしいのです。あの時、あなたを失ってしまうのかと心底おそろしかった。もう二度と、あんな思いはしたくない。約束してください、けして危険な真似《まね》はしないと。無理をせず、なにかあったら私を頼ってください」

抱きしめる腕が強さを増す。わたしの髪に頬を寄せ、全身で存在をたしかめようとすり寄ってくる。たまらない気持ちに突き動かされてわたしも腕を伸ばした。広い背中に精一杯抱きついて、ここにいますと伝える。大丈夫、どこにも行かない。あなたと一緒に生きていく。

「約束します。けしてあなたを置いていったりしません。マリエルは、ずっとシメオン様のおそばにいます」

愛している。愛している。心から、この人がいとおしい。迷いも揺らぎもない。やはりわたしはシメオン様だけを愛している。互いのぬくもりを感じ合うこの瞬間が、なによりもうれしく大切でたまらない。これほどの至福は他にはない。

どちらからともなく自然に唇を寄せ合った。いつもはぶつかる眼鏡《めがね》がなくて、すぐに吐息がまじり合う。シメオン様の眼鏡だけが時折肌にふれてくる。冷たさを感じたのは一瞬で、なにもかもが温かく、そして熱く、心地よいうねりに呑《の》み込まれてわからなくなった。

何度もくり返し口づけて互いを求め合う。シメオン様の唇はわたしの頬やまぶたにもふれてきた。やわらかな熱が肌の上を滑ってわたしを陶然とさせる。なにか熱く大きなものが身体の奥からこみ上げて、わたしの胸を上下させた。吐息とともに熱を吐き出せば、ますますシメオン様の腕が強くわたしを求めてくる。いつしか二人して倒れ込み、横になったまま夢中で抱き合った。耳に、うなじに、シメオン様は口づける。やわらかく肌をなぞられて、くすぐったさと心地よさに身悶《みもだ》えする。われ知らず声を漏らし、息をはずませる。すがりつくわたしの背を大きな手がさまよった。腰から上へとなで上げられて、ぞくりと身を震わせる。得体のしれない感覚が少し怖くて、でもたまらなく心地よくて、もっともっととほしくなる。鎖骨のあたりに口づけて胸元にうずめてくる金色の頭を、わたしは両手で抱きしめた。

「シメオン様……」

心地よいのにひどくもどかしいものも感じて、思わず名前を呼んだ瞬間、なぜかシメオン様の身体が大きく震えた。

がばりと、それはもう驚くほどに勢いよく身を起こす。離れていくぬくもりに切なく目を開ければ、真正面に愕然《がくぜん》とする顔があった。

「シメオン様？」

わたしの横に手をついて、シメオン様は言葉もなく見下ろしてくる。どうしたのだろうと思って呼びかければまた彼は震え、と思うとはじかれたように起き上がった。

「シメオン様？　どうなさいました？」

「いっ、いえ……っ……すすす、すみません！」

くるりとわたしに背を向けてしまわれる。さっきまであんなに温かくて幸福感に包まれていたのに、急に失われたぬくもりが恋しくて、わたしは彼の背中に寄り添った。

「なにがですか？　わたしご気分を害するようなことをしました？」

「違います違います、そうではなく……ちょ、少し離れてくれませんか。あまりくっつかないでもらいたく」

そんなことを言われるので悲しくなってしまう。

「わたしがおそばに寄るのは、おいやですか」

「そうではありません！　ただ少々障りが――お願いですから離れてください」

必死におっしゃって逃げるように身を丸める。あのシメオン様が！　いったいなにごとなのだろうと驚きもし、そんなにわたしが寄り添うのはいけないのかとますます悲しくもなった。

「シメオン様、わたしにお腹立ちでないのなら、お顔を見せてくださいませ」

「……少し、待ってください。けっしてそのようなことではありませんから。ただちょっと……頭を冷やさねば」

「お加減がお悪いのですか？」

考えてみればシメオン様も河に飛び込んでずぶ濡《ぬ》れになったのだ。自分がピンピンしているから気付かなかったけれど、シメオン様こそ風邪をひいてしまったのかもしれない。のんびり自分のことだけしていたわたしと違って、彼は方々に連絡を取り手配を済ませと忙しかった。疲れを癒す暇もなかっただろう。それでは熱が出てもおかしくないと、ようやく思い至って心配になった。

「人を呼んできましょうか」

「いやいやいや！　大丈夫です問題ありません元気です。元気すぎて困るくらいですから！」

彼のそばをすり抜けて寝台を下りようとすれば、腕をつかまれた。そうしながらもシメオン様はお顔を伏せてわたしと目を合わせようとしない。全然大丈夫に思えなくてますます心配になってしまった。シメオン様がこんなに取り乱すなんてただごとではない。つかまれたところから伝わる体温は少し高いようで、やはり具合を悪くしてしまったのではないかと思えてくる。

うつむいたシメオン様はなにやらつぶやいていた。わたしはくっつかないよう気をつけながら耳を寄せ、彼の言葉を拾った。

「あと二日、あと二日、あと二日、あと二日……」

――はい？

呪文のようにくり返される言葉に眉が寄った。あと二日って……結婚式の話？　実質はほぼ一日だけど……なぜここで結婚式までの日程が出てくるの。

わたしが不調法をしたのでも体調を悪くされたのでもないとして、ではなにかと首をひねって考える。この状況にどこか覚えがあるような気もして、それはなんだったろうかと記憶をたぐっていたわたしは、はたと手を打った。

そうだわ。いつぞや目にしたあの光景。寝台で抱き合う男女を見たではないの。

あの二人はもっとはしたなく服を乱して半裸になっていたけれど、状況はそっくりよね。そうか、これはそういうことなのだわ。あまりに自然に、無意識にはじめちゃっていたから気付かなかった。

「シメオン様！」

「うわっ！」

背後から勢いよく抱きつけば、シメオン様が聞いたこともない声を上げた。飛び上がって逃げようとなさるのを、そうはさせじとがっちりつかまえる。

「シメオン様、続けましょう！」

「はいっ!?」

「気付かなくてごめんなさい、これって子作りでしたのね！　全然問題ありません、大歓迎です、ぜひ続けましょう！」

「大問題ですよ!!　なにを露骨に言っているのですか!?」

ようやくシメオン様が振り向いてくださる。暗い室内でもわかるほど真っ赤になりながら、怒った顔で叱りつけてきた。

「はしたないことを口走るのではありません！」

「なにがはしたないのですか、夫婦のいちばん大事な仕事でしょう。嫁げばわたしはなによりも跡継ぎを産むことを求められるのだと聞かされましたよ」

「まだ夫婦ではありませんから！　そういう話は結婚してからでよいのです！」

「実質あと一日です。もうほとんど夫婦でしょう。この期におよんで無理に引き延ばさなくても」

「あと一日も我慢できないのかという話です！　ここまで耐えて節度を守ってきたのに、この期におよんでだいなしにするようなことを言わないでください！」

「だってさっきの、とても気持ちよくて幸せでした。もっとしてほしいです」

「二日後にはいやというほどしてあげますよ！　その時になって自分がなにを言っていたのか思い知りなさい！」

シメオン様は強引にわたしを振り払い、立ち上がって足早に歩き出した。呼び止めるわたしを無視して扉へ突進する。けれど扉に手をかけた瞬間、彼は呪いの声を上げた。

「――どうしてこう誰も彼も……ここを開けろ!!」

扉の外に積み上げられた家具はエステル夫人の命令により撤去されず、結局シメオン様は窓から脱出してご自分の信念を貫き通されたのだった。

9

天国と地獄を行き来した翌日、一旦帰宅したわたしはすぐに支度を済ませ、午《ひる》すぎにはまた飛び出すことになった。呆《あき》れと諦めを顔に浮かべた家族に見送られて、シメオン様とともにシルヴェストル公爵邸へ向かう。途中の道で、リュタンと合流した。彼は一人ではなかった。

「やあ、元気そうだね。風邪はひいていないようで安心した」

当然の顔をしてリュタンの隣に立つのは、今日も蜂蜜色の髪を輝かせるナイジェル卿だった。

「どうしてナイジェル卿が……」

馬車を降りたわたしに彼は笑顔で近付いてくる。

「不思議に思うところかな？　中途半端《ちゅうとはんぱ》に手を引いたのでは気になるじゃないか。どう決着がつくのか、最後まで見届けさせていただくよ」

「つまり野次馬ですか」

「そういやそうな顔をするものではない。男だけならどうなろうと放っておくが、ご婦人が困っていれば手助けくらい考える。私を連れていけば、もしかして役に立つかもしれないよ」

「連れていかなくても勝手についていらっしゃるんでしょう」

わたしは呆れて首を振った。今日も彼の部下は嘆いていることだろう。この人まともに仕事する日はあるのかしら。

金色の艶を帯びた濃い色の指が、そっとわたしのあごを持ち上げる。顔を近くに寄せてナイジェル卿は覗《のぞ》き込んできた。

「ふむ、目元の隈《くま》も消えたか。昨夜はしっかり休めたようだね。これならば心配ない」

「細かいところにお気付きですね！」

「若いお嬢さんが隈などこしらえていたら、なにごとかと思うよ。理由が気になるところだね」

「少々忙しくて、二日ばかり連続で徹夜しただけです」

「二日連続？　……さすが、若いな。おじさんにはもう真似《まね》できないよ」

驚くナイジェル卿の手をシメオン様が叩《たた》き落とした。

「同行されるのはけっこうですが、人の婚約者に不躾《ぶしつけ》な真似はご遠慮いただきたい」

「この程度でそう目くじらを立てずとも。君が牽制《けんせい》すべきは私ではなく、彼の方だろう？」

「そちらは牽制くらいでは効きません。本格的な駆除が必要です」

「僕に同行しろと言ったのは副長じゃないか。駆除したらそっちが困るんじゃないの」

仲良く挨拶を交わす男性陣は放っておいて、わたしは従者たちの方へ歩いた。

「こんにちは、アーサー君。昨日はありがとう」

黒髪の少年はお行儀よくおじぎした。

「お大事ないようで、なによりです」

「ええ、おかげさまで。ダリオもおひさしぶりね」

小柄なアーサー君の隣には、背も高ければ体格も並外れてたくましい、なのに首から上だけ耽美《たんび》な金髪の男性がいた。

無愛想な顔で会釈だけ返す。と思ったら、おもむろに腕を曲げて肉体美を誇示するポーズをとった。

「今日も素晴らしい筋肉ね、仕上がってるわ」

彫刻のような白い頬がほんのり上気する。さらに違うポーズも見せてくれるダリオを、わたしは拍手で讃《たた》えた。

「どういう挨拶ですか」

シメオン様が頭を抱え、リュタンも苦笑気味だ。

「すっかりなついちゃって。こいつがこんなになるとはなあ」

「君の部下まで彼女と仲良しなのか。婚約者が人気者すぎて大変だね、副団長」

からかってくるナイジェル卿にしかめっ面だけを返して、シメオン様はわたしに乗車するようながす。ちゃっかり同乗しようとするリュタンの鼻先で扉を閉め、すぐに出すよう馭者《ぎょしゃ》におっしゃった。

二台の馬車で出発する。郊外から市街地へと入り、「ビジュー・カルパンティエ」の前でまた停まる。クロードさんとお父様のヴァレリー氏も加わり、最終的に馬車は三台になった。ちょっとした行列だ。ラビアが賠償責任を受け持つと知らされて親子の顔は大分安心していたが、それでも完全に晴れやかとはいかなかった。わたしも同様だ。これから会う人の厄介な性格を思うと、どんな反応をされるか不安はぬぐえなかった。

「ナイジェル卿ではなく殿下が来てくださったら、心強い応援でしたのにね」

シメオン様と二人になった馬車の中で、わたしは愚痴をこぼした。殿下ご自身も同行できないか考えてくださっていたが、今日も朝から晩まで予定がぎっしりだ。明日の結婚式に参列してくださるためだとわかっているので、わがままをお願いするわけにはいかなかった。

昨夜、お帰り間際に殿下は言ってくださった。

「シルヴェストル公爵も冷酷な悪人というわけではない。きちんと話せばわかってくれるだろう……多分……うむ、よほど手に負えなければ私を頼れ。なんとか助けてやる」

絶対に大丈夫とは言いきれないのが苦しそうだった。王家の方々から見ても、公爵は一筋縄ではいかない歩く迷惑らしい。話がわからないのではなく、わかった上で利用してくる人なのよね。

「彼は奥方に甘い。先に夫人を攻略するとよいだろう」

そう助言を残して殿下は帰っていかれた。たしかに愛妻家だとは聞いているけれど、攻略と言われてもどうすればよいのやら。クリスティーヌ夫人の情報というと、バラデュール伯爵家のご出身で公爵より一つ年上の幼なじみ、社交界ではあまり派手に目立たない温和な方……というくらいしか持ち合わせがない。いつも控えめな笑顔でご夫君に寄り添い、誰に対しても優しく接していらっしゃる。でも本当に優しいだけの方なのかは謎だ。彼女を見ていて感じるのは、いかにもよくできた淑女のお手本という印象だった。人形のような笑顔の下に、内面を完璧に隠していらっしゃる。あの公爵と付き合えるのだから、きっと見た目どおりの方ではないだろう。はたして簡単に攻略できるものかしら。

「責任は全面的にラビアに。諸悪の根源はリュタンです」

シメオン様もどこかやさぐれていた。その論調でどれだけ公爵に納得してもらえるかしらねと思った時、石でも踏んだのか馬車が大きく揺れた。

「あ……っ」

眼鏡《めがね》がずり落ちそうになって、あわてて押さえる。予備に残してあった古い眼鏡で、つるが少しゆるいのだ。形も流行遅れで、今日のわたしはいつにも増して冴《さ》えない外見だった。

「新しいのを使わないのですか」

シメオン様も眼鏡を気になさる。

「なんだか、もったいなくて」

わたしが窓から投げた手鞄《てかばん》は、ちゃんとシメオン様が回収してくださっていた。首飾りも新しい眼鏡も無事だった。そちらを使うことも考えたのだけれど、二人だけのしるしをしのばせた特別な眼鏡を、こんなナりゆきで使いはじめたくはなかったのだ。新しい生活の象徴みたいに思っていたのに、前のをなくしてしまったからかわりにだなんて、せっかくのきらきらしいときめきがだいなしだ。

「またなにかあって壊したらいやですし、あれは結婚してから使います」

他人から見ればくだらなくても大事なこだわりだ。宣言するわたしにシメオン様はくすりと笑いを漏らし、そばにあった大きな包みを取り上げた。

昨日も見た覚えがある。公爵への手土産《てみやげ》というわけではないようで、シメオン様はわたしにさし出された。

「これで、少しは元気が出るとよいのですが」

受け取ればずいぶんと軽い。

「わたしがいただいてよいものですか？」

「ええ、そのために買いましたから」

やはり「カトル・セゾン」でお買い物をされていたらしい。あの時だろうか。カフェにわたしを待たせて席を外された……なんだろうと、お許しをいただいて開けてみる。包装を解いてそっとふたを持ち上げれば、繊細なレースと絹のリボンに飾られた白い帽子が出てきた。

「これ……」

わたしが目を留めた、あの帽子だ。気に入ったことに気付いて買ってくださったのね。

「できれば昨日のうちに、もっとスマートに渡したかったのですが」

少し照れたお顔でシメオン様は言う。わたしはぶんぶんと首を振った。

「わざわざ買いに戻ってくださったのですね」

「珍しく気に入っているようすでしたから。遠慮せずに言ってよかったのに」

「ドレスも帽子もたくさん新調しましたので、これ以上は贅沢《ぜいたく》だと思いまして」

シメオン様は箱から帽子を取り出し、わたしの頭に乗せた。

「似合いますよ」

きれいなお顔が優しく微笑《ほほえ》み、くすぐったい暖かさに満たされる。熱くなる頬を感じながらわたしも笑みを返した。

「ありがとうございます。元気百倍ですわ」

シメオン様の腕が肩に回り、わたしを抱き寄せる。

「その調子です。面倒な問題は今日のうちに片付けて、憂いなく明日を迎えましょう」

「ええ！」

そうよ、明日はとびきり幸せな一日なのだから。そのために今日を乗り越えるの。シメオン様と一緒なら、きっと大丈夫。

微笑みが近付いて軽く口づけ合う。眼鏡もぶつかり合って、またわたしの顔からずり落ちた。


三台の馬車は市街地を走り抜けてふたたび郊外へ出、南部にあるシルヴェストル公爵別邸に到着した。

海に近いこのあたりには、別荘や観光用のホテルが多い。公爵の別邸も遊興のために建てられたもので、広大な敷地内にはさまざまな設備が整えられているそうだ。わざわざそこを指定した公爵の思惑が不気味と言うよりない。社交の本番であるこの季節、さぞ予定がたくさん詰まっていただろうに、急な訪問のお願いをすんなり受け入れたことも不気味だ。理由は昨夜簡単には伝えてあるそうで、普通なら激怒しているはずなのになぜこの別邸なのか。ただの話し合いだけで終わらない予感をひしひしと感じさせられた。

総勢六名と従者三名で訪れた公爵邸では、心得た執事が待ち構えており、わたしたちをすぐに中へと通してくれた。

アーチ型の窓に囲まれた、円形の部屋へ案内される。白と青で統一された部屋だった。壁は白地に青で規則的な模様が描かれ、床に使われた大理石も青系統だ。石の中に揺らめく模様がまるで波のように見える。上を見上げると天井はドーム型になっていて、そこにも青で華麗な模様が描かれていた。昼間だけ使用される部屋なのか、シャンデリアは吊《つ》るされていない。あちこちがきらめいているのは、どうやら小さな硝子《ガラス》がはめ込まれているようだ。ずいぶんと凝った装飾だ。これをよく見せるため、邪魔な照明器具は取り付けられていないのだろう。

今の季節にふさわしい、とても爽やかな部屋だった。たくさんの窓からふんだんに光と風が入って心地よい。

その爽やかな部屋の中央で、入り口のまっすぐ正面にある青い長椅子に、邸《やしき》の主《あるじ》がゆったり座ってわたしたちを待っていた。背後の大きな置き時計が、彼をまるで玉座にあるように見せている。

華やかな室内で、なによりも存在感を放っていた。王家の血筋を表す黒髪が長く伸ばされ、従兄の国王陛下とよく似た端整な顔立ちだ。歳は三十代なかばとなり、お子様も生まれていらっしゃるのに、あまりそういった家庭的な雰囲気は感じられない。人間的でない、と言うべきか……おかしな表現だけれど、向かい合っていても温度を感じられないのだ。あの白い手はふれればちゃんと温かいことを知っている。わたしを腕の中にとらえ、押し倒してきた身体《からだ》の大きさ、強さを今でもはっきり思い出す。間近に迫る吐息も温かかった。

間違いなく彼はこの世に存在する人間だ。当たり前の話なのに、どこか現実離れした印象を受ける。人形の中に悪魔が入り込んで人間のふりをしている……なんて話、あったかしら。なければその設定で書くのもいいわね――と、こんな時なのに少し考えてしまった。

灰色の瞳が入ってきた一同を眺め、わたしをとらえた。ひんやり浮かぶ笑みに身がすくむ。蛇ににらまれたカエルってこういう気持ちよね、きっと。ふ、ふふふ、いい取材になったじゃない。おかげさまで真に迫った描写ができそうよ。

わたしは黙っておじぎをし、こっそりと一歩だけシメオン様に身を寄せた。

「お邪魔いたします。このたびは、急な訪問のお願いを聞き入れていただきまして、ありがとうございます」

シメオン様が代表して挨拶する。公爵は椅子から立たないままに応じた。

「面白い顔ぶれだな。ラグランジュとイーズデイル、そしてラビアの揃《そろ》い踏みか」

気だるげな口調で言い、感情の読めない笑みを浮かべながら三人の顔を順番に見ていく。リュタンのこともすでにご存じのようだ。一時期外交官を名乗って王宮に出入りしていたし、顔を合わせることがあったのかもしれない。公爵のことだから裏の泥棒稼業についてもご存じだろう。

「シャノン大使は野次馬を公言してついてこられただけですので、おかまいなく」

シメオン様の言葉にナイジェル卿が軽く肩をすくめる。彼は優雅におじぎして公爵に挨拶した。

「ご紹介にあずかりました野次馬です。こたびの一件は実に興味深く、伝え聞くだけで済ませるのはあまりに惜しい。ここはぜひ特等席で見物させていただきたいと思いましてね。名高き美女の奥方にもお会いできれば幸いかと」

なんという開き直った口上かしら。そしてわかっていたけれど女好きよね。公爵も小さく鼻を鳴らした。

「あちこちの女と付き合って、よく疲れぬものだ。毎日出歩いているそうだが」

「花盛りのよい季節ですからね。目に楽しいかぎりです」

「それも、か？　気付かずに踏んでしまいそうな花だが」

灰色の目がまたわたしへ向けられる。何年も前から気付いていて、わざと踏もうとなさったくせに。

「踏まれてもまた起き上がるたくましさがよいですね。花の魅力は美しさだけではありません。小さな花が思いがけず強い芳香を放つこともある。花の数だけ楽しみ方もありますよ」

「虫にもいろいろいるようだ」

公爵の目が今度はリュタンへ向けられる。つかみどころのないまなざしをリュタンは不敵に受け止めた。

「花一輪に、虫が三匹……か」

誰にともなく公爵はつぶやく。先ほどと同じ言葉をまた口にした。

「面白いな」

「……あ、あの……こっ、公爵様」

席をすすめられることもなく立ったままのやりとりの中、ほとんど見向きもしてもらえなかったヴァレリー氏が、意を決して踏み出した。灰色の目に浮かびかけたなにがしかの感情が消え、無表情に彼を見返す。ヴァレリー氏はごくりとつばを飲み込み、頭を下げた。

「このたびは、まことに申し訳ない仕儀になりまして。ご依頼にお応えできませんでしたこと、わたくしどもといたしましても大変に遺憾なところでございます。もう品物は完成しており、納品を待つばかりでございましたのに、よもや従業員になりすまして盗み出されるとは思いもよらず、なんとか取り戻そうと努力もしたのですが不運が重なりまして――」

立て板に水の勢いでくり出される謝罪と弁解を、公爵は片手を上げて制した。ヴァレリー氏がぎくりと身をすくめたのがわかった。彼の横でクロードさんも身を固くしている。よく似た親子を眺め、公爵は言った。

「昨夜の遣いによると、不慮の事故で指輪が紛失し、回収不能となったそうだが」

「そ、そのとおりにございます。まことに残念な話にございまして、も、もちろん公爵様にはお預かりした前金をお返しするとともに、違約金の方も」

「指輪をなくした原因が、そこの泥棒か」

また途中で遮りリュタンを見る。ずばり泥棒呼びとは、やはりご存じなのね。

公爵の視線を受けても、リュタンはびくともしなかった。公爵はあまり感情を表さないし、声を荒らげることもない。いたって穏やかな態度ではあるのだけれど、底知れない不気味な威圧感がある。そう感じているのはわたしだけではないはずだ。王家の血筋がなすものなのか、ただ静かに座っているだけなのにおそろしいと感じてしまう。そんな彼にまともに見据えられてもそよ風のように受け流すリュタンに、わたしはひそかに感心した。誉《ほ》められる態度かどうかはともかく、さすがに肝が据わっている。言い換えればふてぶてしい。

「……ラビアはいまだ落ち着かぬようだな」

「落ち着いておりますよ。今回のことも小物が悪あがきをしているだけで、大勢《たいせい》に影響はありません。それを少しばかり利用してやろうと思ったところ、まさに『不運』が続きまして、こちらにとっても予想外の事態となってしまいました。閣下にはご迷惑をおかけして申し訳ございません」

全然申し訳ないとは思っていなそうな笑顔でリュタンは答える。こんな態度では相手を怒らせるばかりではないかとハラハラしたけれど、公爵は怒らず皮肉に笑っただけだった。

「彼らと話し合った結果、賠償はこちらが受け持つことで合意いたしました。本日はそのご報告にあがった次第でして」

「そちらの合意など知らぬな」

そっけなく公爵は言い返した。

「お前たちが勝手に決めたことを、なぜ私が容れねばならぬ？」

「……お詫《わ》びするよりないところで。まことに申し訳ございません」

「詫びられても、なんの役にも立たぬな」

つまらなそうに公爵はそっぽを向いてしまう。クロードさんたちの顔に冷汗が浮かんだ。

「……では、同じ指輪をもう一つ作らせましょう。少々お時間をいただくことになりますが、ご注文どおりの品をお返しすると約束いたします」

「…………」

代案を出されても答えない。怒っているわけではなさそうだが、気に入らないとはっきり態度で表していた。

いったいどうすれば公爵を納得させられるだろう。リュタンが言った以上のことが思い浮かばず、わたしは悩んだ。そして、自分がまだ一言も発言していないと気付く。シメオン様の反対を押し切って同行したのは公爵に謝罪するためだったのに、なにをしているのだろう。そうよ、弁償とか同じ指輪とか、そんな話以前にしなくてはいけないことがあるではないの。

そっと深呼吸してわたしは前に踏み出した。気付いて制止しようとするシメオン様に小さく首を振り、公爵の視線を受け止める。もう一度、深々とおじぎした。

「ごきげんよう、シルヴェストル公爵様。先日は、いろいろとお世話になりました」

まずはご挨拶。皮肉もちょっぴり込めさせていただくわ。迷惑というならそっちが先だしね。お互い様ということを思い出していただこう。

「本日は公爵様に直接お詫び申し上げたくてまかりこしました。殿方のお話し合いにしゃしゃり出ますことを、お許しくださいませ」

「……お前も、詫びか」

「はい。背後の事情は別として、指輪を河に落としてしまったのはこのわたしですので。取り戻したまではよかったものの、逃げる最中に転落して指輪も失ってしまったのです」

震えそうな手を身体の前でにぎり込んでこらえる。公爵に見据えられると無条件に怯《おび》えてしまう。でもシメオン様の後ろに隠れているばかりではだめだ。言うべきことを、言わないと。

「楽しみにしていらしたでしょうに、本当に申し訳のないことをいたしました。深くお詫び申し上げます」

「…………」

頭を下げるわたしに公爵はなにも言わない。それぞれが言葉を呑《の》み込み、次の行動に迷っていたなかへ、しっとりとやわらかな声が割って入った。

「まあ、まだ立ち話をしていらしたの？　意地悪な方ね。椅子くらいすすめてさしあげなさいな」

後ろからの声にわたしたちは一斉に振り返る。ワゴンを押した女中を従えて、銀の髪の女性が現れていた。

シルヴェストル公爵の奥方、クリスティーヌ夫人だ。優しげな紫紺の瞳がわたしたちを映し、にっこりと微笑む。たおやかな麗人を間近に見、わたしは心に納得がしみ込んでいくのを感じた。

あのダイヤの指輪――五色のカラーダイヤの一つは、彼女の瞳と同じ色だ。光の加減で明るい青にも見え、そうすると別のダイヤと同じになる。淡い紫は銀の髪によく似合う。そこから女性らしいピンクへの変化も、きっととてもなじんだことだろう。そう、あれはまさにクリスティーヌ夫人のために作られた指輪だったのだ。

きっとクロードさんたちも、夫人の姿を思い浮かべながら石を選んだのだろう。ただ稀少《きしょう》で高価な石が使われていたというだけではない。この方を彩るのに、もっともふさわしい指輪だったのだ。

……公爵も、あのダイヤをご覧になったのかしら。奥様にぴったりな色が集まったことに、満足されていたのかしら。それをなくしましたと簡単に言われ、謝られたところですぐには納得できないわよね……。

今まで、もちろん罪悪感がなかったわけではないけれど、公爵に対する苦手意識の方がずっと強かった。どんな言いがかりをつけられるだろうと身構えるばかりで、公爵の気持ちなんて考えていなかった。考えてもよくわからない方だけれど……公爵だって残念に思う気持ちくらいあるだろう。今はじめて理屈ではなく理解して、心の底から申し訳なく思った。わたし、公爵を悪者扱いばかりしていたわ。いくら前回のことがあるにしても、被害者に対してひどい考え方だ。謝罪すると何度も言いながら、それは形ばかりで、心からの言葉ではなかった……。

もう一度公爵を見れば、彼は椅子の背に肘をつき頭を預けていた。わたしに気付いて視線を返してくる。どう言って謝ればいいのだろう。口先だけでなく、本当の誠意を表すにはどうすれば……。

「……お前は、指輪を見たのか？」

悩むわたしに公爵が問いかける。「はい」とうなずくと、さらに問われた。

「どう思った」

「どう、とは……」

なにを聞こうとされているのだろう。彼の真意がわからない。考えて、結局自分が感じたままに答えた。

「とても美しい指輪でした」

「それだけか」

そ、それだけじゃだめなのね。ええ、わたしも小説家のはしくれ、もっと表現を駆使してお答えしましょう。

「質の高いカラーダイヤが揃った、またとない逸品でした。これみよがしに派手な造りではなく、一見すると地味に見えるほどシンプルなデザインでしたが、だからこそとても上品で高貴な印象でした。あれは見る人の目を試す指輪です。そして、今奥方様を拝見してわかりました。他の誰よりも、奥方様の指にこそふさわしいものでした」

「…………」

「それを失ってしまったこと……とても残念で、申し訳なく思います」

沈黙が落ちる。公爵は黙ったままなにも言わず、わたしもこれ以上は続けられず黙り込む。シメオン様たちも黙るなか、夫人が静かに歩いていき公爵のそばに立った。しなやかな手が公爵の肩を優しくなでる。それは二人の間にだけ通じるやりとりだったのか、ようやく公爵が口を開いた。

「そうか……よい出来だったか」

「はい……」

ふと、公爵の口元に笑みが浮かぶ。さきほどとはどこか違う、あまり冷たさを感じない笑いだった。

「カルパンティエ」

「は、はい！」

呼びかけられて、ヴァレリー氏が肩をはねさせた。

「ご苦労だった。約束どおり、三百万払ってやろう」

「は……？」

「先に百万渡したから、残り二百万だな」

淡々と言って公爵は片手を上げる。すかさず執事が銀盆を持って進み出た。小切手とペンを盆から取り上げ、さらさらと書きつけてまた執事に返す。戻ってきた執事から小切手を渡されたヴァレリー氏は、信じられないという顔で小切手と公爵とを何度も見くらべた。

「あ、あのう……これは、その」

「三百万で約束していただろう。足りないとでも？」

「いえいえいえ！　滅相もないことで！　で、ですが、指輪は……その、これで作り直せということにございましょうか」

「ふむ」

長い指をあごに当てて、公爵はうなずく。

「そうだな……クリスティーヌ、なにがよい？　同じ指輪か、それとももっと豪華なものがほしいか」

かたわらの夫人を見上げる。夫人は微笑みを深くして首を振った。

「旦那様のお気持ちと、彼らの努力はいただきました。ダイヤはもうけっこうですわ。夏の装いに合わせられる、真珠がよいですね。海の泡のように小さくて可愛《かわい》らしいものがほしゅうございます」

「人魚になるか？」

「旦那様は王子というより、海王ですわね」

夫人の言葉に公爵がかすかに声を漏らして笑う。ええっと……これってもしかして、目の前でいちゃつかれている？　わたしたち、当てられているのかしら。

反応に困っていると、公爵が言った。

「だそうだ。真珠の指輪と――どうせならば首飾りと耳飾りも揃いで一式、追加注文しよう」

「つ、追加でございますか……？」

「ああ。夏に間に合うよう、急ぎで用意しろ。真珠ならばすぐにできるであろう」

「は、はい！　それはもちろんのこと」

「代金は、品物と引き換えだ」

なんでもない口調で公爵は言う。わたしたちは、ただ驚くばかりだった。

なくした指輪の代金を約束どおり支払った上に、新しい注文までなさるの？　そちらの代金もちゃんと払うと――ずいぶん太っ腹なことだ。合計いくらになるのだろう。うちとは次元の違うお金持ちだと知っているけれど、でも驚いた。

とても気まぐれな方だという噂《うわさ》を思い出す。残酷に人を翻弄するかと思えば、無条件に助けたりもする。その判断基準は誰にもわからない。多分公爵本人にもわからない。その時々の気分で善にも悪にもなられる方――ヴァレリー氏たちにとっては神様だったようだ。

「お前たちはもうよい。帰れ」

公爵はヴァレリー氏たちを追い払うように手を振った。もう彼らへの関心はなくなったとばかり、そっけなく顔をそむけてしまう。困惑してこちらを見てきたクロードさんとヴァレリー氏にシメオン様がうなずき、それでようやく二人はお礼を言って退出していった。

「驚きましたね、ずいぶんと気前がよろしいことで。賠償は必要なくなったということでしょうか」

出ていく親子を見送ってリュタンが口を開いた。公爵はくっと喉を鳴らして笑う。……今、背筋がなんだか冷たくなったわ。あまりいい笑いではない気がした。

「誰がそんなことを言った？　金はいらぬが、埋め合わせはしてもらうぞ」

灰色の目が意地の悪い笑いを浮かべてわたしたちを見回す。……やっぱり、そうくるのね。ちょっとだけ見直したのに！　案外いい人かしら、夫人と仲良しなのも微笑ましいわ、なんて思ったわたしが馬鹿でした！

「まあ、座れ。ゆっくり語り合おうではないか」

笑いながらようやく椅子をすすめてくれたけれど、喜べた人はいないだろう。わたしたちは魔王の前に引き出された生贄《いけにえ》だった。公爵から黒いものが漂ってくるように思える。シメオン様は眉間に深くしわを刻み、リュタンも微妙な顔で視線をさまよわせる。うしろめたいところがないはずのナイジェル卿まで、なんとなく落ち着かないようすだった。

わたしとシメオン様は同じ長椅子に座り、リュタンとナイジェル卿はそれぞれ別の椅子に腰を下ろした。クリスティーヌ夫人も公爵と並んで座る。わたしたちの椅子は公爵側とお揃いの青い布張りだけど、ナイジェル卿とリュタンの椅子は革張りだった。椅子が足りなくて他の部屋から運んだにしてもちぐはぐな取り合わせだこと。おまけにわたしのお尻の下にある敷物、ムートンなんですけど。ちょっとこの部屋の雰囲気に合わないのでは？

大きな時計もあらためて見ると違和感があった。白と青の美しい調和が部屋の主役なのに、家具が存在感を出しすぎるのはよろしくない。暖炉の上の獅子の置物も浮いている。最初はとても趣味のよい部屋だと思ったけれど、落ち着いて見回せば変なところだらけだった。わざと整わない部屋に通してまともな客扱いする気はないぞと馬鹿にする——なんて真似を、公爵がなさるとも思えない。これが彼の趣味なの……？　服の趣味がよいのは、クリスティーヌ夫人の見立てだからだろうか。

気になるけれどつっこめない。黙って知らん顔で落ち着く一同に、女中がお茶を淹《い》れてくれた。

「埋め合わせとは、いったいなにをご要望でしょう」

それぞれがお茶を口にしたあと、シメオン様が尋ねた。

「そうだな……」

わたしたちと公爵夫妻はちょうど向かい合わせになる。灰色の目がわたしをまっすぐにとらえた。

「そこの子兎《こうさぎ》を」

「お断りします」

一瞬の間も置かない即答だった。氷の刃《やいば》で斬り捨てるような反応だった。

「謝罪にきたのではなかったのか？」

「無論のこと、ご説明とお詫びが目的です。しかし元凶はラビアにあり、指輪の紛失に対する責任も彼らが負うべきものです。私とマリエルに要求されるのは筋違いかと」

「さて、その元凶やら筋やらいうものが、今一つよくわからぬのだが」

気だるげに言い返されてシメオン様は一瞬言葉に詰まる。そういえばまだ詳しい説明をしていなかった。大雑把な事情は昨夜伝えたとのことだが、きちんと最初からお話しするべきだろう。

「これは失礼しました。そうですね、まずはことの次第をご説明申し上げねば」

リュタンが話を引き取り、昨日のできごとを公爵に説明した。発端となったラビア貴族の計画についても、彼はきちんと話した。もっと小ずるく話を操作して責任逃れをはかるかと思ったのに、意外なほど素直に非を認め、わたしをかばってくれる。ナイジェル卿にも昨日の現場に居合わせた目撃者としての証言を頼んでいた。

「私が出くわしたのは彼女が河に転落したあたりからですが、まあ普通に考えて貴族の令嬢が一人で漕げもしない舟に乗るなどありえない。よほど切羽詰まった事情があったのだろうとは察せられます。遊んでいた最中にふざけたというようすでもありませんでした」

ナイジェル卿は直接見た範囲内にかぎりつつも、十分に擁護的な証言をしてくれた。

「こうしてチャルディーニ伯爵も全面的に責任を認めているのですから、埋め合わせはラビア側へ要求なされればよろしいのでは？　もっとも、イーズデイルとして看過できない話に発展されては、少々困りますが」

話の流れ次第では口出しするぞと釘《くぎ》も刺す。三国がもめる展開はわたしもいやだ。でもそんなことを言ったら逆に公爵の天《あま》の邪鬼《じゃく》精神を刺激してしまうのではないだろうかと不安になった。

わたしは内心戦々恐々《せんせんきょうきょう》として公爵の反応を見守った。あまり甘えてはいけないと思っていたけれど、いざとなったら殿下を頼るしかないだろうか。

公爵はなにを考えているのか、さっぱり読めない。わたしたちを面白そうに眺めるばかりだ。隣からそっと見上げる夫人も、今は介入するつもりがなさそうだった。

「……ずいぶん、大事にされているな」

少しからかいのまじった口調で公爵はわたしに言った。

「ラグランジュにラビア、イーズデイル……各国の大物ばかりを釣り上げるとは、見た目に反してよい餌らしい。ますますほしいな」

お戯れを、と返すこともできなかった。いったいどこまで本気で言っていらっしゃるのだろう。すぐそばに奥方がいらして、話を全部聞いていらっしゃるのに。目の前で他の女に手を出すような発言をなさるのが理解できない。そこまで気になる女でもないでしょうに。クリスティーヌ夫人とはくらべものにならない地味な小娘なのに。

……わたし自身に魅力を感じているわけではなく、わたしを使えばシメオン様たちを動かすことができると見て面白がっているのね。そうよね、そういう方だわ。

ラビアもイーズデイルも動かないわよ。わたしを本気で愛して守ろうとしてくださるのはシメオン様だけよ。――と言ったところで信じてもらえるやら。否、被害がシメオン様一人に集中するだけかもしれない。それはもっといやだった。

「……そうだな、決まった。やはりお前をもらい受けよう」

「ですからそれはお断りすると申し上げました。そのような要求には従えません」

シメオン様の目に鋭さが増し、声はいっそう低く冷たくなる。抑えきれない怒りを感じた。前回のこともあるから、公爵の挑発にどうしても反応してしまうらしい。無意識にだろうか、彼は前を向いたままわたしの手を強くにぎった。

「いかに高価な指輪といえど、人の身を引き換えにするものではないでしょう。同等の金銭による賠償で十分なはずです。裁判でもしますか？　間違いなくこちらの主張が通りますよ」

「裁判」

は、と公爵は嘲笑した。

「そのような騒ぎにしてよいのか？　望むならいくらでも付き合ってやるが」

「いや、それはちょっと」

リュタンが急いで話に割り込んだ。

「副長、落ち着いてくれるかな。あまり表沙汰にできない話なのはわかってるだろう」

「そちらの事情など知ったことではありませんね」

「あ、そういうこと言う？　それってラグランジュ国王の返答と受け取ってもいいのかな。だったらこっちもラビアへ持ち帰って大公殿下に報告するまでだけどさ」

シメオン様の目がリュタンへ向けられる。視線だけで人を殺せるならリュタンは即死だっただろう。殺気を剥《む》き出しにしてにらみながらも、続く言葉が出てこない。そう、リュタンが全面的に下手に出ているからといって調子に乗ってはいけないのだ。話がこじれて決裂すれば、ラビアが態度を変えてしまう。アンリエット様とリベルト公子の婚約すら白紙に戻ってしまうかもしれない。賠償責任を引き受けるのは、ことを公にせずラビア側に解決をゆだねるかわりの条件だ。

ナイジェル卿は二人のやりとりをひやひやかに見守っている。彼はどちらにも味方していない。自国の不利益にならないよう監視しているだけだ。そして、隙があると見ればラビアを取り込むために動くだろう。

わたしは手元に目を落とした。痛いほど強い力から、シメオン様の想いが伝わってくる。そっと息を吐いて心を落ち着け、気合を入れて顔を上げた。

公爵はわたしを見ていた。正面から彼の視線を受け止め、はね返す。

「公爵様、わたしになにを求めておいでですか？　もらい受けるとおっしゃっても、別に女としてのわたしを欲していらっしゃるわけではありませんでしょう。わたしをお手元に置いて、なにを仕掛けられるおつもりなのですか」

公爵の考えは謎だらけだけれど、今はけっこうはっきりわかる。わたしを要求するのは、いたずらを仕掛けるための餌としてだ。さきほどご自身でも口にしていたではないか。わたしを餌にすれば簡単にシメオン様を釣り上げられる。リュタンやナイジェル卿まで釣れると思ったのかもしれない。

「女として使ってもよいがな」

「奥方様の前でよくそんな冗談をお口にできますね」

「なにがいけない？　妻は妻、お前はお前だ」

本気で悪いと思っていない口調だ。平然とする公爵の横でクリスティーヌ夫人もおっとりと微笑んでいる。シメオン様は理解できないと魔物でも見るようなお顔になっていた。

……つまり、夫人以外の女性に対しては完全に遊びでしか手を出さないと。一時の慰み者でしかないという話ね。それを夫人も容認しているようで、まあ貴族には珍しい話でもない。うちの両親は仲良しでお父様に愛人なんていないし、シメオン様のお父様もエステル夫人と研究以外に向けられる熱意は余っていなそうだけど。

「それで、なにが目的でいらっしゃいます？」

わたしは公爵の冗談を無視することにした。いちいち真面目《まじめ》に反応していたのでは埒《らち》があかない。かえって面白がらせるだけだ。

開き直ったわたしの態度に、公爵は楽しそうに目を細めた。

「目的はお前だ。そうだな、一晩で許してやろう。一晩三百万とは、なかなかの値段だな」

シメオン様の身体にまた怒りが走った。今度はわたしが彼の手をにぎって、落ち着いてと合図した。

「まあ、すごい。トゥラントゥールの最高位の妓女《ぎじょ》でもそれほどの値《あたい》はつかないでしょうね。わたしがその値段に見合うお楽しみを提供できるとはとうてい思えませんわ」

「それは、お前たち次第だな。猶予をやろう。明日の午《ひる》までに私を満足させれば、黙って帰してやる。できなければ、お前を一晩もらい受ける」

満足って、なにをどうやって。いえ、それ以前に。

「明日の午までとおっしゃいますが……わたしたち、明日結婚式なのですが」

「そうだな、知っている。で？」

「…………」

わたしは目を閉じてこらえた。ここで怒ってはだめ。向こうはわざと言っているのだから、怒るだけ逆効果だ。

「満足とは、具体的になにをすればよいのでしょう」

「身構える必要はない。遊びに付き合ってもらうだけだ。そのためにこの別邸を指定したのだからな。いろいろあるぞ。明日まで退屈することなく遊べる」

ああ……ここでそうきますか。わたしはもはや怒りも怯えも失《う》せて、脱力する気分だった。

「これだけ人数がいれば楽しめそうだ。皆で盛り上がろうではないか」

公爵は邪悪に喉を鳴らして笑う。どう見ても普通の遊びに誘う雰囲気ではない。なにをさせられるのかとわたしは天井をあおいだ。ふ、何度見てもきれいだこと。模様の中の硝子がきらきらしている。

「みんなで……ね」

リュタンもなんとも言えない顔だ。

「私も頭数に入っているのかい」

「そのようですよ」

ナイジェル卿は少し困った顔で蜂蜜色の髪をいじり、じきに「まあいいか」とつぶやいた。

「ご婦人の難儀だしね。協力しよう」

優しくわたしに笑いかける。一人おさまらないのがシメオン様だった。

「冗談ではありません！　そんな、あなたの身を賭けの対象にするような真似を！」

「だ、大丈夫ですよ。うんと楽しく盛り上がって公爵様にご満足いただければよいのですから」

「なにが大丈夫ですか、はじめから圧倒的に不利な条件ではありませんか。公爵の胸三寸で結果が決まる話です。こちらがなにをしようと、彼にだめと言われたらそれまでなのですよ」

「それは……」

「心配するな。本当に楽しめれば、認めてやる」

もっともな指摘に公爵が答える。

「お前たち次第だと言ったろう。もともと今日は誠意を示しにきたのではなかったのか。こちらの要求をはねつけて勝手な言い分だけを押しつけるとは、けっこうな誠意もあったものだ」

「どちらが勝手だと――」

「なに、命を寄越せというのでも、愛人になれというのでもない。お前たちが失敗したとしても、一晩だけで許してやると言っているのだ。破格の提案だぞ?」

――今、シメオン様が平服だったことを心から喜ばしく思った。もしサーベルを携帯していたら彼は迷わず抜いていただろう。もはや怒りを抑えるようすもない。仇《かたき》のように公爵をにらんでいた。リュタンとやり合った時みたいに殴りかかっていかないよう、わたしは懸命にシメオン様の手を押さえ続けた。

この反応で、すでに公爵は楽しんでいそうだけどね。シメオン様の逆鱗《げきりん》がどこにあるかよく承知して、的確に攻めてくる。わたしが絡むと過激になると、ナイジェル卿にも言われていた。日頃の冷静さを見失うほど、シメオン様はすっかり乗せられてしまっていた。

これだからシルヴェストル公爵は苦手なのよ。趣味に生きる自由人だけど頭はすごくよくて、人を追い詰める天才なのだから。そこへ身分の力も加わって、たいていの人間は翻弄されるばかりだ。

――もっとも、実はこの状況、わたしはそれほど深刻にとらえてはいなかった。わたしを一晩買ったところで公爵にはなにも楽しくない。そんなもの、ただの口実だ。彼の目的はシメオン様を――リュタンとナイジェル卿も引っ張り込んで遊びたいだけだ。わたしたちを振り回していやがらせをしたいだけなのだ。

だから、最悪明日の午になれば解放してくださるのではないかと思っていた。結婚式は十時からだから、それでは完全に間に合わない。できるだけ早めに公爵の許可をもぎ取りたいところだけれど、いよいよだめだったら式の時間をくり下げるか延期ということで……いやいやいやいや、いろんな方面に迷惑がかかる。やっぱり間に合わせたい。

「まあ気楽にしろ。クリスティーヌ、準備を頼むぞ」

「しかたのない旦那様」

笑いながら夫人は席を立ち、わたしの前へやってくる。行きましょう、とうながされた。

「マリエル」

「大丈夫です、心配なさらないで」

シメオン様をなだめて立ち上がる。引き止めようとする手を少し強引に振りほどいた。

「あの、公爵様。家の者には夜までに帰ると言って出てきましたので、連絡をしたいのですが」

「ああ、そうだな。遣いを出しておいてやろう」

「いえ、お手間をかけていただくまでもございません。馬車を一旦帰せばよいだけですから」

「遠慮せずともよい。お前たちの従者もまとめてもてなしてやろう」

……一人も逃さないということですか。外部への連絡はさせないと。これで殿下に助けを求めることもできなくなった。

気付いたシメオン様も渋面になる。わたしは諦めて、彼の肩を叩いてから夫人とともに部屋を出た。

10

準備といってなにをするのかと思ったら、連れていかれたのは衣装部屋だった。

「どれがよいかしら」

たくさん並ぶドレスを、クリスティーヌ夫人は楽しげに選びはじめる。いくつか取り出してはわたしに当ててみて、また別のドレスをさがす。

「あのう……着替えるのですか？」

なぜ着替えが必要なのだろう。どういう遊びがはじまるのか。

「大丈夫よ、そう身構えないで」

優しく微笑《ほほえ》みながら、夫人は濃い薔薇色《ばらいろ》に黒いレースやリボンがついたドレスを選び出した。娘時代にお召しになっていたのだろうか。三十を過ぎた今の夫人にはいささか派手すぎるというか、若すぎるドレスだ。

「これにしましょう」

「……とても似合いそうにありませんが」

「そうかしら？　お化粧を変えれば合うわよ」

女中たちが手際よくわたしのドレスを脱がせ、夫人の選んだドレスに着替えさせる。そうする間にもぞろぞろと女中たちが入ってくる。こんなに大勢でわたし一人になにをするのだろうと思ったら、彼女たちは手伝いのために集められたわけではなさそうだった。

「そうね……あなたと、あなた……それからあなた」

なにやら夫人が選びはじめる。

「そちらの二人と……あなたも入ってもらいましょうか」

最後に選ばれたのは、四十はすぎているだろうという女中頭だ。若い人ばかりでなく年配の人まで選び出して、なにをするつもりなのだろう。

「他の人は手伝いを。さ、はじめて」

パンと夫人が手を叩《たた》くと、彼女たちは一斉にお仕着せを脱いで衣装部屋のドレスからそれぞれ選びはじめた。

「いったい、なにを？」

着替え終わっていたわたしは鏡台の前へ連れていかれる。

「きれいな髪ね。下ろしていた方が映えるけれど、今は結わせてね」

質問しても答えてもらえず、櫛《くし》を手にした女中がわたしの髪をまとめはじめる。一筋もこぼさないとばかり、生え際もきっちり編み込んで結い上げた。

一度お化粧を落とし、はじめからやりなおす。ずいぶん濃いめに仕上げられた。口紅は使ったこともないような濃い色だ。唇だけ浮いているような気がして落ち着かない。

「薔薇と、リラと、マーガレット……菫《すみれ》。どれがいいかしら？」

帽子に飾る造花を並べて見せられる。わたしはため息をついて菫を選んだ。

黒いレースをかぶり、完全に顔を隠した上に帽子を乗せる。着せ替え人形にされながら横目で周囲を確認していたわたしは、なんとなく夫人の狙いがわかってきた。

選ばれた女中たちもわたしと同じように髪と顔を隠している。他にも共通点があって、全員同じくらいの背格好なのだ。もともとわたしは平均的な体格だから、似た雰囲気の人間を見つけ出すのはいたって簡単である。目立った特徴がなく人の中にまぎれやすいのがわたしという人間だ。風景に同化して存在に気付かれないのが特技だった。それを逆手に取った仕掛けというわけだ。

わたしを含めて七人の、顔を隠した女ができあがった。

「大変けっこうよ。ご苦労様」

夫人が女中たちをねぎらっている。わたしは鏡に映る姿に感心した。本当に全員そっくりだわ。こうやって同じように着飾って、同じように顔を隠したら、どれが誰だかわからない。中年の女中頭もまだ幼げだった子も、もはや判別がつかない状態だ。一瞬自分の姿すら見失いそうだったわよ！

われながら特徴がないにもほどがある。よくシメオン様は大勢の令嬢たちの中からわたしを見初めてくださったものだ。

準備を終えたわたしたちは、鏡張りの部屋に移動した。ダンスの練習用だろうか。机などはなく、壁際に椅子がいくつか置かれているだけだ。全員が座れるように追加の椅子も運び込まれた。揃《そろ》いの人形のような女たちは、それぞれ黙って座っているよう指示された。

「ずるはだめよ。声を出したり、合図をしないようにね。あなたは黙ってじっと座っているの。選ぶのは殿方の役目よ」

「シメオン様が、ちゃんとわたしを見つけ出せるかというゲームですか」

ふふふと夫人は笑う。楽しそうなようすが少し不思議だった。

「クリスティーヌ様は、なんとも思われないのですか？　いやがらせのためとはいえ、旦那様が他の女を要求するようなことをおっしゃっているのに。その遊びの手伝いをクリスティーヌ様に頼まれるなんて、いくらなんでもひどいのでは」

「まあ」

少し目を瞠《みは》り、夫人はまた優しく微笑む。それはやはり完璧な笑顔で、わたしに対する嫌悪や蔑みはまったく感じられなかった。

「そう、あなたならいやなのね」

「……普通、いやだと思います」

「そうね」

くすくすと笑いながらも、夫人はうなずかない。

「わたくしは、旦那様とは幼なじみだから……あの方のことを、よく知っているの」

「はあ」

「あまり嫌わないであげて。いやがらせなどではないわ。旦那様は退屈していらっしゃるだけよ」

わたしたちは退屈しのぎのおもちゃというわけですか。そう聞かされてもまったく喜べない。

「こんなに素敵な奥様がそばにいらっしゃるのに、なにが退屈ですか。罰当たりな」

「あらあら」

退屈なら萌《も》えをさがせばいいのよ。物語を読むもよし、お芝居を見るもよし、いっそ自分で書いちゃうもよし！　わたしはやることがないとか、なにをすればいいのかわからないと言う人が理解できない。世界には萌えがあふれているのに。追いかけるのに時間も身体《からだ》も足りなすぎて、いつだってやりたいことがいっぱいよ。退屈なんてしている暇ないわ。

別に物語やお芝居にかぎらず、趣味はいくらでも見つけられる。山に登ったり、ただ走るだけが好きという人もいる。お金持ちなのだから世界中旅して回ったっていいじゃない。

――と、怒りを覚えながら考えて、自分で答にたどり着いてしまった。そうか……公爵にとっての萌えは、このいたずら――他人を振り回しておもちゃにすることなのね。

「あら、どうなさったの。急にうなだれて」

「いえ……ものすごく納得しただけです」

ああ、わかってしまったら文句が言えない。好きなことを追求したい気持ちはよくわかる。いえでも、他人に迷惑をかけない範囲でするべきじゃない？　わたしだって――シメオン様や殿下には、いっぱい迷惑かけちゃってるかしら……。

考えれば考えるほどなにも言えなくなってきた。わたしはがっくりと肩を落とした。殿下は夫人を攻略しろとおっしゃったけれど、これは無理でしょう。旦那様の遊びを迷惑がることも怒ることもなく、全面的に支持していらっしゃる。

万策尽きたとため息をついていると、足音が近付いてきた。夫人がわたしの背中を軽く叩き、離れていく。

「いいわね？　けっして声を出さず、じっとしているのよ。ルールを破ったらその場であなたたちの負けよ」

偽物に化けた女中たちも姿勢を正し、ささやきも聞こえなくなる。やがて入ってきた男性たちは、それぞれに驚きの表情を浮かべて立ち止まった。

「おや、これは……」

ナイジェル卿が室内を見回し、

「あー、なるほどね」

リュタンは苦笑して肩をすくめる。

シメオン様はなにも言わず、黙って一人一人を順番に見ていった。

「七人か……もう少し用意してもらいたかったが」

彼らの後ろから公爵もやってくる。クリスティーヌ夫人がそばに寄り添った。

「ちょうどいい人がこれだけでしたの。でも十分ではありません？　旦那様にはどれが本物かおわかりになります？」

「さっぱりわからん」

笑いながら公爵は夫人の腰を抱き寄せた。

「お前ならば、見分ける自信があるのだがな」

「彼らには見分けられますかしら？」

「愛があれば見分けられるだろう」

公爵の口から愛なんて聞かされると、なんだか背中が寒いようなかゆいような、落ち着かない気分だ。シメオン様は一瞬呆《あき》れたように、冷たい視線を向けていた。

「三人中一人でも正解すればそちらの勝ちとしてやろう。全員間違えた場合は……ふむ、どうするかな」

――考えてなかったんですか！　思わずつっこみそうになるのをあやうくこらえた。公爵……意外とボケていらっしゃる？

「ああ、そうだ。一晩を、二晩にしよう」

「な……っ」

名案とばかりうなずく公爵に、シメオン様が一瞬気色ばんだ。わたしはハラハラして見守る。でもシメオン様はぐっとこらえて、それ以上なにも言わなかった。

「近寄らず、その場から選べ。それ以上一歩も動くなよ」

釘《くぎ》を刺して公爵は夫人とともに壁際までさがる。シメオン様たちは少し踏み込んだ場所で立ち止まったまま、わたしたちを見回した。

そっくりに装った女が七人。顔と髪を隠し、特徴が表れそうな手も手袋に包まれている。動かずしゃべらず人形のように座る中から本物を見つけ出すのは、とても難題に思えた。

見つからないようまぎれ込むのは大得意だけど、逆に見つけてもらわないといけない状況は想定していなかったわ。それもじっとしたままで——大丈夫かしら。

壁一面の鏡が室内の人々を映し出す。鏡の中の鏡にも映り、何十人もいるような錯覚を覚える。三人とも真剣な顔で考えていた。さすがにリュタンもふざけるようすはない。ナイジェル卿の視線が胸元にばかり向かっているように見えるのは気のせいかしら。どこで見分けるつもりよ!?

「……さて、そろそろよいか?」

数分ほど待っただろうか。公爵がふたたび声をかけた。

「各自、本物だと思う相手のもとへ進め」

言われて真っ先に踏み出したのはシメオン様だった。ほぼ同時にリュタンも歩き出す。ナイジェル卿は少し迷ってから歩き出した。

「……ほう」

「あらあら」

床に靴音が響き、三人はまっすぐこちらへやってくる。シメオン様の視線はずっとわたし一人に向けられたまま、他へ迷うことはなかった。

「マリエル」

目の前に立って彼は手をさし伸べる。これを取っていいのだろうかと、わたしは目だけ動かして公爵のようすをたしかめた。

「三人とも同じ女を選ぶとはな。分散すれば多少は正解率が上がったものを」

「必要ありません。本物は彼女だ」

自信たっぷりにシメオン様は宣言する。動けずにいるわたしの手を取り、少し強引に引いて立ち上がらせた。

「どうだ、クリスティーヌ？」

「愛の力は偉大ですわね」

夫人が小さく拍手する。シメオン様の手がわたしから帽子とレースを取り払った。

水色の瞳がわたしを映し、優しく微笑む。わたしも思わず笑顔になった。いつだってシメオン様はわたしを見つけてくださる。周りにたくさん人がいても、姿を変えていても、かならず見つけ出してくださるわ。存在感を消して風景に同化していたわたしを見初めてくださった人だものね。

これぞ愛の力。見ましたか、公爵！

「あっさり全員正解か……つまらんな」

勝ち誇って公爵を振り返れば、白けた調子でつぶやいていた。正解したのにつまらないって……はっ!? 公爵を楽しませるのが目的だからして、間違えた方がよかったの!? いやでも、それはそれで文句を言われそうな。

「どのあたりが決め手だったのか聞かせてもらえるか。私にはまるで見分けられなかったのだが」

最初に目を向けられたナイジェル卿が、わたしを見ながら答える。

「いやまあ、体型でね」

こちらを見ているのに目が合わず、彼の視線は少し下へ向けられている。だからどこで見分けているんですか!?

それほど大きな違いはないと思うのに、似た体型の人の中から的確に見分けるなんて、ある意味すごいと言えるのかも。

シメオン様も気付いていてナイジェル卿をにらみ、わたしを腕の中に抱き込んで隠した。

「姿勢で。いくら身なりを整えたところで、身にしみついたくせは消せませんよ。彼女たちは使用人でしょう？　作法を叩き込まれた令嬢とは違う。ただ座っていても違いは表れます」

次に問われたリュタンはそう言った。

「背の伸ばし方、肩の高さ、首から頭にかけての角度——手だって漫然と膝に置くだけじゃない。幼い頃から躾《しつ》けられた女性は、すべてが美しく整えられているものです」

変装名人らしい言葉だ。服装や髪型といった目立つ部分ではなく、その人のくせを見抜くのね。言い換えれば、彼はそこを意図的に変えることで別人になりすましているのだろう。わたしも参考に覚えておこうと心の手帳に書きとめた。

「それと、帽子の菫。君のいちばん好きな花だよね？」

最後の言葉はわたしへ向けたもので、気障《きざ》に片目をつぶってみせた。どうやってそんなことまで調べたのだろう。お兄様と違ってわたしは花の話題なんてあまり口にしないのに。

「不思議そうだね？　見ていればわかるよ。君の持ち物にはよく菫の刺繍《ししゅう》が入っているし、食器や花瓶に染め付けられた絵でも、菫のものがあると目を留めるだろう。君は好きなものには夢中になる性格だ。多分部屋の中は菫模様でいっぱいなんじゃないの」

「…………」

「君に贈るなら菫だ。薔薇じゃない」

挑発的な目をシメオン様に向ける。シメオン様はなにも言わず、黙ってにらみ返している。わたしはそっと彼の手をなでた。

「薔薇も、好きですよ」

たしかに菫はお気に入りだけど、花はどれも美しく可愛《かわい》らしい。贈られて気に入らない花などあるものですか。

以前シメオン様からいただいた真紅の薔薇だって、わたしには素敵な思い出だ。

「なるほどな。では、最後に婚約者の意見を聞こう」

にらみ合う二人をにやにやと眺めていた公爵は、シメオン様に答えをうながした。聞くまでもないことだけどね。もちろん愛ですよ！　理屈抜きに、愛が二人を引き寄せるのよ！

リュタンから公爵へ目を向けて、シメオン様はきっぱりと答えた。

「骨格で」

…………………………………………。

「……はい？」

つい声を出してしまった。え、今なんとおっしゃった？　骨格？　骨格って……はい？

これは予想外の返答だったようで、公爵も笑いを消して目をまたたいた。

「骨格……？」

「ええ」

リュタンとナイジェル卿も眉を寄せている。みんなして、こいつなにを言っているんだという顔になっていた。

「似ているようでも、骨格は一人一人違います。変装しても演技をしても、どうやっても変えようのない部分です。人の特徴を覚える時は、そういった部分を基準にするものです。服の上からでもある程度わかりますが、幸いなことに今は薄着の季節、見分けるのは容易でした」

「…………」

全員言葉が出てこない。どう反応すればいいのか、部屋中が困惑に満ちていた。

骨格って……じつにシメオン様らしい答えではあるけれど。

「愛ではなかったのですか……」

わたしは脱力してしまった。いえ、すごい特技だと思いますよ？　骨格の違いを見分けるなんて、言うほど簡単にできることではない。まして服の上からなんて普通わからない。それを見分けられるシメオン様は本当にすごい。部下の皆さんがおっしゃるとおり、まさに人外能力なのだけれど！

でも、愛の力じゃなかったのね……。

「精神論とは別でしょう。今のは、どれだけ正確に判別できるかという話で」

「ええ、ええ、そうですわね。シメオン様はそういうお方です知っています。それでこそ近衛騎士団副団長。冷徹に油断なくすべてを見逃さない鷹《たか》の目の持ち主！　かっこいいです萌えちゃいます！」

「無理やり言っていませんか？」

「いいんです！　そうとでも思わなければやってられません。シメオン様は骨までわたしを愛してくださっているということですよね！」

「骨も内臓もすべてです」

「内臓も！　まさか内臓の形もわかるとか!?」

「いやさすがに――胃は小さいのだろうなと思いますが」

「胃ですか！　このくらい!?」

「マリエル、そこは腸です」

ぽかんとわたしたちのやりとりを眺める一同の中で、不意に公爵がくっと声を漏らした。口元に手を当ててこちらから顔をそむけている。くつくつと肩を揺らし、そのうちおなかまで抱えはじめた。

「ふ……ふふふ……骨に、内臓か……ふっ」

……笑われている。いつものひややかな、高いところから見下ろす雰囲気ではなく、心底おかしそうに笑っている。隣で夫人も少し意外そうな顔をしていた。あの方にそうまで笑われることをしたのかと、なんだか恥ずかしくなる。

まあ、お楽しみいただけたようで、よかったのよね……。

「ふ……よかろう、お前たちの勝ちだ。楽しませてもらった」

笑いをおさめた公爵がわたしたちに向き直る。最後の一言にわたしは身を乗り出した。

「え、では……」

「ああ、次へ進ませてやる」

一瞬抱いた期待は即座に打ち砕かれた。……そうよね、この方が簡単に解放してくださるわけないわよね……。

公爵の合図を受けて、偽物に扮していた女中がそばの鏡に手をかけた。と思うと、そこがぽっかりと開く。ただの鏡ではなく扉になっていた。

「次の部屋は地下だ。お前たちはそこから向かえ」

鏡の向こうにはやはり鏡張りの狭い通路があった。何重にも映り合ってどっちへどう伸びているのかよくわからない。見るからにあやしげな通路で、地下まで普通に下りられるはずはないと確信を持って予言できた。

「なるべく体力は温存しておくようにな」

しかたなく通路に向かうわたしたちの背を、公爵の意地の悪い声が追いかけてくる。この中にどんな仕掛けがあるのだろう。リュタンが先頭で入り、続いてシメオン様、わたしを挟んでナイジェル卿がしんがりを務めた。一列で歩くしかない狭さだ。ドレスのスカートが両側の鏡に当たって音を立てた。

「どこから明かりが入ってるのかな。鏡だらけでよくわからないな」

リュタンがあちこち見上げながら歩く。

「反射を利用しているのだろうね。こんな仕掛けを邸《やしき》に作るとは、いい趣味のご仁だ」

「ここは公爵の遊興のために建てられた別邸ですからね……」

ナイジェル卿の言葉に答え、わたしも周囲を見回す。壁も天井もすべてが鏡だった。鏡の中に無数の自分がいる。同じだけシメオン様たちもいて、屈折する光のせいもあって目がチカチカしてきた。

気をつけないとどれが本物か見失いそうだ。

「……て、あら？」

前を歩くシメオン様の背中を頼りにしていたはずなのに、気付くと距離が開いていた。あわてて追いつこうとわたしは小走りになる。

「待ちなさい！」

後ろでナイジェル卿が呼び止めたと思ったら、わたしは硬いものにぶつかってはね返された。

「きゃあっ！」

「マリエル⁉」

鏡の中のシメオン様が驚いている。ええ⁉　どれが本物⁉

「いたた……あれ？　どうして？　どうなって……」

わたしはずり落ちた眼鏡《めがね》を直し、シメオン様をさがして周囲に手を伸ばした。当たるのはどれも硬い鏡ばかりで、冷たくわたしを拒絶する。

「シメオン様！」

「落ち着きなさい、マリエル。まず、怪我《けが》はありませんか」

わたしを落ち着かせるために、シメオン様はことさらに冷静な声を出す。わたしは動揺をこらえてうなずいた。

「大丈夫です。ちょっと痛かっただけ」

「そう……なら、そのまままっすぐ来た道を戻りなさい。こちらも戻ります。どこかで分かれていたのに気付かず、別々の道に入ってしまったのでしょう。互いにまっすぐ戻ればまた合流できるはずです」

「は、はい……」

こうして普通に会話できるのだから、距離はとても近いはず。そもそもここは建物の中、無限に広がる空間ではないのだ。大丈夫と自分に言い聞かせて、わたしは後ろへ向き直った。

「またはぐれないよう手をつないでいこう」

ナイジェル卿がわたしの手を取る。

「にらまないでくれよ、フロベール副団長。君の婚約者を守るためだ」

「……お願いします」

互いに方向を変えて元来た道を戻る。そんなに長く歩いたわけではないのだから、すぐに合流できるはずだった。なのにいつまでたってもシメオン様と出会えない。それどころか、どんどん声が遠ざかる。鏡に映る姿も小さくなっていった。

「マリエル、こっちだよ」

「やめて、ますますわからなくなる」

リュタンが呼んでくるけれど、鏡に反響してよけいに距離感を失わせる。わたしはその場にうずくまりたくなった。耳を押さえて目を閉じる。そうすれば惑わせるものはなくなるけれど、見えずに進むこともできない。

「鏡の迷路か」

ナイジェル卿が感心とも呆れともつかない声を出した。

「副団長、無闇に歩き回っても疲れるだけだ。公爵は地下と言っていたのだから、とにかく下へ向かう道をさがそう。目的地にたどり着けば勝手に合流できる」

「……それしかありませんね」

しかたなさそうな声が返ってくる。もうずいぶん遠くなっていた。

「マリエル、あわてず落ち着いて行動しなさい。足元に注意して。階段をさがすのです」

「はい……」

「大丈夫、かならず合流できます」

力強い声がわたしをはげます。こんなことでへこたれて、べそをかいてたまるものかとわたしは顔を上げた。

もうシメオン様の姿を追いかけない。わたしはナイジェル卿とともに、下へおりる階段をさがして歩いた。

「疲れていないかい？　つらければおぶってやろう」

ナイジェル卿も優しくわたしをはげます。この人、男性には厳しいけれど女性にはわけへだてなく親切よね。女好きもこうまで徹底すると立派だわ。

「ありがとうございます。まだ大丈夫です」

つないだ手は離さず、先を行くナイジェル卿はわたしの歩調に合わせてゆっくり進んでくれる。いつしかシメオン様の声もリュタンの声も聞こえなくなっていた。周りの鏡に映るのも、わたしたち二人だけだ。

「これを公爵はどこかから見ているのかな。いったいこの邸にどれだけの仕掛けがあるのか、詳しく知りたくなってきたね」

「余裕がおありですね。ナイジェル卿は完全にとばっちりで巻き込まれた立場ですのに」

「みずから進んでついてきたんだ、文句は言わないよ」

蜂蜜色の瞳がわたしを振り返り、鷹揚《おうよう》に微笑んだ。太陽のような髪と瞳を持ち、肌は大地を思わせる濃い色だ。力強さと明るさと、そして温かな優しさが自然と周囲を勇気づける。見た目どおりではない裏の顔も持つ人だと知っていても、好感を抱かずにはいられなかった。

「それにこんな小さいお嬢さんの前で取り乱すなど、男として情けない真似《まね》はできないね」

「小さいって」

ずいぶんな言われように苦笑してしまう。年齢的にも身長的にもそう言われるほどではないのに。

「そういえば、ナイジェル卿はおいくつなのですか?」

「ん? 言ってなかったかな。二十八だよ」

「あら」

シメオン様も再来月には二十八歳になる。お二人は同い年だったのか。

「いや、私は十月生まれだ。今年二十九歳だから、副団長より一つ上だね。ちなみにアーサーは十四歳」

「そうでしたか。リュ——チャルディーニ伯爵がいくつかは、ご存じでいらっしゃいます?」

「いや、知らない。以前話の流れで冬生まれだとは聞いたんだが、何歳なのかはごまかして教えてくれなかった」

ナイジェル卿もご存じないのか……見た目は二十代前半くらいだけど、若く見える人もその反対もいるからわからないわね。

「今年二十九歳とは、思ったより年長ですね。まだ独身でいらっしゃいますよね？　手当たり次第のデートのお相手ではなく、ちゃんとお付き合いされている方はいらっしゃいませんの」

鏡の中というのは落ち着かなく、黙って歩いていると気がおかしくなりそうなので、わたしは意識して楽しい話題を続けた。

「んー……」

ナイジェル卿は笑ってごまかす。それを見てピンとくるものがあった。

「あ！　その顔はいるんですね？　どなたですか？　イーズデイルと遠距離恋愛中？」

「急に目が輝きだしたな」

おかしそうにナイジェル卿は笑った。

「他人の恋愛がそんなに楽しいかい？」

「ええ、とっても！　ナイジェル卿のように個性的な殿方が、どういった女性とどういった恋愛をなさるのか、ぜひぜひ知りたいです！　参考のためにぜひ！」

「なんの参考だい」

もちろん創作のためですよ。存在するだけで物語を生み出しそうなナイジェル卿だもの、恋愛事情は数多《あまた》の女性をときめかせるに違いない。

「内緒だよ。付き合っているわけでもないしね」

「え、もしや片想い？　ナイジェル卿が？　どんなお相手なのですか。いえそれ絶対、口説けば落とせますって」

「いやあ、下手《へた》に口説くと殴られるからなあ」

「予想外に肉体派！　さては筋肉一族の方で——それはともかく、なんだか坂になっていません？」

「うん、私もそれを言おうと思っていた」

二人して足元に視線を落とす。どこからだったかはわからないけれど、今や明らかに通路は下り坂になっていた。

「階段と思ったらこうきたか。まあ、目的地へ近付けているということだね」

「よかった、終点は近いのですね」

地下へ向かっているのだとわかると、俄然《がぜん》元気がわいてくる。わたしは足を速めた。

「シメオン様たちも上手《うま》く地下へ向かえているとよいのですけど」

「チャルディーニ伯爵が一緒だから大丈夫だろう。なんといってもかの怪盗リュタンだ、こういうのは得意なはずだよ——あの二人が途中でけんか別れしていなければ、だけど」

「シメオン様は状況を忘れる方ではありませんわ」

多分、と内心で付け加える。相性最悪の二人だけれど、共通の目的がある時にはちゃんと協力する。

「ええ、シメオン様なら目の前の問題を片付けて、心置きなく動ける状況になってからあらためて殴るはずです」

「……さすが、よく理解している」

彼を心配するよりも、まずわたしが迷路を抜けて落ち着くべきだ。そう気合を入れ直して足を進めた。通路は次第に勾配がきつくなってくる。ツルツルした床に靴が滑りそうになった。

「手すりでもつけておいてくれるといいのに」

「これで階段にしないところに公爵の意地の悪さが表れているな」

「まったく——きゃあ！」

ついに足を滑らせて転んでしまった。ナイジェル卿が抱きとめようとしてくれるが、彼もまた踏みとどまれず転倒する。二人して転んで、そのまま床を滑りはじめた。

「えぇえ⁉」

「……滑り台か」

鏡のせいで傾斜を把握できていなかったが、急に深く落ちていたらしい。わたしたちはどんどん勢いを増して滑り落ちていく。落ちそうになった眼鏡を押さえたら、今度はスカートがめくれ上がってくる。必死に押さえてもドロワーズがはみ出してしまった。

「見ないでくださいぃ！」

「はいはい、見てない見てない」

こんな勢いで落ちていったらどうなるのだろう。無事に着地できるのかと怖くなる。と思った瞬間、まさにわたしの身体は宙に放り出された。

「ひゃああ！」

「……っ、と」

どうにもできないわたしを器用に抱き寄せて、ナイジェル卿はくるりと一回転して着地する。彼の腕の中でわたしは心臓が飛び出しそうな胸を押さえていた。眼鏡は完全にずり落ちてかろうじて鼻の上で止まっている。

「び、びっくりした……」

「ははは、まあけっこう面白かったかな」

笑いながら立ち上がり、ナイジェル卿はわたしを下ろした。わたしは急いで眼鏡とスカートを直し、他におかしくなっていないかとたしかめた。

「マスター」

服をはたくわたしたちに声がかけられる。それは、ここで聞くと予想していない人の声だった。

「おや、アーサー。お前も来ていたのか」

振り向いた先にいたのは、小柄な黒髪の少年だった。さらにもう二人、見知った姿がある。

「ダリオにジョゼフも……みんなここに集められたのね」

終点にはわたしたちに従ってやってきた三人が勢揃いしていた。

主人たちの用事が済むまで、従者や馭者《ぎょしゃ》は使用人用の控室で待たされるものだが、ここがその控室というわけではないだろう。見回した地下室は、石造りの壁が冷たい印象を与える、がらんとした空間だった。小さな舞踏会くらい開けそうな広さがある。天井を支える太い柱や壁にはたくさんの燭台《しょくだい》があり、すべてに火が灯《とも》されているので暗くはない。また、明かり取りと換気のためだろう、上の方には小さな窓も並んでいたので、特に陰鬱《いんうつ》な雰囲気はなかった。

吹き抜けのように天井が高いため、閉塞感もない。壁の中程にはぐるりと手すりつきの通路がめぐらされていて、上から眺められる構造になっていた。舞台も客席もないけれど、劇場に似ている。

……天井近くにぶらさがっているのはなにかしら。金属製の……飾りには見えない枠のようなものが、端から端まで並んでいる。枠というか、柱……いえ、もっと細くて数も多くて……。

「マリエルお嬢様、若様は？」

ジョゼフに尋ねられ、わたしは見上げていた視線を下ろした。シメオン様とリュタンの姿は、まだ室内になかった。

「途中ではぐれちゃって……多分、あとからいらっしゃると思うけど」

「なんで、俺までこんなとこに連れてこられたんでしょうか」

「さあ……それは、公爵様にお聞きしないと」

「呼びにきた使用人が、彼を見てどちらに入れるかと相談していましたが」

アーサー君がナイジェル卿に杖《ステッキ》を渡しながら、ちらりとダリオを見やる。どちらとはどういう意味だろうと、わたしもナイジェル卿も首をひねった。

「主人組と使用人組？」

「いや、それなら明らかに使用人組だろう」

「ですよね」

話題の主はむっつりと黙っているだけだ。彼に聞いてもわからないだろう。わたしはシメオン様たちはまだかと、もう一度周囲を見回した。すると、

「ほう、最短の道を選んだか」

頭上から声が降ってきた。観覧席と言える通路に、公爵夫妻が姿を現していた。

「運がよいな。楽にたどり着けただろう」

公爵の言葉にわたしは顔をしかめた。わたしたちが通ったのは、いちばん早く来られる道だったらしい。でもそのかわり、まともに歩けない道だった。とても運がよかったとは思えない。ナイジェル卿が助けてくれなかったら、最後のアレで怪我をしていたわよ。

「残りの二人も、どうやら到着したようだな」

公爵がわたしたちから視線をはずし、別の場所を見る。つられて見れば、たしかにそちらから足音が聞こえていた。段々と近付いてきて、壁が音を立てて開かれる。こちらからはただの壁にしか見えない場所が、またも扉になっていた。

「マリエル！　無事ですか⁉」

「シメオン様！」

扉の向こうから出てきたシメオン様が、すぐにわたしを見つける。彼の後ろからリュタンも現れた。

「ふう、やっと到着か。副長のおかげで手間取ったよ」

「人のせいにしないでください。勝手に先へ先へと進んでいったのはあなたではありませんか」

「そっちこそ、自分が鈍臭いのを棚に上げて文句言わないでくれるかな」

「わざとはぐれるよう仕向けたくせに――」

出てくるなり二人はけんかをはじめる。いや、このようすだと途中の道でもずっとやり合っていたのだろう。

「もう……」

「やれやれ、子供みたいだな」

苦笑しながらナイジェル卿が二人の方へ歩いていった。

「二人だけで遊んでいる場合ではないよ。状況をきちんと見るのだね」

「わかっています！」

シメオン様はずいぶんと苛立《いらだ》っているようだ。リュタンと二人だけの空間がよほどつらかったのかしら。ナイジェル卿の手を振り払ってこちらへ歩き出す。わたしは彼を落ち着かせようと、できるだけ優しい笑顔を浮かべて近付いてくるのを待った。

――ところが、

「そこで止まれ」

上から公爵が命令する。足を止めたシメオン様は眉を寄せて上をにらんだ。

「なにをさせる気です」

「お前のために言っている。それ以上進むと危険だからな。お前も、もう少しさがれ」

「え……はい」

わたしも命じられて、数歩後ろへさがる。シメオン様は眉間のしわを深くして、逆にこちらへ踏み出そうとした。

その頭上からけたたましい音が響いてきた。顔を上げたシメオン様は即座に後ろへ飛びずさる。直後、彼がいた場所に大きな鉄柵が下りてきた。地響きを立てて床に落ちる。

「だから言っただろう。人の忠告は聞くのだな」

公爵の嘲笑も続く音にかき消された。鉄柵はいくつも下りてきて、部屋の中央を完全に封鎖した。柱の間を柵が埋め、地下室が二つに分かたれる。柵の高さは大人の男性二人分ほどもあり、上って越えることはできそうになかった。

なにがぶら下がっているのかと思ったら、こういうものだったのね。大きな鎖が柵につながり、たどっていけば巻き上げ機があるのもわかった。まるで拷問部屋のような仕掛けだ。……違うわよね？ここは遊興用の邸で、昔のお城みたいに拷問部屋なんてないはず……よね？

「なんの真似です⁉」

柵をつかんで揺すり、動かせないと知ったシメオン様が怒りの声を上げる。公爵と夫人はお芝居を眺めるように、ゆったりとした長椅子に腰を下ろした。

「二組に別れて戦ってもらおう。こちらが用意した相手を打ち負かすことができれば、部屋から出してやる」

公爵が指を鳴らすと、扉が開いて人が踏み込んでくる。わたしのいる側に四人の、見るからにたくましい男たちが入ってきた。

体格もよければ、目つきも鋭い。ただの使用人には思えない。おそらく公爵の護衛を務める者たちであろうと、すぐにわかった。

「好きなように戦ってよいぞ。武器は持たせていないから安心しろ」

「す、好きなようにって……」

わたしは思わず柵へ、シメオン様のそばへ身を寄せる。柵越しにシメオン様がわたしを抱きしめた。

「公爵閣下！　遊びでは済まされません！　このような真似、いかにあなたといえど許されるものではない！」

怒りの咆哮《ほうこう》を上げるシメオン様にも、公爵は笑うばかりだ。シメオン様とリュタン、ナイジェル卿——頼もしい戦力となるはずの三人と引き離され、わたしはどうやってこの場を切り抜ければよいのか途方に暮れる思いだった。

11

「そう吠《ほ》えるな。その大男がいるのだから、さほど不利でもなかろう。それに、打ち負かせとは言ったが、お前たちを痛めつけてやるとは言っていない。……男には遠慮しなくてよいが、その娘には手を出すな」

公爵の命令に男たちは従順にうなずく。わたしに暴力を振るわれることはないと聞いて、シメオン様の腕が少しゆるんだ。

「うーん、そっちの四人もなかなかだが……まあ頑張ってくれ、ダリオ」

柵のそばまで歩いてきたリュタンが、本気で応援しているのかわからない調子で言う。ナイジェル卿もやってきた。

「アーサー、お前も薔薇《ばら》の騎士の一員だ。ご婦人のために頑張りなさい」

「かしこまりました、マスター」

こちらもいつもと変わらないやりとりだった。アーサー君は淡々とうなずくけれど、まだ十四歳なのに。わたしとほとんど変わらない背丈で身体《からだ》も細いのに、無茶でしょう。

「おおお俺も戦うんですか!?　そんな、若様じゃあるまいし無理ですよう」

ジョゼフは二人の後ろですくみ上がっていた。三十八歳、二児の父。真面目《まじめ》に地道に馭者《ぎょしゃ》として働いてきただけの彼に戦えとは、わたしにもシメオン様にも言えない。彼に順番が回ってこないことを祈るしかなかった。

「さて、どちらが勝つかな」

文字通り高見の見物を決め込む公爵がにくたらしい。実質的にこちらの戦力はダリオ一人ではないの！

四人の男もダリオに注目している。たくましい男たちはにらみ合いながら距離を詰めた。

やおら、ダリオがシャツを脱ぎ捨てた。怪物のごとき筋肉を周囲に見せつける。一瞬驚いた男たちは、すぐさまこれに応戦した。全員シャツを脱いで上半身裸になる。こちらも筋肉の塊だ。筋肉と筋肉が対峙《たいじ》した。

ダリオの眉間がぴくりと動いた。むん！　と気合を発してポーズを決める。丸太のような腕から、峻厳《しゅんげん》なる山のごとき力こぶが盛り上がった。

男たちも負けていない。それぞれにポーズを取って筋肉を見せつける。あっちもこっちもムキムキと、肉体が燭台《しょくだい》の明かりに照らされて筋立った。

「ダリオ！　キレてる！　キレてるわ！」

「そういう勝負ですか⁉」

わたしはシメオン様の腕から飛び出してダリオに声援を送った。

「かっこいいわ！　大きいわ！　土台が違ってよ！」

「いやそんな応援しなくてよいですから！」

「背中に羽が生えている！　空も飛べそうだぁ！」

「ジョゼフまで！」

「新たな扉を開くのよー！」

「これ以上どこへ向かう気ですか!!」

観覧席でまた公爵がおなかを抱えている。筋肉のうなる音が聞こえてきそうだと思った時、小さな影が飛び出した。

燕《つばめ》のごとき速さでダリオを越えて、アーサー君が正面の男に飛びかかる。相手に防御の隙も与えず、顔面に蹴りが叩《たた》き込まれる。勢いと体重とを上乗せした一撃に、男の身体が吹っ飛んだ。

着地しはね起きる動作で即第二撃を放つ。速すぎて目で追うのが精一杯だ。ほぼ一瞬で隣の男も吹き飛ばし、そのまま勢いを止めずにアーサー君は床を走った。

「うおお！」

筋肉勝負から対アーサー君に標的を切り換えた男が殴りかかるも、小さな身体をとらえることはできない。拳をすり抜けたかと思ったらすでに跳躍し、相手の眼前だ。いかに鍛えた筋肉男でも、首筋に強烈な蹴りを受けては踏みとどまれなかった。

最後の一人も余裕で倒したところで、ようやくアーサー君の動きが止まる。倒れ伏す筋肉たちの中に立ち、小柄な少年は静かに振り返った。

「これで、よろしいでしょうか」

時間にして三十数えるほどもあったかどうか。わたしは呆気《あっけ》にとられるばかりだった。ジョゼフも同じようにぽかんとあごを落としている。さすがにシメオン様やリュタンも驚いていた。

「うん、まあよろしい」

ナイジェル卿だけが当然の顔でうなずいている。アーサー君は淡々と戻ってきてわたしの近くに控えた。

「……アーサー君、もしかしてエイヴォリー一族の血を引いていたりする？」

まだ成長途中の華奢《きゃしゃ》な男の子なのに、この強さ。非常識の代名詞として語られる筋肉一族なのか。

「代々シャノン公爵家にお仕えする家系ですので、そちらとのつながりはなかったと存じます」

「そ、そうなの……でもすごいわね……ダリオ、もういいのよ——あ、勝利のポーズ？　うんそうね、決まってるわ」

誰もが予想しない形で勝敗がついた。この結果にはシルヴェストル公爵も意外そうにしていた。

「ほう。ただの子供と思ったら、たいしたものだ。よく仕込んであるな」

「子供でもわが騎士団の一員ですからね」

当然の顔で答えるナイジェル卿だけど、どことなく自慢げだ。シャノン公爵を守る騎士団は、今の時代にも最強の戦闘集団であるらしい。つくづく敵に回したくない人たちだ。

「よかろう、見事だった。なかなか楽しめたぞ」

公爵は満足げにわたしたちを見下ろし、次にシメオン様たちの側を見た。

「さて、次はそちらの番だな。部下に負けぬ戦いぶりを見せてもらおうか」

向こう側でも扉が開いて人が入ってくる。シメオン様たちはもとより、わたしも今度は余裕で眺められた。あっちの三人は並の三人じゃない。どんな力自慢が登場しようが敵ではないと、すでに勝った気分でいた。

けれど相手の姿を見たとたん、また口が勝手に開いてしまった。向こうの対戦相手として現れたのは、三人の若く美しい女性だった。

ヒュウ、とリュタンがお行儀悪く口笛を吹く。婉然《えんぜん》と微笑《ほほえ》みながら歩み寄ってくる三人は、男性ならば注目せずにはいられないであろう美貌と肢体を見せつけていた。まとうドレスは装飾の少ないすっきりとしたもので、スカート部分も広がらず身体の線を隠さない。素晴らしく盛り上がった胸元は開いた襟から深い谷間を見せ、腰は驚くほど細く締まっている。その下にはふっくらした曲線があり、見事な凹凸だ。大胆に切り込みの入ったスカートから脚を見せつける人もいる。お色気が柵を越えてこちらにまで漂ってきた。こんな時でなければわたしも萌《も》えて、胸をときめかせただろう。かの老舗娼館《しにせしょうかん》トゥラントゥールの最高峰、わが親愛なる女神様たちにも張り合えるのではないかというほどの美女軍団だった。

「これは……うん、いいね」

ナイジェル卿の視線はやはり胸元に向かっている。よっぽどお好きなのね。まさかわたしに向かって小さいと言ったのは、胸の話ではないわよね!?

「マスター」

アーサー君がちょっと怖い声を出した。

「いや、これは称賛するのが礼儀だろう。アーサー、お前だって男としてわかるだろう」

「わかりません」

「嘘《うそ》をつくな。その年頃はいちばん性に関心を抱くものだぞ」

「ご自分を基準になさらないでください」

従者の冷たい視線も意に介さず、ナイジェル卿はすり寄ってくる女性を大歓迎で抱きとめる。リュタンの方もうれしそうに鼻の下を伸ばしていた。

「こいつはまいったね。一戦でも二戦でも喜んでまじえたいところだけど、衆目にさらされながらというのはちょっと恥ずかしいな」

「そういう戦いなの!?」

「え、そういうことじゃないの？　これって」

「えええ……」

わたしはシメオン様を見た。リュタンとナイジェル卿はいい。好きなだけ戦ってくれればいい。でもシメオン様は。

彼にも美女が近付いていく。押されるようにシメオン様はあとずさり、わたしの目の前の柵に背中をぶつけた。

「逃げるばかりでは決着がつかぬぞ」

上からひやかす声が降ってくる。秀麗な顔が困惑を浮かべた。

「シ、シメオン様……」

声をかければ困った顔がわたしを見下ろす。助けてあげたい。でも柵が邪魔をする。さっきと同様に、この勝負も向こうの三人だけで受けなければならないのだ。

「やめなさい」

さわろうとした美女の手を、シメオン様は払いのけた。怯《ひる》むことなく相手はなおも迫ってくる。豊満な肉体をことさらに押しつけて、シメオン様の身体に腕をからめた。昨夜のわたしよりもっと強く、ずっと大胆に、白い腕で抱きついてくる。

「離れなさい！」

シメオン様は振りほどこうとするけれど、相手が女性なものだから相当加減をしている。女性相手に暴力を振るえる人ではないのだ。相手が何者であれ、乱暴な真似《まね》はできない。強引に腕をつかんで引き剥がそうとしても、相手が痛そうな顔をするとたちまちたじろいで力を抜いてしまった。

抵抗が弱まれば、また美女はべったりとからみついてくる。柵越しにシメオン様の背中に張り付くわたしと間近で視線が合い、勝ち誇った笑いを向けられた。これはちょっと、いえかなりむっとする。やっぱりわたしの女神様たちの方がはるかに上よ。美貌とお色気だけでなく、品性においても彼女たちは最高なのだから！　こんな意地の悪そうな顔は見せないわ！

「シメオン様、わたしちょっと目を閉じていますから、手早く片付けてくださいませ」

「片付けるとは」

「暴力を使わずに女性を昇天させる方法があるのでしょう？　それで戦えばよろしいのでは」

「だからどこでそういうのを覚えてくるのですか!?　しかも中途半端《ちゅうとはんぱ》に！」

「毎回つっこみを入れてくるあたり、シメオン様もご存じなのですよね」

「……痛い思いをしたくなければ、離れなさい。この際、女性であっても容赦しませんよ」

わたしの問いには答えず、シメオン様は目の前の美女に向き直る。容赦しないと言いながら、相手の腕をつかむ手はやはり遠慮がちだった。

「なっさけないなあ。相変わらずの見かけ倒しだね」

リュタンがおもいきり馬鹿にした口調でせせら笑った。情けないのではなく紳士なのよ！　――とそちらをにらめば、彼は自分に迫ってきた美女の腕と喉をつかみ、ギリギリと締めつけていた。

「えっ……ちょ、ちょっと、そんなにしたら」

苦悶《くもん》に美貌をゆがめる女性を、平然と薄笑いで見下ろしている。殺すつもりなのかと驚く横で、ナイジェル卿の方からも悲鳴が聞こえた。

「優しさと甘さは違うよ、副団長」

手にした杖《ステッキ》をくるりと回し、ナイジェル卿は言う。その足元に倒れた女性は、ぴくりとも動かなかった。

「お育ちのいいお坊っちゃまだからなあ。世の中にはえげつなく汚い女もいるって知らないんだろうな」

投げ捨てるようにリュタンが女性の身体を放り出す。床に手をついて咳《せ》き込むのに冷たく背を向けて、こちらへ歩いてきた。

えげつないって、お色気作戦以外のこと？　わたしは目の前の女性に目を戻す。シメオン様の注意がそれている間に、白い手が首に回されようとしていた。そうと見た時、しなやかな指に光るものがわたしの目に飛び込んできた。

「シメオン様！」

思わず叫んだのと同時に、気付いたシメオン様が攻撃をかわした。すかさず女性を床に引き倒して取り押さえる。指輪から飛び出した針を確認し、形のよい眉が寄せられた。

「毒針？」

「そこまでやばいものは使わせないだろう。しびれ薬か眠り薬程度じゃないかな」

そばに立ったリュタンが公爵を見上げる。公爵は満足げに答えた。

「まずまずだな。悪くない」

彼が手を上げて合図すると、また大きな音を立てて鎖が巻き上げられていく。柵が上へ戻り、わたしは立ち上がったシメオン様に飛びついた。

「マリエル……」

抱き返してくださるけれど、どこか力なくシメオン様は息を吐く。リュタンが小さく鼻を鳴らした。馬鹿にしているようでもあり、呆《あき》れているようでもある。それをにらみ返すこともせず、シメオン様はわたしをうながして開かれた扉へ歩き出した。


地上へ戻れば空がずいぶんと色褪《いろあ》せていた。日暮れの遅い季節だから、時刻はすでに夜の入り口だ。

公爵邸を訪れたのはお茶の時間には少し早い頃だった。それからいろいろしている間に、もうこんな時間になってしまったのね。

「晩餐《ばんさん》の支度が整うまで、少し休んでいるとよい」

鷹揚《おうよう》に公爵は言ってくださるけれど、それってまだまだわたしたちを解放する気はないということよね。もしかして今夜は帰れないのかしら……わたしはため息をつきたい気分をこらえ、着替えさせてほしいと願い出た。

またクリスティーヌ夫人の衣装部屋を借りて自分のドレスに着替える。お化粧も落とさせてもらった。別人の域まで顔を作ることにもすっかり慣れたけれど、さきほどのお化粧は濃いばかりで似合っていなかった。元どおりの薄化粧になって、やっと自分の顔だと落ち着く。

「このドレスは気に入らなかった？　わたくしにはもう着られないものだから、着て帰ってくださってもよかったのよ」

女中が片付けるのを眺めながらクリスティーヌ夫人が言う。

「気に入る以前に、わたしには似合いませんので」

「さっきのお化粧はあなただとわからなくするためのものだったから、もっとちゃんとすれば似合うはずよ」

せっかくのお言葉だけれど、丁重に辞退する。なんとなくあのドレスは着たくなかった。

「そう……彼は清純な女の子が好きそうだものね。これは、ちょっと違うわね」

夫人は気を悪くするようすもなく言ってくださった。

格の高いお家の女性からは見下されることの多いわたしだ。シメオン様と婚約してから、どれだけ皮肉と嘲笑を浴びせられただろう。でもクリスティーヌ夫人はずっと好意的に接してくださる。それがどこまで信用できるものかと思いながらも、わたしは期待を捨てきれなかった。

「あの、クリスティーヌ様から公爵様へお口添えをお願いできませんでしょうか。もう大分お付き合いしましたし、できれば今夜のうちに帰りたいのですが」

昨日も外泊だったし、今日にいたっては結婚式前夜だ。もっと厳粛に、静かに最後の夜をすごしたかった。せめて今からでも帰れないかと思うのだが。

「そうねえ」

夫人は考えるようすを見せる。

「……では、わたくしのお願いを一つ聞いてくださるかしら」

「なんでしょう」

手応えあり⁉　わたしは身を乗り出す。

「簡単なことよ。あなたはとても情報通だそうね？　社交界の人々の秘密をたくさんご存じだとか」

「……そのような。友人もろくにおりませんので」

「クーベルタン侯爵夫人の弱みを教えてくださらない？　あの方、わたくしにやたらと張り合いたがって面倒なの。いちいち目の敵にされてうんざりしているのよ。社交界から追い出してしまいたいのだけれど、手伝ってくださらないかしら？」

優しい顔と声のまま、怖いことを夫人は言う。やはり見た目どおりのお方ではないようだ。

「………」

「とっておきの秘密を教えてくださったら、旦那様にお願いしてあげるわ。わたくしの言葉なら、旦那様はきっと聞いてくださる。ね？　あなたにとって、とても簡単でなんの損もしない取り引きでしょう？　教えてちょうだい」

わたしはスカートの上に置いた手を、強くにぎりしめた。ほんの少しも迷わなかったとは言えない。どうしようと、ためらってしまったのは事実だ。少しだけ、自分が楽をする方を選びたくなった。

――でも、できない。

「……申し訳ございません。わたしには、そのような心当たりはありませんので……」

「あら、そう？　残念ね」

夫人はしつこく聞かず、あっさり引き下がって離れていった。振り向きもせず部屋を出ていく後ろ姿を見送り、わたしは肩を落とす。ごめんなさい、殿下。夫人を味方につけろと助言してくださったのに、上手《うま》くできませんでした。でも、あのお願いは聞けない。

わたしが情報を集めるのは誰かを陥れるためではない。いろんな人間模様を知って、創作の参考にさせてもらうだけだ。だから直接誰かの噂《うわさ》を流したり、秘密を暴露することはできない。

これが身を守るためだとか、困難な戦いを支援するためとかなら考える。でもクリスティーヌ夫人とクーベルタン侯爵夫人とでは最初から力関係に差があって、クリスティーヌ夫人の方が強い立場だ。クーベルタン侯爵夫人はたしかに強い対抗心を見せているけれど、まともにけんかなんてできず許される範囲で張り合っているだけだ。それなのに社交界から追い出すなんて……そこまで悪いことをしたわけでもないのに。

自分のために他人の人生を犠牲にさし出すような真似は、どうしてもできなかった。

落ち込むなと喝を入れ、しゃんと顔を上げる。残念な結果だけれど、間違ってはいないはず。シメオン様だって他人を売って助かろうとは考えないだろう。わたしがそんなことをすれば、逆に叱られる。だから、これでいいの。別に問題が増えたわけではない。振り出しに戻っただけ。公爵の要求どおり、満足するまで楽しませてあげればいいだけよ。

わたしも立ち上がり、元の部屋へ戻った。じきに執事が呼びにきて、みんなで正餐室《せいさんしつ》へ移動する。ここでもなにかあるだろうかと身構えたが、ごく普通の食卓に見えた。一同が席に落ち着くと、食前酒が各自のグラスに注がれた。

「いや、私はけっこうです」

シメオン様は断って水のグラスだけを手元に置く。それを公爵がとがめた。

「乾杯に付き合わぬつもりか？」

「いいえ、こちらでお付き合いします」

シメオン様は水のグラスを手にする。公爵はふんと鼻で笑った。

「水で乾杯とは興醒《きょうざ》めな。酒が嫌いでも、はじめの一杯くらいは付き合うものでは？」

「…………」

シメオン様の眉間にしわが寄る。彼が返答に迷っている間に、給仕はさっさとお酒をグラスに注いでしまった。

しかたなさそうにシメオン様はグラスを持ち替える。乾杯が行われ、一口だけ飲むとすぐに下ろしてしまった。

「全部飲め」

また公爵が注文をつける。シメオン様は公爵をにらんだ。

「失礼ながら、私はあまり酒に強くありませんので。不調法を働いてしまいます」

「かまわぬ。酒は酔ってこそだ。無礼講でよい、気にせず楽しめ」

「……………」

シメオン様の顔が、ますます苦しげになる。横でわたしはハラハラと見守った。

この一年近く、シメオン様とお付き合いしてきたなかで、彼がお酒を飲んでいるところは一度も見たことがない。殿下のお供をしている時は職務中なのだから当然だと思っていた。でもうちで食事をしていかれる時にも辞退される。さらには、ご自宅にいる時ですら。食前酒も飲まないなんて、よほどお酒がだめなのかと——もしかして体質に合わないのではないかと思っていたのだ。

特定の食べ物や飲み物が身体に合わず、口にすると倒れてしまう人がいる。シメオン様にとって、お酒は毒なのかもしれない。そうだとしたら、これを全部飲むのは非常に危険だ。

「あの、公爵様」

なんとか許してもらおうとわたしは口を開きかける。それを制するように公爵は言葉を重ねた。

「飲めないはずはない——そうだな？　飲むことはできるはずだ」

「……………」

この口調、わかって言っている。シメオン様がお酒を飲まない理由を、公爵は知っている？

「飲まねば帰さぬぞ。これも条件のうちだ。全部、一気に飲め」

楽しそうに公爵は命じる。みんなに注目される中、シメオン様はそっと息を吐いた。一瞬水色の瞳がわたしへ向けられる。そこに浮かんでいた感情はなんなのだろう。とても不安そうなまなざしに思えた。

ふたたび取り上げたグラスを口元へ運ぶ。静かに飲み干す彼を、わたしは息を呑《の》んで見守った。

「……シメオン様、大丈夫ですか？」

グラスを下ろしたまま、シメオン様は動きを止める。目を閉じ、固まったようにじっとしている。その顔に苦しげなようすはなく、呼吸が荒くなったりもしていないけれど、いつまでたっても動かないので怖くなった。

「シメオン様、ご気分は？　大丈夫ですか」

「……気分？」

低い声が返ってくる。目を閉じたまま口元だけが動く。

「気分、ですか」

「は、はい。あの、苦しくありません？　吐き気などはしませんか」

「気分……気分ね……」

ゆっくりとまぶたが持ち上げられる。とろりとしたまなざしがわたしをとらえた。

「最悪ですよ……」

「最悪!?　や、やっぱりお身体に合わなくて」

思わず腰を浮かせかけたわたしを、突然シメオン様が抱き寄せた。ぶつかった椅子やテーブルが耳障りな音を立て、グラスも倒してしまう。それを気にせず彼はわたしを膝に抱き上げた。

「最悪に決まっているでしょう！　この状況で楽しめますか！」

わたしを抱きしめて彼は叫ぶ。なにが起こったのか一瞬理解できなかった。人前で、シメオン様がこんな真似をするなんて。目上の方が主催する正餐の席で、ありえないふるまいだ。

「シ、シメオン様!?」

「楽しむ要素がどこかにありますか!?　あなたはこんな時にも楽しめると!?」

「い、いえ、そんな」

「ああ、あなたなら楽しめるのかもしれませんね。いつでもどこでも、かならずなにか楽しみを見つけ出す人だ。私がどんなに頭を悩ませようと、あなたの『萌え』にはかなわない。どうやったらあなたを喜ばせられるだろうかと、こちらは必死に考えているのに！　買い物だの観劇だの、ありきたりのつまらないことしか思いつけない。好きな花すら兄君に教えていただくまでわからなかった。そんな私を尻目に、あなたは一人で楽しみを見つけ出す。あなたには私などまったく必要ない」

「そんなことはありません！」

痛いほどにきつく抱きしめられながらも、聞き捨てならない言葉にわたしは言い返した。

「楽しいのはシメオン様が一緒にいてくださるからです！　わたしはシメオン様を見ているのが、なによりいちばん楽しいのです！」

「『萌え』ですか？　例の鬼畜腹黒参謀とやらいうものですか！」

「いいえ、それもないとは言いませんけど、もちろん重要な要素ですけど。でも本当は優しい方だとわかっています。それは見た目の雰囲気であって、本当のシメオン様は」

「そうですよ！　私は鬼畜でも腹黒でもない！　私は――」

また勢いよく身体を振り回されて目を回しそうになる。気がついたらわたしの身体は椅子に座らされ、なぜかシメオン様が目の前に膝をついていた。

誓いを捧《ささ》げる騎士そのものの姿で、彼はわたしの手を取る。

「私は、愛のしもべです」

――シメオン様が、壊れちゃったぁ――!!

ぶっと噴き出す声が聞こえた。公爵がテーブルに肘をついて、組んだ手の中に顔を伏せている。肩が震え、こらえきれない笑い声が聞こえてきた。

……知っていたのね。シメオン様がこうなることを、知ってお酒を飲ませたのね！

手に頬ずりされながらわたしは公爵をにらむ。彼は笑いをおさめるどころか、声まで立てて笑い続けていた。

「すごいな、そういう酔い方するのか」

リュタンもおかしそうに笑う。

「食前酒にしては強いと思ったが、まさか一杯でそうまでなるとはな。なるほど、たしかにこれでは飲めないいね」

自分のグラスを傾けながら、ナイジェル卿も苦笑する。わたしはむくれて一同を見回し、倒れたグラスを拾って給仕に突きつけた。

給仕は一瞬驚きながらも、お酒を注ぎ直してくれる。それを一気にあおり、タンッと勢いよくテーブルに下ろした。

……酔っているのか、いないのか、自分ではわからないわね。特に変化は感じられない。

「シメオン様」

まだ足元でひざまずいている彼の手を、わたしは強くにぎり返した。手と手をにぎり合い、見つめ合う。

「愛のしもべ、最高ですわ。それこそが萌え！　見た目は曲者《くせもの》っぽいのに中身は一途《いちず》な純情とかたまりません。腹黒参謀がデレる展開も妄想できて二重に美味《おい》しいです。ついでにこのお料理も美味しいです。ほらシメオン様も一口」

「……あなたの唇の方が、ずっと美味しい」

「やだ色っぽいまなざし。まるごと食べちゃいたいくらい。はいもう一口」

「……あなたこそ、食べてしまいたい。どれだけ私が耐え続けてきたか、わかりますか。いとしい人のぬくもりとやわらかさは、理性を粉々に砕いてしまいそうな威力を持っているのですよ。揺らぐたびにそのささやかな胸元を見て抑えていたのです。こんな子供に手を出したら犯罪だと己に言い聞かせて」

「子供ではありませんし小さくてごめんあそばせ！　はいどんどん行きましょう！」

「んぐ――あなたも、食べ――んっ」

あれだけ恥ずかしがっていたシメオン様なのに、雛鳥《ひなどり》のごとく従順に口を開いてくださる。お酒ってすごい。わたしはことさらにいちゃいちゃと、公爵たちに見せつけてやった。

「うふふ、今はシメオン様の方が子供みたいですね。可愛いですわ、わたしの坊や」

「うっわぁ……」

リュタンがうんざりと顔をゆがめた。

「こっちが胸焼けしてきた」

ふっ、勝った。

膝に甘えるシメオン様をなでながら、わたしは勝ち誇って周りを見回す。どうせなら気持ちよく酔わせていただくわよ。そちらはせいぜい悪酔い気分を楽しむのね！

無礼講と言ったのは公爵だ。お言葉どおり、楽しませていただこうではないの。

開き直るわたしに公爵は意外と毒のない目を向けて、「割れ鍋に綴《と》じぶただな」と言った。失礼な。

12

結局そのまま全員、公爵邸にお泊まりとなった。公爵のお許しが出なかったというのもあるが、なによりもシメオン様が寝入ってしまって帰るに帰れなかったのだ。ジョゼフだけでも一旦帰してやりたいともう一度公爵に頼んだのだけれど、聞き入れられるはずもなく、それぞれの自宅へは公爵邸の使用人が遣いに出された。

待遇は申し分ないけれど、とらわれているも同然だ。家族やセヴラン殿下に助力をお願いすることもできない。いったいなにをやっているのかと、みんな怒っているでしょうね。あとで説明したら赦《ゆる》してもらえるかしら。

リュタンとナイジェル卿に手伝ってもらい、用意された客間へシメオン様を運ぶ。上着とジレを脱がせてクラバットもほどき、楽な状態にしてあげてそっと上掛けをかぶせた。

安らかな寝息にほっと息をつき、さらさらした金の髪をなでる。酔っても気分を悪くすることはないようで、そこには安心した。

「平和に眠り込んじゃって。鬼の副長が聞いて呆《あき》れるね」

静かに眠るシメオン様を見下ろして、リュタンが言った。いつもの茶化す口調ではなく、本当に呆れ返ったようすで、だからかあまり腹も立たずわたしは彼を見上げた。

「マリエル、まだ気持ちは変わらないの？　今日はずいぶん副長の情けない姿を見たと思うけど」

「情けなくなんかないわ」

「本気で言ってる？」

勝手に椅子を引いて近くに座る。ナイジェル卿は立ったままで、でも出ていくわけではなくわたしたちのやりとりを見守っていた。

「僕がいなきゃ、鏡の迷路でもっと時間をくっていたぞ。地下室でも、見るからにあやしいのに女だってだけで危なくなるまでなかなか手を出せないし、あげく最後にこれだ。なんだか僕までがっかりする気分だよ」

本気で腹立たしそうに言う彼に、少し不思議な気分になった。いつもシメオン様を馬鹿にして、からかってばかりのくせに、そんな風にも思うのね。それって実は内心、相手のことを認めているからではないのかしら。取るに足りない相手ならどんな姿を見せられても幻滅することはない。好敵手と思うからこそ、相手の弱さを認めたくないのかも。

「……なに笑ってるの」

シメオン様の寝顔を見ていた目が、わたしへ向けられる。いぶかしげな青い瞳に、わたしは黙って首を振った。

「こんな男、さっさと見放して僕とラビアへ来なよ。見た目ほどかっこいい男じゃないって、もうたいがい実感しただろう」

「かっこいいわよ。シメオン様もあなたも、ついでにナイジェル卿も」

「ついでかい」

見上げた顔は笑っている。わたしも笑い、言葉を続けた。

「セヴラン殿下も間違いなくかっこいいし、他にもたくさんかっこいい男性はいるわ。みんな素敵よ。でも、恋はそれだけでするものではない。かっこいいところも悪いところも、全部知ってこそよ」

もう一度眠るシメオン様の髪をなでる。

「かっこ悪くても好きなの。むしろかっこ悪いところがいとしいの。そもそもわたしが欠点だらけな人間なのに、他人に完璧なんて求められないわ。ありのままのシメオン様が好きなの」

「……なんでその相手が僕じゃないのかな」

頬杖《ほおづえ》をついて、ため息まじりにリュタンは言った。

「副長より先に出会っていたら、僕を愛してくれた？」

「順番の問題ではない気がするけど……あと、真面目《まじめ》に聞きたいのだけれど、あなた本当にわたしが好きなの？」

「ずっとそう言ってるじゃないか。まだ信じてくれないのかい」

「だって好かれる理由がわからないわ」

はじめて会った時から好意的な態度は見せられていた。でも最初にわたしを取り込もうとしたのは、シメオン様の方が目当てだったはず。彼の人となりを観察するのが本当の目的だったのだ。わたしを釣ればシメオン様も一緒に釣り上げられる、だからわたしに近寄ってきた……それだけのはずで。

その後も会うたびに口説かれたけれど、そうも熱心に言い寄られる理由に心当たりがなかった。リュタンとの間に特別な交流があったわけでなし、一目惚《ひとめぼ》れされるほど魅力的でもなし。なにもきっかけがないのにどうしてそうなるの？　いくら甘い言葉をささやかれても、全部白々しく頭の上を滑っていくようにしか思えなかった。

「あなたとわたしの間に、恋愛が生まれそうなできごとはなかったでしょう？」

「けっこう本気で切ないな。君は無自覚に残酷だよね」

「そんな……」

わたしを非難しながらも、彼はやはり笑っている。どう反応すればいいのかわからなくて、わたしは言葉に詰まった。

「彼女ばかりを責められるものでもないだろう。自業自得《じごうじとく》な部分も多いのでは？」

困っているとナイジェル卿が助け船を出してくれた。

「君の本気は見えにくい。皮肉と冗談にくらませて本心を隠すのは悪いくせだ。そうせざるをえない立場なのだろうが、好きな女の前でくらいもっと素直な顔を見せるべきだったね。なにを言う時にも同じ笑顔では、相手はどう受け止めていいかわからない。信頼を得られる態度ではないよ」

「耳が痛いね」

リュタンは苦笑する。それ以上言葉を続けようとはせず、一つ息をついて立ち上がった。そのまま背を向けて部屋を出ていこうとする彼に、わたしはずっと気になっていたことを問いかけた。

「わたしが逃げた時、助けてくれたのはなぜ？　帰すつもりはないと言っていたのは嘘《うそ》だったの？」

「いいや、本気だったよ」

リュタンは立ち止まり、頭だけ振り向いた。ふたたび見えた顔は、やはり笑っていた。皮肉な笑い、楽しげな笑い、不敵な笑い――彼はいつも笑っている。なにもかもを笑顔の下に隠している。

「言っただろう、君に対してはいつも本気だ。そう見えなくてもね」

「……だったら、なぜ」

「賭けかなあ」

腰に手を置き、リュタンは視線を上げた。

「揺らいでいるように思えたんだよね。このまま押せばいけるんじゃないかと」

「…………」

「だからさ、君が逃げなければそのまま連れていくつもりだった。一人ではなにもできず泣いて助けを待つばかりの令嬢とは違う。本当にいやなら君はなんとしても逃げようとするだろう。そうしないなら、ちょっとは僕にも気があるんだと思った」

でも、とまたわたしに目を戻す。

「やっぱり逃げたね。まあそうなるだろうなとは思ったけど」

「…………」

「理由を聞いたね。そうだな……たしかに美人じゃないし色気もない、ちょっと変わった性格ではあるけど、普通といえば普通の女の子だ」

遠慮のないことをずけずけと言う。

「ただ、君はすごくまっすぐだ。好きなものに対してはとことん好きと言い、馬鹿にされても自分の信じる道へ突き進む。僕がだました時も、モンタニエ家の令嬢が姿を消した時も、君にはなんの得にもならないのに助けようと頑張ったよね。いつも、全然迷わないし変わらない。馬鹿なんじゃないかって思う時もあるくらい、本当にまっすぐだ……それが僕には、まぶしいよ」

最後に見せた笑顔だけは、ごまかしだとは感じなかった。とても優しくて、なのに胸が痛くなる微笑《ほほえ》みだった。

それきりリュタンはそっけなく部屋を出ていく。わたしは彼にひどいことを言ったのだろうかと、少し落ち込む気分だった。

うつむいていると、頭に温かい重みがかかった。ナイジェル卿の手が優しくなでてくれた。

「まっすぐな君が好き、か……なるほど、彼の生き方を思えばわからなくもないな。しかし、それは最初から失恋確定だ。他の男をまっすぐ想っている姿に惚《ほ》れたのでは、どうしようもない」

「……ですよね」

好きと言ってくれる人に対して申し訳ないけれど、リュタンもたいがい趣味がおかしいわ。もっと自分を見てくれる女の子を好きになればよかったのに。

ナイジェル卿も部屋を出ていく。わたしはシメオン様のそばに伏せて、ぬくもりに寄り添った。

恋は思いがけずに訪れるもの。自分で意識して恋に落ちるわけではない。気付けば心を奪われていて、もうどうしようもなくなっている。

……そういうものなのよね。わたしだって、こんなにシメオン様を好きになるとは思わなかった。

はじめは完全な政略結婚だと信じていて、義務だけの関係になることを覚悟していたのに。

貴族に生まれた以上、当然のことと割り切るつもりでいた。彼の曲者《くせもの》っぽい見た目はとても好みだから、それで十分うれしく幸せだと思い、愛情にはまったく期待していなかった。期待できるはずがない、期待したら悲しくなる、だから甘いときめきは物語の中だけに求めていく……そう思っていたのに、おかまいなしに心はどんどん惹《ひ》かれていき、抵抗しようもなく恋に落ちてしまった。シメオン様がわたしを愛してくれていなければ、本当に切ない片想いになるところだった。

ままならないものだからこそ、そこに悲喜こもごもの物語が生まれる。悲恋を描いた物語や、秘めたる想いに殉じた物語をどれだけ読んだだろう。主役の二人が波瀾万丈《はらんばんじょう》の果てに結ばれる陰で、そっと想いを散らせる登場人物もたくさんいた。

同時に二人は愛せない。寄せられる想いに応えられないこともある。申し訳ないけれど、こればかりはどうしようもない。

眠るシメオン様のお顔は、とてもきれいだった。男くさいいかつさはなく、さりとて軟弱なほどに女性的でもなく。品よく整った顔立ちは、ほどよい繊細さと凛々《りり》しさを兼ねそなえている。こうしていると本当に物語の王子様みたいだ。魔女の呪いでも受けたのかしら。眠り続けるわたしのいとしい王子様。朝になれば呪いは解けて、涼やかな水色の瞳を見せてくれますよね。

おまじないのように口づけて、わたしもそっと部屋をあとにした。

――そうして、朝。

朝です、朝。朝になってしまった。

窓の向こうの空は気持ちよく晴れている。シメオン様の瞳にも似た、澄み渡る青が広がっている。庭園の花はまだ夜露を含み、しっとりと芳香を放っている。芝生《しばふ》の緑もみずみずしく、小鳥は高らかに歌っている。輝かしい一日のはじまりだ。祝福の鐘を鳴らすのにこれほどふさわしい日はないと思えるほどの、美しい朝だった。

本当なら最高に幸せな気持ちで眺めていただろうに。家族と一緒に最後の朝食をとって、式場へ向かうはずだった。あわただしくも幸福に包まれた朝となるはずが、まだ公爵邸。まだ帰れない。今頃うちの家族やシメオン様のご家族は、どんな顔をしているだろう。もう叱られるどころではない状況だ。

せめて式の時間に間に合えるのかしら……もし間に合わなかったら、後日仕切り直しなの？　一生結婚できないというわけではないけれど……とってもがっくりする。後々まで残念な思い出になってしまうだろう。

まぶしい景色の前で深々とため息をついた時、公爵邸の女中が入ってきた。

「旦那様がお呼びです。朝食の前にお話がしたいとのことです」

今度はなんだろう。やっとお許しが出るのかと期待がこみ上げるのを止められない。と同時に、あの公爵がそう簡単に許してくれるものかと否定する自分もいる。女中に連れていかれたのは、昨日の青の間だった。

てっきりみんなを集めて話をするのだと思っていたら、室内にいたのは公爵だけだった。そうと知ったとたんわたしの足が動かなくなった。入り口で立ち止まったまま、進むことも戻ることもできず硬直する。昨日と同じ大きな置き時計の前に座る公爵は、そんなわたしに口元だけで笑った。

「警戒するな、話をするだけだ。そう伝えさせたはずだが？」

「……どのような、お話でしょうか」

これは絶対にお許しが出る流れではない。さらに面倒な事態のはじまりか。やっぱりねと落胆しつつ、もういい加減にしてちょうだいと机をひっくり返したくなってきた。

「離れて立ったままではじめられん。こちらへ座れ」

すぐ近くの椅子を公爵は示す。怯《おび》えに震えそうな身体《からだ》を叱咤《しった》して、わたしは中へ進んだ。命じられるままに腰を下ろし、精一杯背を伸ばして公爵と対峙《たいじ》した。

シメオン様たちと一緒の時は強気でいられても、こうして一対一で向かい合うとやはり怖い。セヴラン殿下や国王陛下と似通ったお顔立ちなのに、公爵にはどうしても明るい印象を持てない。灰色の目はなにを考えているのか読みにくく、視線が合うとわけもなく不安がこみ上げる。

水面《みなも》に揺らめく月――と、以前抱いた印象のままだ。まったく、この方は実体が見えているようでつかめない、よくわからない人物だ。

「……それで、お話とは」

公爵の後ろの時計は、もうじき七時になろうとしている。式の予定まであと三時間。苛立《いらだ》ちそうな自分を懸命に抑える。

「お前に問いたいことがある。あの男と、今も変わらず結婚したいと思うか？」

昨夜リュタンに問われたのと同じようなことを言われて、わたしは見返す目に力を込めた。

「もちろんです」

「有能ともてはやされ、美しい容姿で女たちにも人気だな。名門伯爵家の跡取りとあって、文句なしの結婚相手だとさぞ満足していたことだろう。だが、今回の件で大分認識が変わったはずだ。まだあの男を無条件に慕えるか？　お前が思っていたほどに立派な男ではなかったと、思い知ったはずだが」

この人もそう言うのかと、わたしは首を振った。

「問題ございません。もとよりわたしは、他人に完璧を求めるつもりはございませんから。人間とは不完全なもの。わたしも、公爵様、あなたも。誰もが不完全であり、だからこそ生き方に意味が生まれるのです」

どれだけ問われてもわたしの答えが変わることはない。これはけして揺らがないわたしの信念。たくさんの人の生きざまを観察し、物語を書いてきたのは、そこに数えきれない喜びや涙があるからだ。ただ完璧なだけの人がいたら、なにも生まれてこないと思う。足りないからこそ、人はもがき、努力する。その姿がさらに人の心を動かす。

「時にみっともなくあがき、這《は》いずることがあっても、諦めず立ち上がる。人間が必死に生きる姿をわたしは愛しております」

「夫に欠点があっても、伯爵夫人の座を得るためなら目をつぶれるか」

揶揄《やゆ》する言葉も聞き流す。そのくらいで怒ると思ったら大間違いよ。そんなの、シメオン様と婚約して以来山ほど聞かされてきた。家柄目当てだと思いたいなら思えばいい。

「だが、さらに上の地位を得られるとなれば、どうだ？」

平然とするわたしに公爵もかまわず、話を進めた。最後の問いは単純な揶揄ではないように聞こえて、わたしはつい眉を寄せてしまった。

「どういう意味でしょう」

「言ったとおりだ。伯爵夫人などよりもっと高い位が得られるかもしれぬぞ。この国のすべての女の上に立つことができるとなれば……どうだ？」

すべての女性の頂点に？　……その言葉が意味するものは。

「どうもこうも、そのような事態はありえません」

「それが、ありえる。王太子殿下の結婚相手について、両陛下——とりわけ王后陛下が頭を悩ませておられることは承知しているな？」

「……はい」

「殿下はお好みが難しい。また運もお悪いようで、これぞと思われた相手にはことごとく縁がなかった」

「はあ……」

そうですね。ええ、数々の失恋話は王女様方から聞かせていただきました。直接そばで見たものもある。殿下は本当に不憫《ふびん》なお方だ。

でも、それがわたしとどうつながるの。

「世継ぎの義務と言い聞かせてどこぞの姫と無理やり結婚させても、先行きに不安が残る。できるかぎり殿下のお心に添う形にするのが国のためでもあろう。しかし殿下も今年で二十八、もうあまり悠長にかまえてはいられない。早急に相手を見つけたい——と、たびたび相談を受けていてな」

「はあ」

「そこでお前について聞かれた。近頃殿下が親しくされている娘のことを、王后陛下はご存じだ。腹心の婚約者だからというだけではない気に入りようで、よほど本人と馬が合うのだろうと。互いに言いたい放題言い合っていて、けんかまでする。あの殿下が妹君以外にそのような接し方をされる女は他にいない。これで王后陛下が期待なさらないと思うか？」

「…………」

冗談としか思えない話なのに、笑えなくなってきた。不安がじわりと身を這い上がる。たしかに王妃様が、殿下のご結婚についてたびたびご親戚に相談なさっていたのは知っている。この際名門出身の女性でなくても目をつぶるお考えになっていらっしゃることも。もう誰でもいいから——とまではいかなくても、かなり譲歩はしていらっしゃるだろう。

でも、まさかわたしが候補に挙がるなんて。いえ、まだそこまで話は進んでいないだろうか。

「婚約者がいることは、さしたる問題ではない。なんといってもまだ結婚していないからな。婚約を解消して他と縁を結ぶなど、ざらにある話だ」

「ですが、もう今日には結婚するのです。話を白紙に戻す段階ではございません」

「まだ結婚していない」

公爵はくり返した。反論を許さない気配にわたしは息を呑《の》んだ。

「無論、常であれば殿下は部下の――それも親友の婚約者を奪うなどなさるまい。たとえ内心好ましく思っていても、黙って諦められるだろう。だが、婚約者のあまりに情けない姿を見せつけられて幻滅し、気持ちが冷めたと聞かされたら？　それゆえ破談になったとなれば、どうだろうな？　殿下もだが、あの男本人も納得するのではないかな」

「…………」

「シャノン大使というけっこうな証人もいる。十分に世間を、そして当事者をも納得させられる条件が揃《そろ》っている。あとは、お前の返事次第だ……これは打診ではなく、命令と思って答えよ」

灰色の目がわたしを見据え、問うてくる。見えない圧力に押しつぶされそうな錯覚を覚え、緊張に喉が干上がった。口を開けても言葉が出てこない。わたしは何度もつばを飲み込み、呼吸をくり返し、震える唇で声もなくあの人の名をつぶやいた。


「……お目覚めですか？　シメオン様」

扉越しにそっと声をかければ、中で気配がする。わたしは「入りますよ」と言って扉を開いた。

シメオン様は起きていらした。寝台に腰を下ろし、こちらに背を向けている。広い肩が力なく落とされていた。振り向かない背中にも、いつもの力強さがない。

「シメオン様」

呼びかけても彼は動かない。わたしは寝台を回り、シメオン様の前に立った。

いつも優しくわたしを受け止めてくれるまなざしが、足元へ落とされている。じっとうつむいたままわたしを見てくださらないのは、恐れているのだろうか。白い秀麗なお顔にはありありと不安が浮かんでいた。

……どうすればいいのかしらね。叱る？　はげます？　なぐさめる？　しっかりしなさいと、喝を入れるべきだろうか。

わたしは床に膝をつき、下からシメオン様のお顔を見上げた。

「シメオン様、ご気分はいかがです？　具合は悪くありませんか」

問えば黙って小さく首を振る。二日酔いはないと安心してよいのだろうか。

「では、朝食をいただきましょう。しっかり食べないと、一日をはじめられません。おなかが落ち着けば力がわいてきます」

「………………」

「それとも、もう全部諦めます？　難題ばかり積み上げられて、わたしとの結婚をやめたくなりました？」

「……やめたくなったのは、あなたではないのですか」

ようやく返事があった。意外としっかりした声だったけれど、相変わらず視線は合わせてくれない。

うつむいたまましシメオン様は言葉を続けた。

「あのような醜態をさらして、さぞ幻滅したでしょう」

「覚えておいでなのですか？」

青ざめていた頬がほんのりと色づく。酔っていた最中のことも、ちゃんと記憶に残っているのね。

なにも覚えていない方が幸せなのか、どちらだろう。

「酒ぐせだけではありません。昨日ほど私が役立たずだったことがあったでしょうか。あなたはいつもわたしを輝いた目で見てくれていたのに、じっさいはこんなにみっともない男だったのだと知られてしまった。あなたの理想を壊さない、常に優秀な人間でいたかったのに。どれだけ失望されただろう、軽蔑されただろうと思うと……これで嫌われてしまったのかと思うと……」

シメオン様はぎゅっと両手をにぎりしめる。わたしは――わたしは、たまらずに両手で顔を覆った。

「無理……」

「無理!?」

シメオン様が声をひっくり返す。

「つらい……」

「つらい!?」

さらに悲壮な声が上がる。わたしは首を振り、こみ上げるものとともにふたたび彼を見上げた。

「好き……」

「――意味がわかりません」

うろたえていたシメオン様がいきなり真顔になる。うろんげに見返してくる水色の瞳に、わたしは身悶《みもだ》えしながら叫んだ。

「シメオン様が可愛《かわい》すぎて耐えきれません！　ああもう！　なにこれたまらない、鬼副長が嫌われるかもって怯えてる！　可愛い最高、無理だめ尊いキュン死する！」

「…………」

シメオン様は目を閉じて拳を震わせていた。さっきとは違う理由で震えているのだとわかる。いちど大きく呼吸したと思ったら、かっと目が見開かれた。

「私は、真面目に言っているのです!!」

「わたしも真面目です！」

「どこがですか！　いつもの調子でふざけているだけでしょう！」

「いつも真面目です！　真面目に萌《も》えています！　かっこ悪いシメオン様も、落ち込んでるシメオン様も、全部萌えます大好きです！」

「……っ」

怒っていたお顔が急に迫力をなくし、頬がますます色づく。わたしはくすりと笑った。

「どうして殿方というものは、そう格好をつけたがるのでしょうね。リュタンも公爵も、同じようにわたしに聞きましたよ。まだ気持ちは変わらないか、もう幻滅したのではないかとね。たった一日のことですのに、どうしてそう決めつけてしまうのでしょう。シメオン様もですよ。かっこいいところだけが好きなのではないと、以前にも申しましたのに。ほんの少しも、わたしにかっこ悪いところを見せてはいけないとお考えなのですか？」

「…………」

「いつもかっこいいのですから、たまにかっこ悪くてもかまわないではありませんか。なぜそれを、重大な失敗のように語るのです？　誰にでもあることですのに」

「重大な失敗でしょう。あんな……あんな、馬鹿げた醜態を……よりによって、あなたの前で」

よほど恥ずかしく情けない思いでいらっしゃるのだろう。シメオン様のお顔がつらそうにゆがんだ。好きな人の前でみっともない姿を見せたくないという気持ちはよくわかる。ただわたしはいつも失敗ばかりのかっこ悪いことばかりだから、今さら絶望まではしないけれど、普段失敗らしい失敗をしないシメオン様にとっては痛恨の極みなのだろう。

「お酒の件は、公爵様が悪いのでしょう。シメオン様は飲めないとはっきり断ったのに、無理強いして飲ませたのは公爵様ではありませんか。シメオン様を酔わせたくてわざと意地悪をなさったのです。断れずにしかたなく飲んだシメオン様に、なにか落ち度がありますか？」

「それは……」

「わたし、今までシメオン様がお酒を飲まれたところを見たことがありませんでした。他の人からシメオン様のお酒のくせについて聞かされたこともありません。それってシメオン様がご自分の体質をよく理解して、飲まないように自制していらしたからでしょう？　本当に酒ぐせが悪いというのは、どんなに失敗をくり返しても、周りに迷惑をかけても、お酒を断てない人のことです。飲みたいという欲求に負けて後先考えずに飲んでしまう、意志の弱い、あるいは身勝手な人です。シメオン様はまったく反対でしょう？　いっさい飲まないとご自分を律していらしたのに、なにがいけないのですか。むしろご立派でしょう」

立ち上がって軽く膝をはたく。つられて見上げてくるシメオン様に、わたしは手をさし伸べた。

「迷路ではぐれたのはわたしの失敗、女性に優しくて紳士なのは短所ではなく長所です。たしかに昨日は少し油断があったようですが、ご自分ではなく殿下に近寄っていったなら、女性だろうとなんだろうともっと警戒していたでしょうしね。なにも失望なんてしません。でもこのまま立ち上がってくださらないなら、それは失望します」

最後の言葉にシメオン様の顔つきが変わる。

「実はとても深刻な事態になりかけていますのよ。わたし、殿下の花嫁にされそうです」

「……なんですって？」

理解不能とばかりに眉が寄る。わたしも同じ気持ちで肩をすくめた。

「どうやら昨日の公爵様の意地悪は、ただの遊びだけでなくわたしたちを別れさせるためでもあったようです。わたしがシメオン様に幻滅して結婚を中止し、婚約も解消するよう仕向けられていたのです。それもこれも殿下のお相手がなかなか決まらないためで――驚いたことに、王妃様がわたしに目をつけられたそうです」

「王后陛下が？」

「殿下と親しくさせていただいているのをお知りになって、期待されたようですね。もちろん婚約していることはご存じですから、多分愚痴まじりにお話しされた程度でしょうけど。それを聞いていた公爵様が、わたしたちに揺さぶりをかけてきたというのが真相です。今にして思えば、前回いきなり襲われそうになったのも、わたしの貞操観を見るためだったのではという気がします」

「…………」

「今回たまたま指輪の件で弱みをにぎることになり、ちょうどよい機会だと思われたのでしょうね。わたしに向かって命令までちらつかせてきましたよ。このまま隙を見せていたら、わたし本当に殿下に嫁がされてしまいます。さあ、どうします？　シメオン様は王族が相手では戦ってくださいませんか？　不興を買うより、わたしをさし出す方を選ばれますか？」

伸ばした手がつかまれる。大きな手に強くにぎられて、ぬくもりに包まれる。さきほどの悄然《しょうぜん》とした姿が嘘のように、シメオン様は素早く立ち上がった。見下ろしていたお顔がうんと高くなり、わたしは首が痛いほどに上を向く。そこにあるのは、もう怯える迷い子ではない。いつもどおりの強いまなざしだった。

わたしは大きく微笑み、彼の手をにぎり返した。


「――それは、みんなが不幸になるお話ですね」

答えを求めた公爵に、わたしは静かに深呼吸して返した。

「不幸？」

「ええ。わたしも、シメオン様も、そして殿下も。誰も幸せにはなれません。形だけ問題ないようにとりつくろっても、心についた傷は消せません。みんな不幸を抱えて生きていくことになります。

まったくよろしくないお話ですね」

話すうちに喉と舌がなめらかさを取り戻す。怯えも力ずくで振り払い、わたしは笑顔を作った。

「殿下はわたしを可愛がってくださいますが、けっして恋愛感情はありませんよ。あくまでも部下の婚約者として――あつかましい思い上がりを許していただけるなら、友人としてです。殿下がお好きなのは、おとなしくて可愛らしく、けれど強い芯を持つ女性です。王太子妃の位に憧れることもなく、そっけないほどに殿下を意識しない人。だから失恋ばかりになってしまうのですよね」

「お前もその条件に当てはまっていそうだが？　おとなしいかどうかはともかく」

一言付け足されたけれど、可愛いとは思ってくださるのだろうか。ちょっと意外だ。

「いいえ、だめです。殿下ではわたしについてこられません。いつだったか、シメオン様に向かってはっきりおっしゃいましたもの。お前を心から尊敬する、見習いたいとは思わないが――と」

友人としての好意は持ってくださっているだろう。お付き合いさせていただくうちに、わたし個人との関係も生まれてきたとは感じている。でも、恋愛ではない。殿下が恋をしていらっしゃる時と、わたしを見ていらっしゃる時では、まったく違う。

わたしにとっても殿下は敬愛する王子様でしかない。大好きだけど、恋ではない。

「わたしについてきてくださるのは、シメオン様だけです。わたしがどんなに突飛なことを言って困らせても見放さない。怒っても呆れても最後には理解しようと努力してくださる。そんな人はシメオン様だけです」

「お前がついていくのではなく、相手についていてこさせる気か？　殿下にもそれを言うとは、不遜な」

「そうですね、だからわたしではだめなのです。もちろん妻として旦那様に従い、ついていくつもりです。でもわたしには捨てられないものがあります。それを追いかけている時は、シメオン様がわたしについてきてくださいます。お互いに引っ張り合いながら、ともに歩いていくことができる相手は、シメオン様だけなのです」

わたしを見る公爵の顔に、笑みはない。怒るわけでもなく、無表情に考えている。やっぱり不気味で怖いと感じるけれど、わたしは胸を張って言葉を続けた。

「仮にわたしとシメオン様が仲違《なかたが》いをして別れたとしても、殿下がわたしをお妃候補に数えられることはないでしょう。そんな気まずい関係をあの方が選ばれるとは思えません。その時はわたしよりもシメオン様の味方になって、わたしを遠ざけられるでしょう。納得ずくの婚約解消でも、そのくらいあとを引くものですよ。きれいさっぱり割り切れるものではありません。それと殿下は今……もしかすると、新しい恋がはじまる、かもしれないような、はじまらないかもしれないような……」

殿下は今、わたしとどうこうなるより、いかにしてジュリエンヌとの距離を縮めようかと奮闘中だ。それを言ってしまえばわたしは楽になるのだろうが、ジュリエンヌを追い込む結果になりそうなので言えない。殿下ご本人が努力してジュリエンヌの心をつかんでほしい。上からの圧力でしかたなく嫁ぐことにはなってほしくない。シメオン様や王女様にもご理解いただいて秘密にしている話だから、ここで名前は出せなかった。

なので、おそれ多くも公爵に助言をさせていただく。

「一日も早い殿下のご成婚を願われるのでしたら、少しお仕事の量を減らしてさしあげてくださいませ。今の殿下はお忙しすぎて、気になる相手と会う時間すらろくに取れません。殿下が失恋ばかりなのは、ご本人だけに問題があるわけではないと思います」

「ご苦労は察するが、陛下もお忙しいからな」

「ならば公爵様がお手伝いしてさしあげてくださいませ」

「……私が？」

これぞ不遜、まさに身のほど知らずなさし出口。叱責どころか処罰されかねない発言だけど、公爵とは昨日からさんざんやり合っているものね。この際言わせていただこう。罰されたらそれこそ殿下に泣きつこうとこっそり考えて。

「どうしても陛下や殿下でなければならない時以外、かわりの人が出てもよろしいでしょう？　視察や外国の要人との交流、会談――それらに公爵様がお出になられても、なんら問題ないと存じます」

「………………」

公爵の目がすっと細められる。怖い、怖すぎる。でも負けられない。わたしは必死に笑顔を保って見返した。

リュシエンヌ王女様とご主人のシャリエ公爵は、じっさいにそうやって公務を手伝っていらっしゃるのだから！　シルヴェストル公爵も、遊んでばかりいないで少しくらい働きましょうよ！

「小娘が……生意気な口を利く」

低く漏れたつぶやきに心臓が縮み上がる。内心泣きそうなわたしに公爵は意地の悪い笑みを見せた。

「そんな面倒を請け負うよりは、お前を献上する方が手っとり早いな」

「受取拒否されますから」

互いに笑顔でにらみ合う。公爵の背後で時計の針が七時を指した。沈黙の下りた室内に、時を告げる音が七回鳴り響いた。

「……よかろう」

最後の余韻も消えると、公爵は言った。

「まずはあの男のもとへ行き、どんなようすか見てくるとよい。お前の心意気に見合う相手か否かたしかめてから、もう一度考えるのだな」

「そうさせていただきます――考えるまでもないでしょうけど」

わたしは立ち上がる。失礼にならない程度に急いで出口へ向かい、一旦振り返っておじぎした。

「朝食のあとで、またここへ来い」

「かしこまりました」

「とっておきの問題を用意しておいてやる」

――まだ続ける気ですか！

と、怒鳴りたいのを全力でこらえ、わたしは笑顔でうなずいた。絶対に負けない。シメオン様だってやられっぱなしでいる人ではない。わたしたちの絆《きずな》を存分に見せつけて、意地でも認めさせてやるのだから！

——かくして最終決戦へとわたしは向かう。

隣には愛する人。瞳に強い光を取り戻し、わたしの手をにぎってともに歩いてくれる。

この晴れ渡る空にかならず祝福の鐘を響かせるのだと心に誓い、わたしたちは並んで前へ進んだ。

13

刻一刻と式の時間は近付いてくる。食事をする暇も惜しく、いっそ朝食抜きで頑張りたいところだけれど、公爵は朝食のあとでと言った。こちらが急いだところで向こうはのんびり優雅に朝食を済ませてから来るだろう。空腹で待たされるだけなのはわかりきっているので、焦る気持ちをこらえて食事をとった。

シメオン様と二人で青の間へ入ったのは、八時になる頃だ。部屋には先にリュタンが来ていた。わたしたちに少し遅れてナイジェル卿もやってくる。昨夜の酔っぱらい事件をさぞかしひやかされるだろうと身構えていたのに、二人ともそのことにはほとんどふれなかった。ナイジェル卿はわかるけれど、リュタンまでシメオン様をからかわないとは意外な話だ。本人にはどうしようもない体質の問題をあげつらう気はないということだろうか。普段はとても仲が悪いのに、ある面では尊重し合うのね。男同士の関係ってよくわからない。

あまり会話もなく待つうちに、時計の針はどんどん進んでいった。なかなか公爵は現れない。苛立《いらだ》ちがつのり、呼んできてと使用人に頼みたくなる。もちろんそんなことをしても意味がないとわかっていた。わたしたちが急いでいることを知りながら、わざと待たせているのだ。腹が立つけれどこらえるしかなかった。

とうとう針が一周して時計が九回鳴り響く。あと一時間――もう間に合わないかと頭を抱えたくなった時、ようやく公爵が夫人をともなって入ってきた。

待たせたことを詫《わ》びるでもなく、当然の顔で定位置に座る。ゆっくり一同を見回したあと、公爵はわたしに目を据えた。

「その顔だと、気は変わらぬようだな」

「はい」

わたしは大きくうなずいた。

公爵はシメオン様へも目を向ける。迷いなく返されるまなざしに、ふっと笑いをこぼした。

「……若いな」

「閣下、ご承知のことでしょうが、我々にはもう時間がありません。解放していただけるのか、いただけないのか、端的にお答え願いたい」

シメオン様が尋ねる。もう不安や自己嫌悪《じこけんお》など見せない、いつもの凛々《りり》しいシメオン様だ。いくらいやがらせをしても無駄だと自信をもって向かうわたしたちに、公爵は小さく息をついた。ひょっとして今の、ちょっと根負けした？

「……そうだな、では次のゲームをはじめよう」

予告されていたとおりだけれど、やっぱりまだ続けるのかと苛立ちがこみ上げる。唇を噛《か》むわたしの手を、ぬくもりが包み込んだ。隣を見れば水色の瞳が落ち着くよう伝えてくる。うなずきを返して、わたしは公爵に向き直った。

「こちらの問いに答えるだけの、単純な遊びだ。時間もかからぬし、疲れもせぬ」

「わかりました。どうぞはじめてください」

シメオン様は落ち着いて答える。リュタンとナイジェル卿も公爵の問いとやらを黙って待った。

クリスティーヌ夫人は変わらない微笑《ほほえ》みをたたえてわたしたちを眺めている。夫のすることに口を出さず、ただそばで見守っている。彼女もまた愛する人を信じているのだろうか。

「こちらが問うまで答えを口にせず、黙って考えるように——この部屋の中には、七匹の動物が隠れている。どこになにが隠れているのか、すべて答えよ」

公爵からの問いは、まるで子供のなぞなぞ遊びだった。七匹の動物、と全員の視線が室内をさまよった。

真っ先に目が向かったのは、暖炉の上の獅子《しし》の置物だ。まずあれが一匹目と数えていいのよね？全然隠れていないけど、どう見ても動物だし。

他に動物のモチーフはあるかしら。壁や天井の模様をさがしたが、それらしいものは見当たらなかった。

男性陣もそれぞれ考え込んでいた。ナイジェル卿はどうやら謎解きはあまり得意でないらしく、さっぱりわからないという顔をしている。リュタンは腕を組み、じっと天井をにらんで考えていた。そしてシメオン様はというと、しばらく室内を見回したあと、公爵に視線を戻してしまった。

どういうことだろう。もうわかったのかしら。

わたしは必死に頭をひねった。動物……動物……隠れている、ということは、すぐにはわからない状態で……ん？

ふとお尻の下の敷物に目が留まった。あ――羊？　ムートンだから、羊よね！

え、それがアリならあの革張りの椅子も牛ってこと？　ああっ！　もしかして家具が猫足になっていたり――は、しないか……。

せっかく勢いづいたのに、すぐにつまずいてしまった。でも落ち着いて。部屋の雰囲気に合わないちぐはぐな調度だと思っていたものがこのためなら、あの時計にも意味があるはず。

大きな振り子が揺れる、のっぽの置き時計だ。鳩時計ではないから、別の動物……時計に隠れるといったら、アレよね。……ん？

獅子、羊、牛、そして……。

「そろそろ、よいか」

公爵がふたたび声をかけた。彼は注目するわたしたちにかまわず、シメオン様一人だけを見ていた。

「他の者はよい。シメオン・フロベール、お前が答えろ」

せっかく考えたのに、わたしたちはお呼びでないようだ。彼の目的はあくまでもシメオン様を打ちのめすこと。でも、そう簡単につぶされる方ではありませんからね！

今度はシメオン様に視線が集まる。期待と好奇心を一身に浴びながら、彼は口を開いた。

「山羊《やぎ》、魚、羊、牛、蟹《かに》、獅子、蠍《さそり》――黄道十二星座ですね」

悩むようすもなくすらすらと答える。それはわたしが見慣れた、近衛騎士団副団長の冷徹な顔だった。

やっぱり星座からなのね。でも他の動物はどこかしら。

シメオン様は、

「羊と牛」

と、敷物と椅子を示し、

「獅子」

いちばんわかりやすかった置物を示す。これだけはわかったようで、ナイジェル卿もうなずいていた。

「時計に隠れるのは子山羊——山羊」

公爵の背後を示し、

「そして蟹」

天井を示したところでついていけなくなった。

「えっ？　どこに蟹が？」

多分そのまま蟹がいるわけではないのだろうけれど、いくら見てもわからない。

「星座だよ、マリエル」

上を向いて悩むわたしにリュタンが教えてくれた。

「天井全体に硝子《ガラス》がちりばめられているだろう？　星空みたいだと思わないかい」

「星……あ……」

そうか――模様の中にまぎれてただの装飾だと思っていたけれど、硝子を主役として見ればたしかに星空になる。

「小さい硝子の中にちょっと大きい硝子がある。それをつなげると、おなじみの形になるだろう」

「ああ――えっと……あった！　蟹座！」

模様にまどわされて見つけにくかったけれど、たしかに星座の形がそこにあった。天井の中心に蟹座が、両隣に双子座と獅子座もある。

「多分、天井裏に明かりを設置できるようになっているんだろうな。硝子越しに光が見えるんだ。ここは夜に使ってこそ意味のある部屋なんだろう」

リュタンの説明になるほどと感心した。そういう部屋だったのね……だからシャンデリアがなかったのか。

でもなぜ蟹座なのかしらと不思議に思った。配置からして蟹座が主役の星空だろう。別にだめではないけれど、あまり選ばれないモチーフではないのかしら。わたしだったら乙女座とか射手座とか、もしくは十二星座すべてを揃《そろ》えるけれど。

蟹座……六月から七月生まれの人の……六月？

六月の誕生石は真珠。クリスティーヌ夫人がほしがったのも真珠の指輪。え、つまり？

わたしは天井から夫人に目を移した。気付いた夫人がにこりと笑い返す。つまり、そういうことですか？

この――愛妻家！

おもいきり公爵につっこみたくなった。ああもう、なんだかものすごく脱力した。

ぐったりしそうなわたしの横で、シメオン様は調子を変えずに続ける。

「空の下には大地と海があります。波の下には、魚が隠れている」

天井と向かい合う床——大理石の青い模様を波のようだと思ったのは、正解だったのだ。

「そこまではわかったんだよなあ」

リュタンが言った。ここまでで六匹。残り一匹だ。

「最後の蠍がわからなかった。くやしいが、副長にはわかったんだな。どこにいるんだい？」

「目の前に」

シメオン様の視線は公爵からはずれない。まっすぐに彼を見据えている。公爵が蠍って、そう言いたくなる気持ちはよくわかるけど——というのは置いて、もしかしてこれも？

「閣下は十一月生まれでいらっしゃいますね。蠍座でしょう」

「あー」

リュタンも盛大に脱力して、息を吐き出した。

「そういうオチかぁ。まいったね」

「これは調べていなかったのね」

「年齢は知ってたけど、誕生日まではね」

ラグランジュの重要な人物を調べ回っていた諜報員も、さすがに誕生日と星座までは把握していなかったようだ。

「以上です」

淡々とシメオン様はしめくくる。クリスティーヌ夫人が拍手した。

「お見事、全問正解ね」

わたしはほっと息を吐く。リュタンとナイジェル卿も、微妙な違いはあれどそれぞれ笑顔を浮かべていた。

「あなたの負けよ」

夫人は隣の旦那様をからかう。公爵は面白くなさそうに鼻を鳴らした。

「可愛《かわい》くない男だ。昨日のようにうろたえてみせればよいものを」

「こちらこそ意外でしたよ。昨日のように私の不得手を突いてこられると思いました」

「石頭に、この手の問題は解けまいと思ったのだがな」

公爵としては、これもシメオン様の苦手を攻めたつもりだったのね。でもおあいにくさま！　頭を使う問題ならシメオン様に解けないはずがないのよ！

……なんてね。わたしもちょっぴり驚いたことは秘密にしておこう。副長は堅いだけではなかったのね。ますます萌《も》えます素敵です、どこまでもあなたについていきますから！

「これでゲームは終了ですね。どうなさいますか。まだお続けになると？」

落ち着きも礼儀も失わないけれど、シメオン様の声が低くなる。部下のみなさんが恐れる、副長の怒りが横で見ていてもわかった。公爵が相手でもおかまいなしに刃物のような視線を投げつける。受け止める側もびくともせず、青い焔《ほのお》と灰色の月がにらみ合った。

息詰まる緊張が続いたのは、わずかな間のこと。

「もうよろしいでしょう、あなた」

火花すら散りそうな二人の間に、やわらかい声が割って入った。

「十分に楽しまれたではありませんか。いい加減に許してあげなさいな」

「……クリスティーヌ」

不機嫌そうな目を向けられても、夫人はたじろがない。にっこりと優しい微笑みで返した。

「楽しめたなら帰してあげると、昨日彼らにおっしゃったでしょう？　約束は守りませんと。長い付き合いですけど、わたくしあなたがおなかを抱えて笑われるところなんて、はじめて見ましたよ」

「……そうだったか？」

「ええ」

夫人はわたしたちにも優しい微笑みを向けてくる。人形のようだと思ったこともある笑みだけれど、今はたしかな人の心を感じさせた。

「面白くて、可愛くて、見ていて退屈しない子たちですわね。お気に召すのもわかりますけど、あまりいじめすぎると嫌われてしまいますよ」

「かまわぬ。とうに嫌われていよう」

「そのようなことを。誤解しないであげてね？　これでも悪意でいじめていらっしゃるわけではないのよ」

「クリスティーヌ様……」

「本当に気に入らない相手なら、もっとひどい目に遭わせるもの。あんなふざけたいたずらではなく」

「…………」

それはご主人の弁護になるのでしょうか。少しも笑えないのですけど。

「あの時、あなたがわたくしのお願いを聞いてくださったなら、どうなろうと放っておくつもりでした。人のようすをこっそり観察して噂《うわさ》を聞き集めるなんて、わたくしにはいい趣味に思えませんでしたもの。そうやって集めた他人の秘密を簡単に漏らすようなら、旦那様の気が済むまでいたぶられてぼろぼろになってしまえばいいいと思ったわ」

「…………」

「でも、いい子でしたね？　見直したわ」

……た、試されていた――!?

あれってそういうことだったの!?　わわ、わたし、あやうく自分の首を絞めるところだったのね。

邪気のない聖母のごとき顔で夫人はにこにこと笑っている。優しい微笑みの下でそんなことを考えていらしたなんて……さすがご夫婦……怖い……。

「旦那様のお考えには、わたくしどちらに転んでも反対でした。けしておすすめできない悪い子ではありませんでしたけれど、無理やりこの二人を引き裂いても王妃様や殿下のお心には添えないでしょう。諦めるしかありませんわ」

隣へ目を戻して夫人は言う。公爵は頬杖《ほおづえ》をつき、大きく息を吐き出した。

「……いたしかたあるまい。ここまでだ」

「公爵様」

思わず声をはずませたわたしに、公爵は毒気のない笑みを見せた。

「新しい恋とやらの方を、期待することにしよう。その場逃れの嘘《うそ》ではないのだな？」

「は、はい！　殿下の努力と周りの協力次第ですが！」

「まあ、少しくらいは手伝ってさしあげよう。お前も言ったからには、協力するのだぞ」

「もちろんです！　ペンに誓って！」

「……ペン？」

「あ、間違えました。天に誓って全力を尽くすとお約束いたします」

「……まあよい」

やる気なさげに公爵は手を振った。

「行くがよい。急げば間に合う……かもしれぬな」

その言葉にわたしとシメオン様は同時に立ち上がった。

「ありがとうございます。ではお言葉に甘えて、これにて失礼いたします」

「大っ変、お世話になりました！」

お礼と恨みを込めて挨拶し、くるりと身をひるがえす。シメオン様がわたしの手をつかんだ。一瞬目を見交わし、互いに笑みを浮かべる。彼に手を引かれて、わたしは駆け出した。

早く、早く、前へ、前へ。爆発しそうな喜びに押されてわたしたちは走る。ぶつかりそうになった使用人に謝って、転がるように玄関へ向かった。

　玄関近くの控室では、なぜか使用人たちによる腕相撲大会が盛り上がっていた。昨日の筋肉隊がダリオ相手に顔を真っ赤にしている。あの美女軍団も一緒に応援していたが、ジョゼフの姿は見当たらなかった。

「アーサー君、ジョゼフは!?」

　審判役を務めていたアーサー君は、駆け込んできたわたしたちに少しだけ驚いた顔をした。

「外へ出ました。誰かが訪ねてきたようで……」

「ありがとう！　ダリオ今日もかっこいいわ！」

　最後まで聞かずに部屋を出る。その勢いのままに玄関を飛び出せば、ジョゼフだけでなくもう二人、知る顔が並んでいた。

「兄上！」

「マリエル！　お前一体なにやってるんだ!?」

　アドリアン様とうちのジェラールお兄様が、どちらも式に参列するための正装姿で立っていた。

「若様！　公爵様のお許しが出ましたんで!?」

「ああ。すぐに馬車を――いや、それでは間に合わない。馬だけはずしてくれ」

「えっ、でも鞍《くら》も手綱も」

　ジョゼフに馬の用意を頼むところへ、アドリアン様が割り込んでくる。

「兄上、なにが起きているんですか。公爵邸に泊まると連絡してきたきり、朝になっても戻らないしなにも言ってこないし！」

「アドリアン、なぜお前がここに？」

「迎えに行ってこいと母上に蹴り出されたんですよ！　皆は先に式場へ向かっています。母上激怒してますよ、すごく怖いですから覚悟しててください」

「こっちもご同様だ」

お兄様が加わった。

「もう時間がないからと言って目通りを頼んだのに、公爵は中へも入れてくださらなくて、ここで待たされていたんだ。まったく、お前というやつは最後の最後まで……という話はあとにして、出てきたということは、これから式場へ向かうのか？」

「ええ、そうなのですけど」

「アドリアン、お前は馬車で来たか？　馬か？」

すべての問いをまるっと無視して、シメオン様は性急に問いかける。アドリアン様は目を白黒させた。

「う、馬ですけど」

「よし、それを使わせてくれ。お前はあとから馬車で来い」

「ええ!?」

「話はあとだ。早く馬を出してくれ」

「えええ、ちょっと待って……」

こうしている間にもどんどん時間がすぎていく。焦りに急《せ》かされながら玄関先でわたわたしていると、公爵家の執事がやってきた。後ろに見事な黒馬を引いた馬丁を連れていた。

「主《あるじ》より、こちらをお二人にと」

驚くわたしたちに執事は馬を示した。

「当家でいちばん脚の速い馬にございます。馬具一式つけて、ご結婚のお祝いにさしあげるとのことです。どうぞお受け取りくださいませ」

礼をする執事の後ろから馬丁が進み出る。シメオン様はすぐさま馬の身体《からだ》や馬具をたしかめはじめた。蹄《ひづめ》や蹄鉄《ていてつ》まで一つ一つ確認している。よほど公爵の親切が信用できないのね。その気持ちはわかるけど、この期におよんでいやがらせはしてこないでしょう。

「男の子ね。この子の名前は？」

わたしは馬丁に尋ねた。

「メルキュールです。四歳の元気盛りですよ」

「水星《メルキュール》、素敵なお名前ね。よろしくメルキュール！」

つやつやと黒光りする青毛をなでれば、きれいな目が利口に見下ろしてくる。身体は普通の馬より大きめで、よくしまっている。尾もたてがみも手入れが行き届いた、美しい子だ。

「公爵閣下にお礼を伝えてください」

シメオン様が立ち上がった。

「ありがたくいただきます」

「承りました」

シメオン様はわたしの腰をつかんで、一気に馬上へ持ち上げた。横乗り状態で鞍に座らされ、すぐに後ろへシメオン様が乗り上げてきた。

「わわっ、兄上待って！」

アドリアン様とお兄様があわてて自分の馬を取りに走る。ふと視線を上げると、二階のバルコニーに立ってわたしたちを見送っているリュタンとナイジェル卿の姿があった。

じっとわたしを見つめてくるリュタンに、一瞬どうしようかと迷う。ほんの少しだけ考えて、わたしは大きく手を振った。

「また会うことがあったら、本当の名前を教えてね！」

リュタンの顔が驚きを浮かべる。彼は答えず、笑って手を振り返してくれた。

ナイジェル卿とも手を振り合っていると、シメオン様が馬首をめぐらせてご自分の身体で視界を遮ってしまった。そのまま門へ向かって進ませる。

「マリエル……」

「任務のためというより、ほとんどわたしたちのために最後まで付き合ってくれたんですよ。お友達にくらい、認定してもよいのでは？」

「断固拒否します」

きっぱりすっぱり切り捨てられる。やっぱりだめかと思ったら、「ただ……」と続きがあった。

「彼が本気であなたを想っていたことは、認めます」

「……はい」

揺れにそなえてわたしはシメオン様の身体に腕を回した。お兄様とアドリアン様があたふたと騎乗して追いかけてくる。その時、門の方向から一騎駆けてきた。

また誰か迎えにきたのかと思ったけれど、その人はわたしたちの前で減速しないまま突進してくる。深い赤の軍服に身を包んだ、馬上にあってもすらりと背の高い人だとわかる。はじめは男性だと思っていた。けれどすれ違った人の頭から、一つに束ねた長い髪がなびいていた。んっ？　と思った次の瞬間、大声が張り上げられた。

「ナイジェル様!!　こんの、放蕩《ほうとう》上司！　いつまで遊び歩いてるんですかあなたはぁっ!!」

イーズデイル語で怒鳴ったのは、まぎれもなく女性の声だった。

「おやエヴァ、わざわざ迎えにきてくれたのかい」

ナイジェル卿の明るい声が、のんびりと答える。

「ふ・ざ・け・ん・な！　今日の予定だけは絶対にはずせないと言ったでしょうが！　何度も念押しして復唱させて、メモまで持たせたのになんで帰ってこないんですか!?」

玄関の手前で馬を止めて、軍服の女性は怒鳴り散らす。

「いやぁ、帰るに帰れなくてね。まあそっちは君がいるから大丈夫かなと」

「大丈夫なわけないでしょうがぁっ!!　あんたが仕事しないせいでどんだけ周りが困ってると思ってんですこのボケナス野郎!!」

……うわぁ。ものすごい剣幕に、シメオン様まで驚いて振り返っている。

「アーサー！　そこの昼行灯《ひるあんどん》を引きずり下ろしなさい！　縛り上げて連れてきて！」

声を聞きつけて顔を出したアーサー君が、あわてて邸《やしき》の中へ引き返していく。自分の捕縛命令が出ているのにナイジェル卿は逃げることもなく、楽しそうに笑っていた。

……この人が、噂のお気の毒な部下なのね。そしてそして、もしかしてこの人こそが、ナイジェル卿の？

ああああああ！　なにそれ気になる萌えの予感！　見届けたいけど時間がない！　なんて残念、今度お会いしたら忘れずに追及させていただくのだから！

「いきますよ、しっかりつかまっていなさい」

シメオン様が言う。わたしは強く彼に抱きついた。

「――はぁっ！」

かけ声とともに馬腹が蹴られ、メルキュールが一気に加速する。たちまち身体が激しく揺さぶられた。わたしはずり落ちてくる眼鏡《めがね》を押さえながら、必死にメルキュールの躍動に合わせた。横乗りだから難しい。シメオン様にしがみついて、なんとか落馬しないようこらえていた。

手綱を取るシメオン様の両腕が、わたしをしっかりと囲み支えてくれる。彼の胸にぴたりと寄り添って、鼓動と息づかいを感じながら、門の外へと飛び出した。

14

走って、走って、走って。

どこまでも、前へ。なによりも、速く。

もう邪魔をするものはない。わたしたちの前には道が伸びている。

脚に羽が生えているのかと思うほどに、メルキュールは速く走ってくれた。こちらは二人乗りなのに、アドリアン様との距離がどんどん開いていく。お兄様はさらに遠くへ置き去りだ。二人とも、無理せずあとからゆっくりきてね。

優れたメルキュールの力を、シメオン様の卓越した馬術が最大限に引き出していた。あっと言う間に森を抜け、市街地へと近付いてくる。花と緑の美しい公園では朝の散歩を楽しむ人々の姿があった。貴族も大勢遊びにきている。一家揃《そろ》って出かけてきたらしき光景に目が吸い寄せられた。あれはポートリエ伯爵家のシモーヌ様とモニーク様！　昨年の事件以来だわ。シモーヌ様、もう外へ出られるほどお元気になられたのね。モニーク様もすっかり明るいお顔で笑っている。

伯爵は車椅子に座っていらしたけれど、お元気そうだ。そして車椅子を押すのは若い男性——セドリック様？　リンデンからまたいらしてたの？　では、もしかしてそばにいる若い女の子は。

たしかめる間もなく彼らは背後へ小さくなっていく。でもよかった、誰一人不幸そうな顔ではなかった。

のどかな風景の中を駆け抜けるわたしたちに、周りの人々もなにごとかと注目している。その中に輝く豪華な金の髪があった。

「オレリア様ーっ！　おはようございます！」

「はぁっ!?」

何人もの取り巻きの男性たちを従えて、うるわしの薔薇姫《ばらひめ》は目を剥《む》いた。

「またなにをやっているのよあなたはっ!?　今日が結婚式でしょう!?」

「はいっ！　これから行くところです！」

「はあぁーっ!?」

オレリア様の姿もみるみる遠ざかる。披露宴会場でまたお会いしましょう。そこであらためてご挨拶させてくださいね。

フィリップ橋を渡り、街の中心地へと飛び込んでいく。教会まで最短距離で行くため、シメオン様は外回りではなく街の中心を突っ切っていく方を選んだ。そろそろ本格的に街が動きはじめる時間だ。人通りや馬車も増えてくる。混雑する前に抜けてしまわなければならない。巧みにメルキュールをあやつって、シメオン様は一路北へ向かった。

「カトル・セゾン」の前を駆け抜け、「ビジュー・カルパンティエ」も通り過ぎる。高級店の並ぶ区域からもっと庶民的な区域にさしかかった時、シメオン様が舌打ちを漏らした。

向かう道一杯に人があふれていた。両脇には屋台が並び、あらゆる食材や雑貨が売られている。サン＝テール市のあちこちにある市場の一つ、マルシェ・ノールだ。にぎわう市場として知られてはいるけれど、それにしても今日はずいぶん人が多い。こんなに道一杯をふさぐほど集まることなんて、普段はないのにどうして――

「ああっ！」

気がついてわたしは叫んでしまった。

「今日って祝日でした！」

うっかりすっかり忘れていた！　そうよ、祝日に合わせて挙式する予定だったのだもの！

祝日の市場は常よりたくさんの店が出る。それを目当てに人も集まる。この人込みもサン＝テール名物の一つでした！

「……うかつでしたね」

シメオン様がうなった。

「他の道へ――いや、かえって手間取るか……」

ゆっくりメルキュールを進ませながら彼は周囲を見回す。シメオン様らしからぬ失敗――といっても、これはしかたがない。使用人が買い物に来ることはあっても、その主人の貴族が市場で買い物をするはずがないもの。貴族の買い物は馬車で専門店や百貨店へ乗りつけるもの。道端の屋台で魚やチーズを買ったりしない。わたしはいろいろ取材して知っていたけれど、市場の存在すら知らない令嬢もいるのよ。シメオン様だって、話に聞く程度にしかご存じなかったに違いない。

「失礼――通してください」

行き交う人の中、なんとかシメオン様はメルキュールを歩かせる。こんなところを馬で通るなと、迷惑そうに怒鳴りつけてくる人もいた。おっしゃるとおりですごめんなさい。

「シメオン様、一旦下りて歩きましょう」

気持ちは焦るけれど、しかたがない。このまま騎乗して進むのは危険だ。メルキュールも苛々《いらいら》しているみたいだ。なにかに驚いて暴れだしたら、乗っているわたしたちだけでなく周りの人にも被害がおよぶ。

「私が下りて手綱を引きますから、あなたはそのまま乗っていなさい」

「乗っていない方がメルキュールも歩きやすいのでは」

「この人込みで遅れずについてこられますか？　それにこういう場所は危険です」

馬上でちょっともめていると、またそばから声をかけられた。

「おい、嬢ちゃん！　またなんかあったのかい？」

「はいっ？」

男性の声にびくりと振り向けば、中年のおじさんが同じくらいの高さからこちらを見ていた。屋台の天幕を直しているのか、脚立の上に座っている。

「こないだとは違うお連れさんだな。どうした、また浮気されたか？」

「えっ？　浮気っ？」

「しません！」

反射的にシメオン様が言い返す。おじさんはこちらの困惑などおかまいなしに笑った。

「こないだの旦那もとびきり美形だったが、こっちも負けてねえな！　なんだい、王子様みたいなのばっか引き連れて。あんた意外ともてんのな」

「えええ……あっ、もしかして⁉」

ようやく記憶がよみがえり、わたしは手を打った。

「辻馬車の馭者《ぎょしゃ》さん⁉」

「おうよ、あんたのために王宮まで走って騎士さんたちを呼んでやった、恩人様だぜ！」

「はいっ！　その節はありがとうございました！」

お礼を言うわたしに、シメオン様はまだよくわからないお顔だ。

「辻馬車は廃業なさったんですか？」

「こいつは女房の店よ。今日は手伝いさ」

「それは失礼を。よくわたしに気付かれましたね」

「いや、そっちの兄さんの方が目立ってたんでな。んで、隣の身なりはいいけどいまいちぱっとしない、胸も小さい嬢ちゃんになんか引っかかってよ。どっかでそういうの見たなーって」

「あなたも胸で見分けますか！　すみませんけどわたしたち急いでおりますので！」

もうもうもう！　男の人というものは！

「また誰かおっかけてんのかい」

「いいえ、これから結婚式なんです。教会へ向かうところです」

「は？　これから？　誰が？」

ぽかんとおじさんの口が開いた。

「わたしと、この人がです。遅刻しそうですので失礼いたします」

「はあ……」

おじさんは一旦下を向いて、奥さんらしき人と顔を見合わせる。二人して変な顔になり、笑いだした。

「なんだねそいつは。結婚式に遅刻するってあわててる新郎新婦なんぞ、はじめて見たよ」

「いろいろあったんですぅ！」

「しょうがない、どれ――おぉい!!　道を開けてやってくれ！　この二人はこれから結婚式だ！　遅刻しそうなんだとよ！」

おじさんは脚立の上に立ち上がり、道を占領する群衆に向かってびっくりするような大声を張り上げた。人々の顔が一斉にこちらを向く。暴れそうになったメルキュールを素早くシメオン様がなだめた。

「通してやっとくれ！　花嫁と花婿が遅刻したんじゃ、結婚式がはじまらねえ！」

おじさんの声が届くなり、まるで伝説の海のように群衆が割れていく。わたしたちの前に一筋の道が現れた。

「そら、みんなが譲ってくれた。さっさと行きな」

「おじさん……ありがとう！」

「おう、またご贔屓《ひいき》にな」

陽気な笑いにシメオン様も頭を下げる。

「感謝します」

お礼を言って手綱をにぎり直す。前へ向かって、ふたたび彼はメルキュールを走らせた。

「おめでとさん！」

「お幸せにー！」

「結婚式当日に朝帰りしてんじゃねえよ阿呆《あほう》！」

「時間を忘れていちゃつくのは式を挙げてからにしな！」

「おめでとうよ、そら持ってきな！」

「こいつもどうぞ！」

通りすぎる道の両脇から、声援と口笛とものが飛んでくる。屋台からいくつも品物が投げられたけれど、受け止められたのはメロンと大きなチーズの塊だけだった。

「マリエル様！」

聞き覚えのある声がわたしの名前を呼ぶ。群衆の中に知人の姿があった。

「おめでとうございます、お気をつけて！」

「ありがとう！　また事務所へ伺います！」

今日は出版社のお仕事ではなく個人的なお買い物だろうか。ミシェル様が買い物袋を抱えながら手を振っている。その隣の少年にも見覚えがあった。モンタニエ侯爵家の若き当主カミーユ様は、呆《あき》れた顔でわたしたちを見送っていた。

異母兄弟の間にちゃんと交流があったのね。暮らす場所は違っても、絆《きずな》を築いていくことはできる。

あの二人の未来にも明るい光が見えている。

人から人へ、伝言が走る。最初の声が聞こえなかった人たちへもわたしたちのことが知らされて、どんどん道が開いていく。サン＝テールっ子は陽気な人情家。この明るいノリが大好きよ。

「泥棒ーっ！　つかまえとくれ！」

行く手でひったくりが発生していた。これもサン＝テール名物。シメオン様が無言でわたしの手からチーズを取り上げた。

投げたチーズが狙い違《たが》わず泥棒の頭に命中する。拍手と歓声を背に、わたしたちは市場を駆け抜けた。


「マリエルーっ！　やっと来たぁっ！」

必死に駆けつけた教会では、ジュリエンヌが入り口に立ってわたしたちを待っていた。

「おじ様おば様！　マリエルが来ました！　シメオン様も！」

馬から下ろされたわたしに抱きついたと思ったら、すぐまた後ろへ叫ぶ。とたんに教会から人が飛び出してきた。先頭で現れたのはセヴラン殿下だった。彼はわたしたちを認めると、端整な顔に安堵《あんど》と怒りをせわしなく浮かべた。

「お前たち、間に合わぬかと思ったぞ。なぜ私に連絡してこなかった⁉　どうしようもなければ助けてやると言っただろう！」

「申し訳ありません、連絡手段も取り上げられて。はいメロン」

「なぜメロン⁉」

「ジュリエンヌの好物ですよ」

「ぬ⁉　ジュ、ジュリエンヌ嬢」

「えっ、い、今ですか？　あの、あとで……」

「そ、そうだな。あとで二人でいただこう」

その調子、その調子。二人を置いてわたしとシメオン様は教会へ入る。と、思ったら、

「この馬鹿息子――っ‼」

怒りに満ちたエステル夫人の声とともに、なにかがシメオン様めがけて飛んできた。顔面に激突する寸前で、あやうくシメオン様が受け止める。あの、これ、もしかして聖杯では。司祭様が泣いちゃうのでは。

こめかみに青筋を立てたエステル夫人が、ずんずんと突進してきた。

「よそ様の娘さんを連れ回して外泊するとはなにを考えているの！　いくら結婚直前の婚約者でも許されることではありませんよ！　そんなに我慢できなかったのなら家で好きなだけいたせばよかったでしょう！　せっかくお膳立てしてあげたのを逃げたくせになにを今さらっ！」

「母上、違いますから。そういうのではありませんから」

シメオン様は疲れたお顔で司祭様に聖杯を返す。

「なにが違うというの、そもそもあなたたちは」

「奥さん、奥さん、そういう話はあとにしよう。皆を待たせているのに、ここでけんかをしている場合ではない」

なおも怒るエステル夫人を、後ろから伯爵が止めてくださった。

「今は式を挙げる方が優先だよ」

「……そうですわね」

まだ美貌を怒らせながらも、エステル夫人は引き下がる。反対にわたしたちは進み出た。

「はいっ、申し訳ありませんがお式優先で！」

「司祭殿、お願いします」

「えっ、もうはじめるんですか？」

「だってもう時間でしょう」

「よろしくお願いいたします」

「待て待て待て！」

司祭様に詰め寄るわたしたちを止めたのは殿下だった。

「そんななりで式を挙げる気か!? 落ち着いて自分たちの格好を思い出せ！」

叱られてはたとわたしたちは己が身を振り返る。昨日と同じ服のまま、さらに馬で駆け抜けてきたからくしゃくしゃの髪もぼさぼさだ。汗もかいて、わたしはもとよりさすがのシメオン様も美貌がちょっとヨレていた。

やっと着いた、なんとか間に合ったと気持ちが逸《はや》って、身なりなんか頭からすっ飛んでいたわ。

「今日のために時間をかけて準備してきたのだろうが。勢いでだいなしにしたら一生後悔するぞ。もう少し遅れても今さらだ。ちゃんと支度をしてこい」

ため息まじりのお言葉に「はい」とうなずく以外ない。わたしたちはそれぞれ親族に引っ張られて、控室へと連行された。


「もう、本当にこの子は……最後の最後まで心配させるのだから」

ぐったりと椅子にもたれて、お母様が頭を押さえている。ジュリエンヌが横であおいであげていた。

「公爵様とのご用は、ちゃんと片付いたの？」

「ええ、無事円満解決しました。お祝いに馬までいただきましたよ」

上から下まで全部脱がされて、身体《からだ》中をごしごし拭かれる。できればお風呂に入りたいところだけれど、さすがにそこまでしていられない。ナタリーは何度もお湯でタオルをしぼってわたしを拭いてくれた。

「ジェラールとは会ったの？」

「はい、一緒に出てきました。ただお兄様の馬術ではシメオン様についてこられなくて。あとから到着すると思います」

「それならよいけど」

　お母様は深々とため息をつく。

「もう、本当にどうなるかと思ったわよ。おそれ多くも王太子殿下がご参列くださるというのに、肝心のあなたたちがいつまでたっても戻ってこないのだから。殿下は事情を承知していると言ってくださったけど、みんな気が気ではなくて生きた心地がしなかったのよ」

「ごめんなさい」

「あなたを産んだ時、お父様はいつかこの子を送り出す日が来るのかなんて言いながら涙ぐんでいて、まだ生後一日もたっていないのに気が早すぎると呆れたけど、でもいつかそれが現実になるのよねといろいろ思いながら育ててきたのに、いざその時がきたら感傷にひたるどころではないとかどういうことなの、わたしたちの親心を返してちょうだい」

「ごめんなさぁい」

　お母様の文句は途切れることなくグチグチ続く。ジュリエンヌが苦笑しながら援護してくれた。

「大丈夫ですよ、おば様。これからはマリエルの面倒はフロベール家が見てくれますもの。おじ様とおば様のかわりに、シメオン様が苦労してくださいます」

「援護じゃなかった！　ジュリエンヌ！」

「わたしもジュリエンヌ様に同感ですよ。シメオン様はお嬢様がどんなとんでもない騒ぎを起こされても、きっと助けに行ってくださいます」

「ナタリーまでぇ」

わたしたちのやりとりに、お母様はようやく笑顔になる。

「まあ、頼りがいのある婿君なのはたしかだから、そこは信頼してるけど……ジュリエンヌ、あなたもお金持ちの後添いとか言っていないで、ちゃんとした人に嫁ぎなさい。あなたの両親はあてにならないから、わたしたちがさがしてあげるわよ」

「わたしはいいんです」

「そうよ、ジュリエンヌにはメロンの王子様がいるから！」

「わけのわからないことを言っていないで、あなたはさっさと支度なさい！」

お母様の雷が落ちた時、扉が外から叩《たた》かれた。ナタリーは今わたしの世話で手が離せないので、ジュリエンヌが行ってくれる。教会の人がようすを窺《うかが》いにきたのかと思ったら、顔を見せたのは女神の美貌を誇る三人の女性だった。

「お支度中に失礼いたします」

驚くジュリエンヌに会釈して、彼女たちはしずしずと入ってくる。いつもとはまるで違う地味なドレスで髪もおとなしい形にまとめているけれど、匂い立つ美貌と色香は隠しきれない。お母様もナタリーも、みんなぽかんと口を開けてみとれていた。

「不躾《ぶしつけ》をお許しくださいませ、子爵夫人。お嬢様のお支度に人手が足りないのではないかと思いまして、僭越《せんえつ》ながらお伺いいたしました」

王族の姫君にもひけをとらない優雅さで、三人はお母様におじぎする。お母様は椅子から立つのも忘れて、目をまん丸にしていた。

「は……？　あの、あなた方は」

「お嬢様とお付き合いさせていただいている者です。今日の晴れ姿を拝見したくて、式場の隅に入れていただきました」

知的なまなざしを見せるのはオルガさん。家庭教師のような装いも意外によく似合っている。

「さし出がましくはございますが、お支度もぜひ手伝わせてくださいませ」

勝気が売りのイザベルさんも、別人のようにしとやかだ。目立つ赤毛は帽子の中にきっちりおさめていた。

「わたくしどもにおまかせくださいませ。お嬢様をとびきり美しい花嫁に仕上げてみせますから」

クロエさんはいつもどおりに可愛《かわい》らしい。甘い声で男女を問わず従わせてしまう小悪魔だ。

にこやかな女神様たちに、お母様は言葉もなくコクコクとうなずいた。彼女たちの美しさと存在感に、完全に圧倒されていた。

相手が老舗娼館《しにせしょうかん》の妓女《ぎじょ》だと知ったら腰を抜かすでしょうね。わたしがトゥラントゥールに出入りしていることは、家族には言っていない。でも知性も品性も兼ねそなえた一流の淑女たちだと知ったあとならば、お友達でいることを認めてくれるかしら。

「マリエル、もしかして、あの方たちがあなたの言っていた女神様？」

ジュリエンヌがそばへ来てこそっと尋ねた。

「そうよ、素敵な方々でしょう」

「……どうしよう、そっちにも開眼しちゃいそう」

ジュリエンヌの頬が染まり、瞳が潤んでいた。待って待って、そっちへ行ったら殿下が泣いちゃうから。

女神様たちがわたしの方へやってくる。

「今日は参列させてもらって正解だったわね。まったく期待を裏切らない子なんだから。シメオン様となにをしてきたのか、後日ゆっくり聞かせてもらうわよ」

イザベルさんがひやかすように言う。

「ううん……どこまでお話しできますかしら。多分殿下から箝口令《かんこうれい》が敷かれそうな」

「二人で外泊ですってえ？　シメオン様とどんな夜をすごしたのよ」

クロエさんはさらにきわどく切り込んでくる。いたずらっぽい目がきらきらと輝いていた。

「新たな一面を発見する夜でした。愛のしもべが可愛くて」

「んまーっ、なぁにそれーって、あんたのことだからどうせ色っぽい話じゃないんでしょ」

「多分シメオン様がかわいそうなことになっていたのよね？」

「どうしてわかるんですか」

「はいはいはい」

オルガさんが手を叩いてわたしたちのおしゃべりを止めさせる。腰に手を置き、先生のような顔でたしなめた。

「そういうのはまた今度。今はマリエルを世界一の花嫁に仕上げないとね」

「そうそう、そうだった」

「腕によりをかけなきゃね」

三人に囲まれて、ちょっとたじろいでしまう。この雰囲気、いつぞやも味わったような。

「あの、今日はあまり顔を作りすぎるのは」

「大丈夫よ。あなたらしく、そして美しく、最高の花嫁さんにしてあげる」

ナタリーと一緒になって、女神様たちは手際よくわたしを磨きあげてくれた。乱れていた髪も丁寧に梳《くしけず》られ、花を飾りながらまとめられた。

支度が整っていくほどに、厳粛な気持ちがわいてくる。お母様も落ち着いて、少し涙ぐんでいた。

お化粧はいつもよりほんの少し念入りな程度で。けして偽物の作った顔にはならない。けれど頬が生き生きと色づいて、若さ初々しさを強調してくれる。たくさんの花で飾られたドレスを着てふわりとヴェールを垂らせば、世界でいちばん幸せな娘が現れた。

純潔の象徴たる白に、ほんのりと優しい色が重ねられている。ただ白一色ではなく花の色も加わって、とても可愛らしく華やかな印象だ。最後に渡されたブーケの薔薇も、内側にときめきを抱えていた。

淡いピンクに、クリーム、そして紫。この日のために、お兄様がみずから丹精してくれた花たちだ。恋心のような優しい色の集まりがわたしにふさわしいと、似合わない気障《きざ》なことを言っていた。普段はそっけなくても、本当は妹思いの優しい人だと知っている。ありがとう、お兄様。

「お嬢様、素晴らしいです……」

支度がすべて終わったわたしを、ナタリーが涙ぐみながら誉《ほ》めてくれた。お母様もハンカチで目元を押さえている。女神様たちは満足そうだ。ジュリエンヌもうっとりした顔でわたしを眺めながら、ところでと言った。

「さっき伯爵家のご親戚に聞かれたのだけど、結婚指輪は？　もうお渡ししないと」

「――――あ」

「あ？」

無邪気にジュリエンヌは首をかしげる。他のみんなも感動に目を輝かせながら、なあにと優しく笑ってくれる。

……………あー。

わたしもみんなに笑顔を返した。それしかできなかった。

にこにこと笑顔を交わし合う。微笑《ほほえ》みながら、わたしはそっとあとずさった。

あー……言うの忘れてたわあ。

15

荘厳なオルガンの音楽とともに、扉が開かれる。

まっすぐに伸びた赤い絨毯《じゅうたん》の道を、白い花とリボンが飾っている。道の両脇にしつらえられた席に並ぶ人々が、拍手もなくただおごそかにわたしを迎え入れた。

わたしは静かに一歩を踏み出す。進む先、正面には神聖なる祭壇が。わたしを待つのは司祭様と、最愛のあの人が。

――と、ここで不安に襲われて周囲を見回してしまった。先日の夢とまるきり同じ光景なのだけど、これは現実よね!?　ちゃんと目を覚ましているわよね!?　正夢になったりしないわよね!?

「マリエル」

わたしに付き添うお父様がささやき声で叱った。

「なにをしているんだ、ちゃんと前を向きなさい」

「ご、ごめんなさいお父様……あの、目が覚めていらっしゃいますよね」

「お前のおかげで一睡もできなかったよ」

紳士らしく髪も口髭《くちひげ》も整えたお顔に、くっきり隈《くま》が浮いている。最後まで心配させる娘でごめんなさい。でもきっと、娘の旅立ちに涙する父だと皆さん思ってくれますから。

お父様と並んでわたしはゆっくり花嫁の道を歩いた。一歩、一歩、あの人へと近付いていく。

「こんな娘が伯爵家に嫁入りして、ちゃんとやっていけるのかものすごく不安だよ……お前にはもっと地味でささやかで、堅実な生活が合うと思っていたんだがね」

シメオン様を連れてきたのはお父様なのに、いまだにそんなことをおっしゃる。でもそうね、お父様は部下の誰かを紹介してくれないかと相談しただけで、まさかシメオン様ご本人を釣り上げるとは思っていなかったのだものね。

あの時はわたしも驚いた。お母様もお兄様も、さらに使用人たちも、誰もが懐疑的になっていた。本当にちゃんと結婚までこぎつけられるのかと、安心して信じきることができなかった。

……でも、大丈夫。

「わたし一人で頑張るのではなく、シメオン様が一緒に頑張ってくださいますから。それにエステル様や伯爵様、アドリアン様とノエル様も、温かく見守ってくださいます。心配いりませんわ、ちょっと立派な家族が増えるだけです」

前を向いたまま、お父様は小さく笑った。

「ちょっと、ね……」

「……まあ、お前のなによりの長所は、どんな時にも前向きに楽しみを見つけていくところだ。きっとこの先の人生も楽しむのだろうね。婿殿もよく理解してくれている……だが、もしもつらいことがあった時には言ってきなさい。立派ではないが、ここにもお前の家族がいる」

わたしも前を向いたまま、お父様の腕に頭を寄せた。

「ありがとう、お父様。みんなわたしにとって、世界一の家族です」

道がもうすぐ終わりに近付いている。参列者席のいちばん前には両家の家族が揃《そろ》っている。お兄様とアドリアン様も無事到着したようだ。すったもんだの大騒ぎなんてなかったかのように、おすまし顔で並んでいた。

シメオン様が、わたしを見つめて待っている。

軍人の彼の正装は近衛騎士団の制服だ。白を金と銀が飾り、肩にも金色の房のついた肩章が。そこから腰へと斜めにサッシュをかけて、胸には勲章が誇らしげに輝いている。

華やかでありながらも機能性を重視した普段の制服とは違って、式典用の礼装には軍靴ではなく短靴を合わせていた。淡い金髪は整髪料で整えられ、眼鏡《めがね》のない美しい素顔がさらされている。今日の彼は鬼副長でも腹黒参謀でもなく、乙女が夢見る王子様だ。遠くからはぼやけ、ヴェールにも邪魔をされて見えなかった表情が、近付くほどにはっきり見えてきた。

彼の瞳も幸福に輝いていた。白い手袋に包まれた手が、お父様からわたしの手を受け取る。互いに言葉は交わさず、ただ微笑《ほほえ》み合う。静かに喜びを分かち合い、祭壇へと向き直った。

オルガンが新たな音楽を奏で、聖堂内に人々の歌声が響く。歌が終わると司祭様が開始を宣言し、皆で神に祈りを捧《ささ》げた。そうして司祭様がお話を聞かせてくださり、式は進んでいく。

「汝《なんじ》、シメオン・フロベールは――……」

誓いの言葉もとどこおりなく交わされる。「では」という司祭様の言葉とともに、新郎の付添人が進み出た。

「では――眼鏡の交換を」

瞬間、声にならないどよめきが背後でわき上がった。

振り向かなくてもわかる。参列者たちが「今なに言った？」と耳を疑っていることだろう。あちこちで身じろぎする音がけっこう大きく響く。「なぜ眼鏡」と殿下のつぶやきも聞こえてきた。

オルガンの奏者も思わずといった顔で振り返っていた。司祭様は必死に知らん顔をしている。そばまできた付添人も、なんでだよと顔中で訴えていた。

さし出された絹のクッションの上には、真新しい二つの眼鏡が。二人だけにわかる秘密のしるしをしのばせた、特別な眼鏡が並んでいる。

ヴェールにシメオン様が手をかけた。二人を隔てるものがなくなり、わたしたちはそっと苦笑し合う。指輪は後日、作り直しましょう。ヴァレリー氏とクロードさんが、きっと素敵なものを用意してくださるわ。

顔にひんやりしたものがふれる。シメオン様がわたしに眼鏡をかけてくれる。視界が澄み渡り、いとしい人の姿を隅々までたしかめる。とても美しいわたしだけの王子様。うっとりとみとれながら、わたしも眼鏡を手に取った。

シメオン様が少し身をかがめる。見慣れた姿になれば、王子様にちょっぴり腹黒風味がそなわった。やっぱり彼は眼鏡をかけてこそ。この理知的で冷たくて、でも本当はすべてを溶かす熱を隠した瞳がたまらない。世界でいちばん愛してる。いつまでも、どこまでも、愛してる。

司祭様にうながされ、わたしたちは口づける。かけたばかりの眼鏡がふれ合って、一緒に誓いを交わしていた。

「ここに、この二人の結婚が成立し、夫婦となったことを宣言します。彼らの誓約を神がお守りくださり、祝福に満たされますように」

花びらが舞う。祝福の鐘がわたしたちを送り出す。ともに歩く先に、輝く空が広がっていた。

「マリエル」

シメオン様が呼びかけてきた。

「……はじめてあなたを見つけた時はまだ幼さの残る少女で、おかしな行動ばかりなのが楽しくもあり、心配でもありました。ずっと見守ってきて、結婚すると決まってからはあなたの守護者であろうと考えてきました」

優しいまなざしがひたむきにわたしを見つめている。

「けれど、私こそが守られていると感じる時もあります。危なっかしいようでいて、あなたはとても強い人だ。いつでもまっすぐ前を向いて揺らぐことがない。失敗しても、打ちのめされても、かならずしたたかに立ち上がる。ものごとを柔軟に受け止め、吸収してしまえる人です。その強さと明るさで私の心を救い、守ってくれる。九つも年下の妻に守られる情けない夫ですが、こんな私でも……」

言いかけた言葉を切り、彼は少し考えたあと「いいえ」と続けた。

「……私も、あなたに恥じない夫であることを誓います。失敗しても強く立ち直れる、柔軟な生き方をあなたから学ばせてください。そうして、お互いに守り合う家族でいたい。マリエル、ともに楽しい人生を送りましょう」

お願いではなく、ただ一緒に楽しもうと言ってくださる。そう、もうわたしたちは夫婦なのだもの。これからはすべて二人で分かち合っていくの。わたしもシメオン様がいるから強く生きられる。夫婦は支え合いなさいと神様も言っている。

「ええ、喜んで」

わたしは笑顔でうなずいた。

「あなたほどに萌《も》えられる方はいらっしゃいません。どうか末永く、あなたをそばで見つめさせてくださいませ」

眼鏡の向こうの水色の瞳が、ちょっと驚いた。覚えていらっしゃいますよね？　二度目の求婚をしてくださった時のことを。あの時と同じ言葉を、あの時とは違う気持ちで返します。言葉に込めた意味は、今なら間違いなく伝わりますよね。

見つめ合っていたわたしたちは、同時に噴き出した。くすくす笑いがやがて大きくなり、喜びと幸せが爆発する。シメオン様が勢いよくわたしを抱き上げた。

「あなたの『萌え』でいられることに、感謝と呪いを！」

「呪っちゃうんですか？」

「一生鬼畜だの腹黒だの言われ続けるのですからね！　妻から贈られる睦言《むつごと》が『腹黒』なんて夫は、世界中に私一人でしょうよ！」

くるくると回されてめまいがしそうだ。わたしは笑い声を上げながらシメオン様の首に抱きついた。

「いいえ、お歳を召してもっと迫力が増したら、『魔王』に変わるかも！」

「さらに上がありますか。その頃あなたはなにになっているのでしょうね」

「はじめは『虫』だったのでしょう？　でしたら羽化して美しい蝶《ちょう》を目指してみせますわ」

笑いながらシメオン様は首を振った。

「だめですよ、ただでさえ狙う男がいてやきもきさせられるのですから。あなたはいつまでも保護色で森に隠れた、モエモエ鳴く小さな虫でいてください」

「ええー」

「見つけてつかまえるのは、私だけです」

甘い瞳が近付いてくる。もう何度目かわからない口づけを交わし、これから先も数えきれないほどに交わしていく。

愛している。愛されている。すべてがかけがえなく、すべてが輝かしい。

わたしたちを育ててきたこれまでの過去に、あなたと迎えるこれからの未来に。

世界のすべてに、感謝と祝福を！

怪盗リュタンの予告状

つれなく振ってくれたくせに、娘は屈託のない笑顔を見せてきた。

「また会うことがあったら、本当の名前を教えてね！」

残酷な無邪気さだ。世の中には名前すら持たない人間がいることなど、知りもない。子供は皆、親から名前と愛情をもらうものだと信じている。言葉を交わし、手を伸ばせばふれられても、男とは生きる世界が違う。可愛《かわい》らしいと思うが、時折こちら側へ引きずり込んで汚してやりたくもなった。いかがわしい世界を見せつけてやりたい。きれいな白い指を血と泥にまみれさせてやったらどれほど愉快だろうか——そう思いながら、じっさいには気の抜けた笑顔で手を振り返すしかできなかった。

ずいぶんお優しいことだと、己に嘲《わら》う。

「本当の名前、か」

隣に立つ男がつぶやいた。太陽の輝きを映す瞳が、軽さを装って向けられる。

こちらも血筋はよいが、娘と違っていろんな世界を知っている。男の語らない部分についても、薄々察してはいるようだ。さぐってくる視線に気遣いのようなものも含まれていると感じ、いささか不愉快だった。同情をほしがった幼子はもういない。今さら、大きなお世話である。

「今回のこと、リベルト殿下へはもう報告したのかい」

無遠慮に踏み込んでこないところは大変けっこうだ。今まさに駆け出そうとしている娘へ隣の男も手を振ってやりながら、なにげないふりで話を変えた。

「一応は。まだ届いていないでしょうけど」

「つまり、ラグランジュとの取引は君の一存か。大丈夫なのかな、殿下は許可してくださるのかい」

「せざるをえないでしょう」

肩をすくめて男は答えた。それはもう、盛大に機嫌をそこねてネチネチといびられるだろう。わかってはいるが、返事を待っていたのでは遅すぎる。結婚式までの短い残り時間でなんとか解決しようと頑張る娘のためには、事後承諾《じごしょうだく》という手段を取るしかなかった。

本当に、なにをやっているのかと己に呆れる。結婚式を邪魔してやれたら願ったりではなかったのか。主《あるじ》の怒りを買う覚悟で親切に協力してやるなど、お人好しにもほどがある。

下から大声が響いてきた。赤い軍服の女が隣のイーズデイル人を怒鳴りつけている。こちらの反応を窺《うかが》っていた男が気配をやわらげ、遊び人の顔に戻って陽気に応えた。

視線を動かせば、娘を乗せた馬が放たれた矢のごとく駆け出していた。娘も、その婚約者も、もうこちらを振り返ることなく一直線に門を飛び出していく。男を置き去りにして、彼らにふさわしい明るい未来へと向かっていく。

見送る男の胸中は、じつに複雑だった。癪に障る反面、これでよいと思う部分もある。娘に惹《ひ》かれながらも、己ではふさわしくないとわかっていた。身分だの血筋だのといった話ではなく、生きている場所が違いすぎるのだ。それは恋心程度で埋められる差ではなかった。

彼女にはあのお坊ちゃんがお似合いだ。後ろ暗いところのない、明るい道だけを歩いてきた者同士で、人形のように寄り添っていればいい。娘がよく口にする格差など、男からすれば鼻で笑う程度のものだった。種類が違えどいずれも丹精された花ではないか。濁った沼に浮く水草の存在も知らないのか。

まったく、世間知らずなことだ。無邪気で無知で、どこまでも純粋で。どう考えても男とは合う道理がない。花は花壇に根を下ろし、水草は沼を漂う。入れ替わることも、どちらかに集めることもできない。

――だが、あの娘ならば、そんな違いすら無にしてしまうかもしれなかった。花が自分で根を抜いて歩いてくるかもしれない。ありえない光景がもしかして現実になるのではと思わせる、妙な勢いがあった。

たとえのはずなのに本当に花が歩くさまを想像してしまい、不気味だがおかしかった。奇怪な光景がなんとも彼女らしい。そうなれば水草もまた、沼から這い上がれるだろうか――と、たわいのない考えに笑う。

どうにも調子が狂う。あの娘と出会ってから、まるでらしくないことばかりだ。らしくないと言えば、娘の婚約者にも調子が狂わされっぱなしである。

はじめて見た時から嫌いだった。いかにも育ちのよい、苦労知らずのきれいなお人形だ。娘には可愛らしいと思えても、同じ男だと反感しか抱けない。世間知らずの坊ちゃんがと見下してやりたいのに、能力だけはやたらと高いのが腹立たしかった。どれだけ完璧に変装しても一目で見抜かれ——まさか骨格で見抜いているとは思わなかった——腕っぷしでは完全にかなわない。ささいな情報だけでこちらの計画を読み取ってしまう。なんて可愛げのない男なのか。坊ちゃんなら坊ちゃんらしく無能でいろと言いたい。

鏡の迷路を二人で歩くはめになった時も、苛立《いらだ》ちをこらえるばかりだった。

「……なにやってんの、副長」

宙吊りになった状態で、男は呆《あき》れて頭上を見上げた。周囲に腕と脚を突っ張って、坊ちゃんが男の落下をくい止めていた。

惑わせるばかりかと思わせた鏡の迷路には、古代の墳墓のような罠まで仕掛けられていた。通常なら床の違和感に気付けたかもしれないが、まんまと踏み抜いて落とし穴に真っ逆さま——となるはずが、この状況だ。なぜこの坊ちゃんに助けられているのか、男には理解できなかった。

「……無駄口を叩《たた》くより、さっさと上がってください。あまり長くもちませんよ」

「嘘《うそ》ばっかり、腕一本で引き上げられそうな顔じゃないか」

「なぜそこまで面倒を見てやらねばならないのですか。上がるくらい自分でやってください」

文句を言う顔はにくたらしいほどに余裕綽々《よゆうしゃくしゃく》だ。ふんと鼻を鳴らして男は身体《からだ》を揺らし、壁を蹴った勢いを使って床に戻った。それだけの負荷をかけても坊ちゃんはふらつきもしない。貴族の若様のくせにどれだけ鍛《きた》えているのか。言えば軍人だからと当然の顔で答えるのだろう。まったくもって可愛くない。自分で上がれと言いながら呼吸を合わせて引っ張ってくれたあたりも可愛くない。

「お礼を言うべきかな？　まさか副長が僕を助けてくれるとは思わなかったね」

「見捨てたところでさしたる危険はないでしょうが、公爵によけいな口実は与えたくありません。全員揃《そろ》って地下へたどり着かねば認めないつもりでしょう」

坊ちゃんは眼鏡《めがね》を直しながらそっけなく返す。あの瞬間にそこまで考えていたとは思えないが。

「……それに、マリエルがいやがります」

ぼそりと付け足された言葉に、一気に脱力した。

「じゃあ、無事揃って踏破できるよう、手をつないで行くか」

なかばやけくそで提案すれば、ものすごくいやそうな顔が振り向いた。

「ここまでに副長がはぐれかけたのは何回だっけ？　僕としても男と手をつなぐなんて気持ち悪くてたまらないが、さっきのお礼に誘導してあげるよ」

冗談ではないと即座に拒絶するかと思いきや、坊ちゃんは苦悩していた。しばらく待つと、それはそれはいやそうに、眉間に深く谷間を作りながらも手を出してくるではないか。予想外の反応だった。

「……お願いします」

提案を呑《の》むのは己の力不足を認めることであり、地位も年齢もそれなりの男にとっては受け入れ難いものだ。まして相手が恋敵となれば、正解とわかっていても顔をそむけたいだろうに。

素直に受け入れて、頼んでくるとは。軟弱な依存心ではなく、現状最適の手段であると認めて己の葛藤を抑え込んだのだ。気位ばかり高い貴族とは思えない姿を見せられた瞬間、男は内心ため息をついた。

ああ——やはり、可愛くない。

「了解。これで貸し借りなしだ」

男二人で仲良く手をつなぎ、顔はそむけ合って歩いた。終点までのわずかな時間に、坊ちゃんは相当精神力を削られていたようだが、こちらはいっそ笑い出したい気分だった。苛立ちは消え、いつもの余裕が戻ってくる。どんどん落ち込んでいく坊ちゃんをなぐさめてやる気はまったくなかったが、最後まで付き合ってやるかとは諦めまじりに考えていた。らしくない——けれど、悪い気分ではない。

断じて気に入ったわけではないが、ただのお坊ちゃんでないとは認めざるをえないだろう。

「……でもまだまだ、白旗は揚げられないね」

もう見守ってやろうかという気分になりかけていたのに、最後の最後で娘がひっくり返した。互いの間に差などない、世界は一つきりだとばかりにまぶしい笑顔を向けてる。沼も水草もただの幻影となり、無邪気な笑顔に照らされ消えていく。

これだから諦められないのだ。文句は受け付けない。可愛すぎるのが悪い。虫が輝きに惹き寄せられるのは当然ではないか。

「結婚したからって油断するんじゃないよ、副長。そんなもの、泥棒には関係ないからね」

楽しげにつぶやいて、遠ざかる騎影に男も背を向けた。まずはやりかけの仕事を片付けて、それから主のご機嫌を取らなければ。

いずれ、また——

飄々《ひょうひょう》とした後ろ姿が消えていく。ひそかに落とされた予告を知る者は、まだいない。

あとがき

第四巻、ついに結婚式です、桃春花です、こんにちは。

オタク娘と眼鏡騎士、お騒がせバカップルのハッピーウェディングを書いてやることができ、ほっと一安心です。毎話最終回のつもりで書いてきましたが、できることならちゃんと結婚させてやりたかったので、ここまで来られたことに感謝しかありません。毎度のことながら、いろいろとお骨折りくださる一迅社様と、魅力的なイラストを描いてくださるまろ様、そして支えてくださる読者様たちのおかげです。皆様本当にありがとうございます。

今回は物語としてキリのよい、一つのゴールとなる話ですので、過去のフレーズを振り返ってみたり、オールスター登場をめざしてみたりしました。数名出してやれなかったキャラクターもおりますが、それなりに盛り上げられたのではないかと思います。まろ様のイラストもそれはそれは素晴らしく、可愛らしい本に仕上げていただきました。途中経過はともかくラストはハッピーエンド。思い浮かべていたとおりの結末にたどり着けて、作者もハッピーです。

とはいえ「完！」と付きそうな雰囲気もどうだろうということになり、恒例の巻末小話も書きました。さて誰をと考え、そういえばリュタンはまだ書いてなかったなと。ならばはぐれていた間のことを書こうと、こうなりました。ＨＰは満タンなまま、精神力だけ激しく削られたシメオンでした。

今回シメオンがかっこ悪い姿を見せたことで、どんな反応を受けるかと少し心配なところではあります。ヒーローとはかっこいい存在であるべき。でも人間だもの、欠点もあればかっこ悪いところもあるはず。結婚したら悪いところこそ目につきますからね。それでも続けられる関係こそが本物なのではないでしょうか。

もちろんマリエルにそんな心配は無用で、結婚後もバカップル街道を突き進むことでしょう。新婚旅行という名の珍道中や、若奥様となってからの日々、本編ではなかなか書けない周りの人々や過去の事件などの番外編と、いろいろ思い浮かべています。またそんな物語で、笑っていただけるとよいのですが。

最後にもう一つ、なんとコミカライズのお話をいただきました。アラスカぱん様がノリノリの楽しい漫画にしてくださっています。全編絵で見られるマリエル・クラック、小説とはまた違った魅力が満載です。新たな形で広がっていくマリエルたちの世界を、ぜひご一緒にお楽しみくださいませ。

マリエル・クララックの結婚《けっこん》

2018年9月5日　初版発行
2019年7月1日　第２刷発行

著者　桃 春花

イラスト　まろ

発行者　野内雅宏

発行所　株式会社一迅社
〒160-0022 東京都新宿区新宿3-1-13 京王新宿追分ビル5F
電話　03-5312-7432（編集）
電話　03-5312-6150（販売）
発売元：株式会社講談社（講談社・一迅社）

印刷所・製本　大日本印刷株式会社
ＤＴＰ　株式会社三協美術

装幀　AFTERGLOW

ISBN978-4-7580-9100-8

Printed in JAPAN

おたよりの宛て先
〒160-0022 東京都新宿区新宿3-1-13 京王新宿追分ビル5F
株式会社一迅社　ノベル編集部
桃《もも》 春《はる》花《か》 先生・まろ 先生